迷雾中的小径

【澳】珍·哈珀 著

戚悦 译

FORCE
OF
NATURE

北京联合出版公司
Beijing United Publishing Co.,Ltd.

图书在版编目（CIP）数据

迷雾中的小径 ／（澳）珍·哈珀著；戚悦译. -- 北京 ： 北京联合出版公司，2018.7（2021.3重印）
ISBN 978-7-5596-2070-5

Ⅰ.①迷… Ⅱ.①珍… ②戚… Ⅲ.①长篇小说－澳大利亚－现代 Ⅳ.①I611.45

中国版本图书馆CIP数据核字(2018)第086434号
著作权合同登记 图字：01-2018-3006

FORCE OF NATURE: A NOVEL by JANE HARPER

Copyright © Jane Harper, 2017

This edition arranged with CURTIS BROWN - U.K.

through Big Apple Agency, Inc., Labuan, Malaysia.

Simplified Chinese edition copyright: 2018 China Pioneer Publishing Technology Co.,Ltd

All rights reserved.

迷雾中的小径

作　　者：[澳]珍·哈珀
出版统筹：新华先锋
责任编辑：郑晓斌　徐　樟
策划编辑：刘思懿　李晨照
封面设计：王　鑫
版式设计：朱明月
营销统筹：章艳芬

北京联合出版公司出版
（北京市西城区德外大街83号楼9层　100088）
天津旭丰源印刷有限公司印刷　新华书店经销
字数240千字　620毫米×889毫米　1/16　20印张
2018年7月第1版　2021年3月第2次印刷
ISBN 978-7-5596-2070-5
定价：46.00元

献给亲爱的彼得和夏洛特

我们就像蛛网上的虫子，等待命运蚀骨的蚕食。

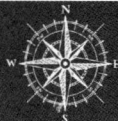

引　子

后来，其余四个女人只能在两件事上达成共识。第一，没有人看到丛林吞没爱丽丝·拉塞尔。第二，爱丽丝的尖酸刻薄就像利刃般锋锐。

女子小组没有按时抵达集合地点。

男子小组走出山林，轻松地拍着彼此的肩膀。他们比规定的正午十二点提前了三十五分钟，任务完成得非常出色。野外拓展活动的领队穿着抓绒的红色工作外套，热情洋溢地欢迎五位男士的归来。他们把高科技睡袋扔向面包车后部，接着纷纷爬进去，如释重负。车上备有什锦干果和保温咖啡，但是他们却探身越过食物，伸手抓起一个袋子。先前交出的手机统统装在里面，此刻才得以跟主人团聚。

窗外寒风刺骨，气温毫无变化。最近四天始终阴雨连绵，苍白的冬季太阳仅仅露过一次脸。好在车里还算干燥，男人们舒舒服服地靠在椅背上，其中一个调侃女人阅读地图的能力，引得众人哈哈大笑。他们喝着咖啡，等待同事出现。大家已经有三天没见面了，多等几分钟也无妨。

一小时后，烦躁不安取代了扬扬得意。五个男人陆续离开柔软的座位，沿着泥泞的土路来回踱步。他们高举手机，仿佛加上胳膊的长度便能捕捉到缥缈的信号。他们焦急地敲击屏幕，编写短信，却无法发送给城里的妻子。*活动推迟了，要晚点儿回家。*好不容易才熬过风餐露宿的日子，他们渴望享受热水澡和冰啤酒，更何况明天还得继续上班。

野外拓展活动的领队目不转睛地盯着山林。终于，他解下了腰间的对讲机。

援军迅速赶到。护林员套上醒目的反光背心，低声交谈。*别着急，我们会立刻把她们带出来。*他们熟悉登山客经常迷路的地方，而且距离天黑尚有几个小时。虽然时间不多，但是肯定够了，无须花费太久。他们迈着专业的步伐，飞快地冲进丛林，男子小组钻回车里。

等到搜救人员再次出现，什锦干果已经被吃得干干净净，咖啡的残渣冰凉而苦涩。逐渐黯淡的天空衬托着桉树的轮廓，众人脸上的表情十分凝重，戏谑的谈笑随着光线变暗消失得无影无踪。

男人们安静地坐在面包车里。如果这是一场会议危机，他们都知道该怎么办。只要降低产品报价或者增加合同条款就行，完全不用担忧。然而，丛林似乎让答案变得模模糊糊。死气沉沉的手机躺在大腿上，犹如坏掉的玩具。

对讲机中传来嘈杂的声音，车灯照向浓密的树林，呼吸在寒冷的空气中形成白雾。搜救人员回到原地，集中汇报情况，制订路线和计划。面包车里的男人们听不清讨论的细节，但是严肃的语气足以说明一切。天黑后，搜救行动将会大大受限。

最后，搜救队伍四下分散。一位身穿反光背心的护林员爬进面包车前排，准备开车送男子小组去林区旅馆。他们必须留下来过夜，现在谁也不能踏上返回墨尔本的三小时路途。男人们依旧沉默不语，突然，他们听见了第一声哭喊。

凄厉异常的尖叫回荡在夜空中，就像飞鸟的悲鸣。大家齐刷刷地扭头，四个身影出现在山顶。其中两个人似乎正搀扶着一个人，而另一个人则跌跌撞撞地跟在旁边，从远处看，她的前额染着深色的血污。

救命！她们高声呼唤。我们在这儿！我们需要帮助，她需要医生。救命！谢天谢地，总算找到你们了！

搜救人员拔腿狂奔，男人们紧随其后，手机被扔在面包车的座位上。

我们迷路了，有人说。我们跟她走散了，又有人说。

女人们拼命地呐喊、哭泣，吵闹的声响交织在一起，很难区分嗓音的差异。

爱丽丝呢？她出来了吗？她没事吧？

漆黑的夜色笼罩着山林，场面十分混乱，根本无法判断究竟是谁在询问爱丽丝的安危。

后来，当事态变得更加严重时，四个女人都坚称是自己在关心爱丽丝。

第一章

"不要惊慌。"

联邦探员亚伦·福克原本神情悠闲，闻言立即合上正在阅读的书本，把手机换到右边，从床上坐起身来。

"好。"

"爱丽丝·拉塞尔不见了。"听筒里传来女人的轻声细语。

"怎么不见了？"福克放下书本。

"失踪。这次可不只是躲避咱们的电话了。"

福克听见搭档在叹气。他们共事了三个月，卡门·库珀从未如此紧张，情况显然非比寻常。

"她在吉若兰山脉的某处迷路了。"卡门继续说。

"吉若兰？"

"对，就在东边。"

"我知道方位，"他说，"我是在想吉若兰的名声问题。"

"你是指马汀·科瓦克的事情？应该与此无关，谢天谢地。"

"最好无关。算起来，似乎过去二十年了，对吧？"

"恐怕将近二十五年了。"

然而，有些阴影却始终萦绕不散。当晚间新闻首次关注吉若兰山脉时，福克还是个孩子。在接下来的两年中，吉若兰山脉又三次霸占头条。家家户户的起居室里都播放着山区的画面，嗅探犬拽着链子，带领搜救人员穿过茂盛的丛林。最终，他们找到了大部分的尸体。

"她跑到那里去干什么？"他问。

"参加公司组织的野外拓展活动。"

"你在开玩笑吗？"

"可惜不是。"卡门说，"你可以看看电视，搜救队已经展开行动了。"

"稍等。"福克跳下床，在背心外面套上 T 恤衫。夜晚的空气十分阴冷。他快步走进起居室，打开电视机，切换到二十四小时的新闻频道，主播正在滔滔不绝地讲述今日的议会专题。

"没事，工作而已，回去睡吧。"耳畔响起卡门的呢喃，福克意识到她是在跟电话另一头的人交谈。刚才，他习惯性地勾勒出他们共用的办公室，想象着她蜷缩在桌子后面。十二周前，她的办公桌被硬塞进来，紧挨着他的办公桌。之后，两人的合作当真是"亲密无间"。如果卡门伸展四肢，她的双脚便会碰到他的椅子腿。福克看了看表，此刻是周日晚上十点多，毫无疑问，她肯定待在家里。

"看到了吗？"卡门悄悄地问他，显然是为了身边的人，故意压低了声音。福克猜想，估计是她的未婚夫。

"还没有。"福克不必压低自己的声音，"等等——"字幕沿着屏幕下方滚动，"看到了。"

搜救队将于黎明时分继续在吉若兰山脉寻找失踪的墨尔本登山客，45 岁的爱丽丝·拉塞尔。

"墨尔本登山客？"福克说。

"是啊。"

"爱丽丝怎么成了——"他停住话头，脑海中浮现出爱丽丝的鞋跟，又高又尖。

"唉，我明白。新闻简讯说爱丽丝是团建活动的小组成员之一，需要在野外进行几天的徒步跋涉——"

"几天？她究竟失踪多久了？"

"不太清楚，我觉得应该是从昨晚开始吧。"

"她给我打过电话。"福克说。

卡门沉默了一会儿，"谁？爱丽丝？"

"对。"

"什么时候？"

"昨晚。"福克把手机拿开，翻看未接电话，接着放回耳边，"你还在吗？其实是今天早上，凌晨四点半左右。当时我没听见，醒来才发现有语音留言。"

又一阵沉默，"她说了什么？"

"没说话。"

"一个字都没说？"

"嗯，我还以为是手机放在口袋里误拨的电话。"

电视上的新闻简讯放了一张爱丽丝·拉塞尔的近照，似乎拍摄于派对现场。金色的头发盘绕成复杂的造型，银光闪闪的连衣裙衬托出苗条的曲线，大肆炫耀着健身房的功劳。她看起来至少年轻了五岁，脸上的笑容十分灿烂。在福克和卡门面前，她从未如此神采飞扬。

"起床后，大约六点半，我试着给她打回去，"福克依然盯着屏幕，"但是没人接。"

电视画面转为吉若兰山脉的镜头，连绵的丘陵和溪谷延伸到远处的地平线，犹如碧波荡漾的海洋，沐浴着黯淡的冬日阳光。

搜救队将于黎明时分继续……

卡门沉默不语，福克能够听到她的呼吸声。屏幕上，山脉显得宏伟壮观，面积极为广大。从高处俯瞰，浓密的树冠就像厚重的毛毯，完全无法穿透。

"我再听听那条语音留言，"他说，"过会儿打给你。"

“好。”通话结束了。

福克坐在沙发上，周围很暗，只有电视屏幕的蓝光在颤抖。窗帘开着，透过狭窄的阳台，他望见墨尔本的天际线微微发亮，尤里卡大厦[1]的航空警示灯规律地闪烁着红色的信号。

搜救队将于黎明时分继续在吉若兰……

他关掉电视，拨打语音信箱。凌晨4点26分收到的留言，来自爱丽丝·拉塞尔的手机。

起初，福克什么都听不见，他更加用力地把手机压在耳朵上。沉闷的电流声。五秒。十秒。这次，他一直听到最后为止。沙沙的动静高低起伏，就像在水下一样，其中夹杂着难以分辨的嗡鸣，仿佛有人在说话。突然，一个嗓音传来，猝不及防。福克拽开手机，呆呆地盯着屏幕。那个嗓音非常微弱，他甚至怀疑自己是否产生了幻觉。

他缓缓地按下重播键，闭上眼睛，坐在安静的公寓房间里，再次聆听语音留言。空白，空白，然后，穿越黑暗，一个遥远的嗓音在耳畔响起。

“……伤害她……”

---

[1] 尤里卡大厦（Eureka Tower）：又名“发现大楼”，位于澳大利亚维多利亚州墨尔本市的摩天大楼，高达297米，建成于2006年。

第二章

天还没亮，卡门就开车来到福克居住的公寓外。他已经在路边等待，身旁放着背包，脚上的登山靴由于长期不使用，变得很硬。

"让我听听那条留言。"见他钻进车里，她立即说道。驾驶员的座位调整得非常靠后。福克的个头很高，在面对面站着的情况下，只有少数女人能够与他平视，卡门便是其中之一。

福克把手机接入音响，按下播放键，电流声充满车厢。五秒，十秒，接着浮现出三个字，朦朦胧胧，难以分辨。几秒后，嗡嗡作响的动静戛然而止。

卡门皱起眉头，"再来一遍。"

她闭上眼睛，侧耳倾听，福克注视着她的脸庞。无论是实际年龄还是工作经验，三十八岁的卡门都比他多出六个月，但是他们以前从未在联邦警察局产生过任何交集。最近，她刚刚从悉尼调到南边的墨尔本，加入经济犯罪调查组，不知内心是否后悔。卡门睁开眼睛，在橘黄色的路灯下，她的皮肤和头发显得更加黯淡。

"好像是'伤害她'。"她说。

"我也这么认为。"

"在结束的地方，你还能听出其他东西吗？"

福克将音量调到最大，按下重播键，聚精会神，屏住呼吸。

"你听，"卡门说，"是不是有人在说'爱丽丝'？"

他们又听了一遍。这回，福克终于从沉闷的噪声里捕捉到微弱的变化——"咝"。

"不知道，"他说，"也许只是电流吧。"

卡门发动汽车，引擎在黎明前的夜色中咆哮。她驾车驶入街道，然后再次开口。

"你觉得那是爱丽丝的声音吗？"

福克努力回忆爱丽丝·拉塞尔的语调。她的声音颇为独特，总是清脆而果断，"不能说不是，但是很难讲。"

"没错，我甚至无法判断究竟是男是女。"

"嗯。"

后视镜中，墨尔本的轮廓变得越来越小。前方，东边的天空渐渐从黝黑变成深蓝。

"爱丽丝确实让人头疼，"他说，"但是我真心希望咱们没有让她惹上麻烦。"

"我也是。"卡门转动方向盘，拐上高速公路，订婚戒指闪闪发光，"那个州警 [1] 怎么说？他叫什么名字？"

"金。"

昨天晚上，福克挂断爱丽丝·拉塞尔的语音留言后，立即联系州警察局。过了半个小时，指挥搜救任务的高级警长给他回电。

"抱歉。"金警长似乎筋疲力尽，"好不容易才找到固定电话，天气太恶劣了，信号比平时还差。给我讲讲那条语音留言吧。"

他耐心地听完福克的解释。

---

[1] 州警（state cop）：指隶属于州警察系统的警察。澳大利亚有州警察局和联邦警察局，前者是地方性的警察机关，后者是全国性的警察机关。

"原来如此，"金警长说，"其实，我们已经检查了她的通话记录。"

"噢。"

"刚才你说自己跟她是什么关系？"

"工作关系，"福克说，"保密级别。她正在协助我和我的搭档。"

"你的搭档叫什么名字？"

"卡门·库珀。"

金警长匆匆地做着记录，福克能够听见纸张的沙沙声。

"你们跟她有过通话的约定吗？"

福克稍作迟疑，"没有。"

"你擅长丛林生存的技能吗？"

福克低头看向左手，烧伤未愈的皮肤依然泛着淡淡的粉色，显得异常光滑，"不。"

"你的搭档呢？"

"恐怕一样。"福克这才意识到自己并不清楚。

金警长停顿片刻，"根据通信公司提供的记录，今早爱丽丝·拉塞尔曾试图拨打两个号码，000[1]和你的手机号。你能想到其中的原因吗？"

福克不禁陷入了沉默，听筒里传来警长的呼吸声。

伤害她。

"我觉得，我们最好去一趟，"福克说，"跟你当面沟通。"

"非常明智，伙计。记得带上你的手机。"

---

[1] 000：澳大利亚的报警电话、消防电话和急救电话的通用号码。

第四天：周日早晨

她看到自己的恐惧映在眼前的三张脸庞上，她们面面相觑，呼吸急促，心脏怦怦直跳。头顶，树梢勾勒出阴沉的灰色天空，寒风晃动枝条，雨水纷纷洒落，却无人退缩。背后，小屋的腐烂木板剧烈颤抖，伴随着阵阵呻吟，逐渐平息下来。

"咱们必须离开这儿。立刻。"她说。

左边的两个同伴赶紧点头，由于惊慌而变得团结一致，眼睛瞪得很大，瞳孔深邃而幽暗。右边的同伴经过短暂的犹豫，也跟着点了点头。

"可是——"

"可是什么？"

"……爱丽丝怎么办？"

恐怖的寂静笼罩着丛林，只有枝叶在窸窣作响。茂密的树木昂然挺立，俯瞰着四人围成的小圈子。

"爱丽丝自作自受。"

第三章

几小时后，汽车缓缓停住，阳光照亮了天空，城市盘踞在遥远的后方。福克和卡门站在路边舒展四肢，云朵在牧场上投下变幻莫测的阴影。建筑物分布得稀稀疏疏，间隔距离很大。载着农场用具的卡车呼啸而过，这是他们在三十公里之内见到的第一辆车。噪声惊动了玫瑰凤头鹦鹉 [1]，它们纷纷离开附近的大树，扑扇着翅膀，高声尖叫。

"咱们继续走吧。"福克说。他从卡门手中接过钥匙，钻进栗色老轿车，坐上驾驶座，发动引擎，立刻感到亲切无比，"我曾经有辆相似的车子。"

"但是后来决定换了？"卡门坐在副驾驶座上。

"并非出于自愿。今年夏天，那辆车在我的家乡遭到了破坏，算是几个当地人表示欢迎的方式吧。"

她看了看他，露出淡淡的微笑，"噢，对，我听说了。确实可以用'破坏'来形容。"

福克惋惜地抚摩着方向盘，他的新车固然不错，却无法跟旧车相提并论。

---

[1] 玫瑰凤头鹦鹉（galah）：又名"粉红凤头鹦鹉"，有着艳丽的头冠和粉色的胸脯，在澳大利亚的空旷野外几乎随处可见。

"这是杰米的车，"他们回到路上，卡门说，"比我的车更适合跑长途。"

"杰米最近怎么样？"

"挺好的，还是老样子。"

其实，福克不太清楚什么是"老样子"，他跟卡门的未婚夫只见过一次。杰米在运动饮料公司的销售部门工作，浑身都是肌肉，穿着牛仔裤和T恤衫。两人握手后，杰米递给他一瓶蓝色的汽水，据说能够补充营养。杰米瞧见福克那瘦削的身形、苍白的皮肤、淡色的头发和烧伤的疤痕，脸上露出真诚的笑容，同时也带着某种难以言喻的情绪，仿佛偷偷地松了口气。

福克的手机响起"哔哔"的提示音。他从空旷的道路上移开视线，瞥向屏幕，然后把手机递给卡门，"那位警长的电子邮件。"

卡门打开信息，"他说野外拓展活动共有两个小组，男子小组和女子小组，分别沿着不同的路线前进。他发来了爱丽丝·拉塞尔的队友名单。"

"两个小组都来自贝利坦尼特公司吗？"

"好像是。"卡门掏出自己的手机，打开贝利坦尼特的官方网站。透过眼角的余光，福克能够捕捉到这家高级会计师事务所的标志，银黑相间的字母在屏幕上闪烁。

"布莉安娜·麦肯齐和贝瑟妮·麦肯齐，"她对着他的手机，读出声来，"布莉安娜是爱丽丝的助理，对吗？"卡门敲击着自己的屏幕，"对，果然如此。哇，她简直可以给维生素保健品做广告。"

她举起手机，福克扫了一眼，员工照上的姑娘似乎二十多岁，笑容灿烂。他明白卡门的意思。即便在黯淡的办公室灯光下，布莉安娜·麦肯齐也显得神采焕发，仿佛平常一直坚持晨跑，并且主动练习瑜伽，每逢周日便虔诚地挽起光泽柔顺的黑色马尾辫，去教堂做礼拜。

卡门拿回手机，点了几下，"找不到另一个人的资料。贝瑟妮，贝瑟妮。她们也许是姐妹，你觉得呢？"

"有可能。"说不定是双胞胎，福克心想。布莉安娜与贝瑟妮，布莉与贝丝[1]。他反复体会着两个名字的发音，听上去像是一对。

"以后再调查她的职务。"卡门说，"接下来是劳伦·肖。"

"咱们遇见过她，对吗？"福克说，"应该是个中层管理者吧？"

"对，她是——天哪，没错，她是前瞻计划部的战略负责人。"卡门又一次举起手机，"不知道究竟是干什么的。"

无论是干什么的，劳伦的瘦削脸庞并未泄露任何信息。很难推断她的年龄，不过福克猜测大约在四十五岁到五十岁之间。棕色的头发，浅灰的瞳孔，双眼直视镜头，面无表情，仿佛在拍摄证件照。

卡门重新看向名单，"哈！"

"怎么了？"

"吉尔·贝利也在其中。"

"真的吗？"福克盯着路面，昨晚的担忧悄悄地涌上胸中。

卡门不必调出吉尔的照片，他们俩都很熟悉这位胖乎乎的董事长。今年，她将满五十岁，尽管服饰昂贵、发型时髦，却依然难掩衰老的痕迹。

"吉尔·贝利，"卡门继续翻看警长发来的邮件，手指突然僵在空中，"糟糕，她的弟弟是男子小组的成员。"

"你确定吗？"

"确定，丹尼尔·贝利，首席执行官，白底黑字写得清清楚楚。"

"我有种不祥的预感。"他说。

"我也是。"

卡门陷入沉思，用指甲轻叩着手机。"好吧，现在情报不足，咱们还没法得出结论，"终于，她开口道，"那条语音留言也缺乏上下文。总之，从各个方面来看，最大的可能性就是爱丽丝·拉塞尔偏离正确的路线，

---

[1] 布莉（Bree）：布莉安娜（Breanna）的简称。贝丝（Beth）：贝瑟妮（Bethany）的简称。

在丛林中走丢了。"

　　"嗯，说得对。"福克回答，但是心里却觉得，他们俩的语气都显得半信半疑。

　　汽车继续行驶，窗外的风景飞速闪过，无线电台的音量开始减弱，直至完全消失。卡门转动旋钮，找到一个中波电台，里面充斥着沙沙的噪声，整点新闻的播报时隐时现，墨尔本登山客仍旧下落不明。道路逐渐向北延伸，福克突然望见吉若兰山脉出现在地平线上。

　　"你以前来过吗？"他问，卡门摇了摇头。

　　"没有，你呢？"

　　"一样。"话虽如此，可是他的家乡跟眼前的风貌并无太大差异。与世隔绝的地形，枝繁叶茂的树木，无法逃脱的丛林。

　　"吉若兰的历史总是令我敬而远之，"卡门继续说，"我知道这样很傻，不过……"她耸了耸肩。

　　"马汀·科瓦克最后怎么样了？"福克说，"还在监狱里关着吗？"

　　"不清楚。"卡门重新点击自己的手机屏幕，"不，他死了。三年前，死在监狱里，六十二岁。对呀，我想起来了。据说，他跟一个囚犯打架，结果脑袋撞到地上，再也没醒过来。唉，实在很难让人同情。"

　　福克深以为然。当年，第一具尸体是一名二十多岁的实习教师，在墨尔本工作，喜欢利用周末去登山，享受新鲜空气。几个露营者发现了她，却为时已晚。她光着双腿，鞋带紧紧地勒在脖子上，短裤的拉链被扯坏了，背包里的旅行用品统统不见踪影。

　　在接下来的三年中，又有两个女人命丧黄泉，另有一人离奇失踪。之后，警方才锁定了林区的临时工马汀·科瓦克。那时，谋杀案所带来的伤害已经不可挽回，恐怖的阴影长久地笼罩着平静的吉若兰山脉，福克这代人只要听到吉若兰的名字，就会不寒而栗。

　　"科瓦克至死也没有承认自己的罪行，"卡门念着手机上的报道，"第四名受害者的尸体始终未能找到。莎拉·桑顿伯格。可怜的姑娘，刚满十八岁。你还记得她的父母曾经在电视上发起呼吁吗？"

福克当然记得。二十年过去了，那对父母眼中的绝望依然历历在目。

卡门试图向下翻页，然后叹了口气，"抱歉，信号消失了。"

福克并不觉得意外，两旁的树木遮天蔽日，"估计咱们正在远离通信覆盖范围。"

两人保持着沉默，直到汽车离开主干道。卡门掏出地图，负责导航，公路越来越狭窄，隔着挡风玻璃，群山峻岭缓缓逼近。他们经过几家贩卖明信片和登山装备的商店，两头是小小的超市和孤独的加油站。

福克看了看燃油表，打开转向指示灯，驶入加油站。他们趁机下车休息，哈欠连天，十分疲惫。空气冰凉，寒风刺骨。卡门用力地拉伸后背，福克给车子加满油，接着进屋交钱。

收银台后面的男人戴着毛线帽，脸上胡子拉碴。见到福克，他挺直腰板。

"准备前往林区吗？"他的语气十分迫切，透露着交谈的渴望。

"是啊。"

"为了那个失踪的女人？"

福克眨了眨眼睛，"没错。"

"援军一批接一批，搜救人员集体出动。昨天恐怕有二十个伙计来加油，从早到晚都是高峰期。今天也差不多。"他难以置信地摇了摇头。

福克谨慎地环顾四周，前院只停着他们的汽车，店里并无其他顾客。

"但愿能尽快找到她，"男人继续说，"每当出现失踪事件，生意就变得特别惨淡。从长远来看，还会造成不良影响，害得大家不敢去登山，或许是勾起了从前的回忆吧。"他不必详细解释，在这片地区，科瓦克的案件可谓家喻户晓、妇孺皆知。

"你了解什么最新消息吗？"福克说。

"不清楚，但是肯定毫无进展，因为没见搜救人员出来。我能碰到他们两次，进去和出来。最近的加油站位于五十公里以外，如果向北走，距离会更远。人人都在此停车加油，上山之前，总想确保万无一失。"
他耸了耸肩，"其实不过是图个心安罢了。"

"你在这里生活很久了吗？"

"太久了。"

福克将信用卡递过去，突然发现收银台后面的监控摄像头亮着红光。

"加油泵上方有摄像头吗？"福克问，男人循着他的目光望向屋外。卡门正背靠汽车，闭着眼睛，朝天空仰起脸庞。

"当然。"男人盯了片刻，才收回视线，"没办法，大多数时间就我一个人，必须提防那些加油不给钱的臭小子。"

"失踪的女人在上山之前跟同伴来过吗？"福克说。

"对，周四。警方已经复制了监控录像。"

福克掏出警官证，"可以再复制一份吗？"

男人看着警官证，耸了耸肩，"稍等。"

男人转身走进背后的办公室。福克透过前门的玻璃向外张望，静静等待。越过前院，只能瞧见满眼的绿色，高山挡住了天空。恍惚间，他感到自己仿佛被丛林所包围，显得孤立无援。突然，男人拿着优盘再次出现，他不由得吓了一跳。

"过去七天的录像。"男人说着，伸出手来。

"谢谢，朋友。非常感激。"

"别客气，希望能帮得上忙。如果在山中迷路太久，就会陷入恐慌。几天以后，看什么都觉得一模一样，很难再相信自己的眼睛，"他凝视着外面，"最终会彻底丧失理智。"

第一天：周四下午

面包车缓缓停住，蒙蒙细雨落在挡风玻璃上。司机熄灭发动机，回过身来。

"诸位，到了。"

九个脑袋同时转向窗户。

"除非咱们往左走，否则我坚决不下车。"后排响起男人的叫嚷声，大家都笑了。

左边，林区旅馆显得温暖而舒适，坚固结实的木墙抵御着严寒。闪耀的灯光透过玻璃照亮周围，整齐排列的小屋仿佛在热情地召唤。

右边，一条泥泞的道路通往山里，饱经风霜的标牌孤立在入口。浓密的枝叶编织成粗糙的拱门，弯弯曲曲的小径消失在丛林的深处。

"不好意思，伙计，今天所有人都得往右走。"司机打开车门，冰凉的空气扑面而来，乘客开始陆续行动。

布莉·麦肯齐解开安全带，跳下面包车，差点儿踩进一片大水坑。她赶紧转身提醒，却为时已晚。爱丽丝的金发飘到脸上，蒙住了眼睛，昂贵的靴子瞬间陷入水中。

"糟糕，"爱丽丝把头发挽到耳后，低头看去，"真是个好兆头。"

"对不起，"布莉下意识地道歉，"湿透了吗？"

爱丽丝检查着自己的靴子，"没有，好像还行。"片刻之后，她露出微笑，继续往前走。布莉如释重负，悄悄地松了口气。

冷风呼啸，潮湿的桉树散发出清新的芬芳，布莉打着哆嗦，将外套的拉链提到领口。她环顾四周，铺着碎石的停车场几乎空空荡荡，大概现在正值户外远足的淡季。她绕向车子后方，众人的背包堆积如山，此刻看上去似乎比先前更加沉重。

劳伦·肖弯着瘦长的身体，试图让自己的背包从底部挣脱出来。

"需要帮忙吗？"布莉很熟悉公司的高级职员，却不太了解劳伦，不过她懂得该如何发挥自己的作用。

"不，没事——"

"我帮你吧——"布莉伸手抓住背包，劳伦恰好把它拽走。两人朝相反的方向拉扯，场面十分尴尬。

"好了，谢谢你。"劳伦的瞳孔跟天空一样，泛着冷酷的灰色，但是脸上却带着淡淡的笑意，"你需要帮忙吗？"

"哎呀，不用不用，"布莉连忙摆手，"我能行，谢谢你。"她仰头观察，乌云好像越来越浓厚，"希望天公作美。"

"预报说会下大雨。"

"噢，好吧。不过，世事难料嘛。"

"嗯，"面对布莉的乐观，劳伦显得饶有兴致，"没错，世事难料。"她似乎还想说些什么，可是爱丽丝忽然叫她。劳伦应声望去，将背包搭在肩上，"失陪了。"

劳伦踏着嘎吱作响的沙砾，走向爱丽丝，留下布莉单独对付行李。布莉拽出背包，使劲提起来，陌生的重量令她脚步踉跄。

"你会习惯的。"

布莉抬起眼睛，看到司机正咧着嘴冲她微笑。当他们在墨尔本坐上面包车时，他曾经做过自我介绍，然而她并未费神记住他的名字。此刻，她才认真打量，发现他比印象中的模样更加年轻，也许跟她同龄，或者大几岁，反正不超过三十。常年登山的他双手骨节分明，体形偏瘦，却颇为健壮，身穿红色抓绒外套，胸前绣着"精英探险"的字样，但是没戴名牌。她无法判断他的长相能否算作英俊。

"确保肩带舒适，"司机从她的手中拿过登山包，帮助她背好，"会事半功倍。"

他用修长的手指调整插扣和搭扣，尽管背包依然很沉，但肩上立刻变得轻松许多。布莉刚要开口道谢，便闻见潮湿的空气中飘来刺鼻的烟味儿。他们双双扭头，布莉已经猜到是怎么回事了。

贝瑟妮·麦肯齐站在外围，跟团队保持着距离。她弯腰驼背，一只手给香烟挡风，另一只手插在外套的口袋里。出城的途中，她一直在打瞌睡，脑袋靠着车窗，醒来后显得非常尴尬。

司机清了清嗓子，"山里不能吸烟。"

贝丝稍作停顿，"还没进去呢。"

"咱们在旅馆的地盘上，周围都是禁烟区域。"

转瞬间，贝丝仿佛要表示抗议，可是见大家都投来目光，她只好耸了耸肩，扔掉香烟，用靴子踩灭，然后裹紧外套。布莉知道，那是件旧衣服，不太合身。

司机收回注意力，对布莉露出会心的微笑，"你跟她共事很久了吗？"

"六个月，"布莉说，"不过我们早就认识了，她是我姐姐。"

不出所料，司机大吃一惊，他从布莉看向贝丝，又从贝丝看向布莉，"你们俩是姐妹？"

布莉微微歪头，抬手将过黑色的马尾辫，"其实是双胞胎，同卵双胞胎。"她补充道，因为她觉得自己应该会喜欢他脸上的表情。果然，他没有辜负她的期待。他瞪大眼睛，张开嘴巴。忽然，远处传来一声惊雷。众人纷纷昂首仰望。

"抱歉，"司机笑了笑，"我得动作快点儿，让你们赶紧起程，在天黑前到达。潮湿的营地总比积水的营地强。"

他抽出最下面的背包，转向吉尔·贝利，她正在奋力挣扎，试图让胖乎乎的胳膊穿过肩带。布莉上前帮忙，托住硕大的背包，吉尔晃动双手，在空中胡乱地摸索。

"你想现在出发吗？"司机对吉尔说，"我可以先带女士们上路。或者，你想等全体成员到齐再行动？"

吉尔好不容易才背上登山包，累得气喘吁吁、满脸通红。她瞥向来时的道路，发现空无一人，不由得皱起了眉头。

"丹尼尔开着绝世好车，应该比我们早到才对。"一个男人赔着笑说道。

吉尔配合地露出浅浅的微笑，却沉默不语。丹尼尔·贝利是她的弟弟，但也是公司的首席执行官。布莉心想，他有资格迟到。

布莉的思绪飘回贝利坦尼特的墨尔本总部，在面包车离开前十分钟，吉尔曾接到过丹尼尔的电话。当时，她走出员工的听力所及范围，定定地站着，单手叉腰。

一如既往，布莉努力地解读着董事长的想法。大概是烦躁？或者是其他情绪。她觉得吉尔总是难以捉摸。无论如何，等到吉尔挂断电话，回归团队以后，刚才的神态便完全消失了。

丹尼尔暂时脱不开身，吉尔简单地解释。跟平常一样，还是忙着处理工作中的问题。他们先走，他会开车跟上。

此刻，他们漫无目的地在旅馆停车场瞎逛，布莉瞧见吉尔绷紧了唇角。乌云明显变得更加阴沉，雨滴落在外套上，来时的道路依然空空荡荡。

"不必让大家都等着。"吉尔面朝四个背着登山包的男人，"丹尼尔应该快到了。"

她没有为弟弟道歉，布莉很高兴。这是吉尔最令人钦佩的优点，她从不找借口。

男人们微笑着耸了耸肩，毫无怨言。当然啦，布莉心想，丹尼尔·贝利是老板，他们还能说什么呢？

"好，"司机拍响手掌，"女士们先出发吧，这边请。"

五个女人面面相觑，然后跟着他穿过停车场，红色的抓绒外套跟棕绿相间的沉闷丛林形成了鲜明的对比。嘎吱作响的碎石变成柔软泥泞的草地，司机在小径入口停下脚步，背靠着陈旧的木制标牌，箭头下方写着四个字：明镜瀑布。

"装备带好了吗？"司机问。

布莉发现整个小组的同伴都在盯着自己，她连忙检查外套的口袋。崭新的地图叠得严严实实，指南针的塑料外壳显得非常陌生。先前，公司曾派她去参加为期半日的户外课程，学习如何辨别方向，现在看来，培训的时间太短暂了。

"别紧张，"司机说，"今天你们基本用不上这些东西。只要径直往前走，就能找到第一片营地，绝对不会错过。之后得拐几次弯，多加注意，肯定也没问题。咱们周日在出口碰面，有人戴表了吗？很好。正午十二点截止，每迟到十五分钟便罚款一笔。"

"如果我们提前结束呢？可以早点儿开车回墨尔本吗？"

司机盯着爱丽丝。

"不错，看来你信心十足。"

她耸了耸肩，"我必须在周日晚上赶回去。"

"好吧，如果两队都能提前到达集合地点的话——"司机望向远处的男子小组，他们倚着面包车聊天，依然缺少一名成员，"但是，别太着急。周日不会堵车，只要你们保证十二点到达，我就能在傍晚之前把你们送回城里。"

爱丽丝没有争辩，却紧紧地抿住了嘴唇。布莉知道，这通常表示她正在竭力避免开口。

"还有其他问题吗？"司机轮流看着面前的五张脸庞，"很好。来，咱们给公司的内部新闻拍张团队合影吧。"

布莉看出了吉尔的犹豫。无论是时效性还是价值性，公司的内部新闻显然都不够合格，吉尔迟疑地拍了拍口袋。

"我没带——"她瞥向面包车,他们的手机都装在驾驶座上的提包里。

"不要紧,我带了。"司机说着,从外套口袋里掏出手机,"大家凑到一起,靠得近点儿。对,就是这样。女士们,用胳膊搂住彼此,假装关系很好的样子。"

布莉感到吉尔的手臂环在自己的腰间,她扬起嘴角,露出微笑。

"太棒啦,完美。"司机端详着屏幕上的照片,"好,一切准备就绪,可以出发了。祝你们好运,尽量玩得开心。"

他挥了挥手,转身离去。五个女人僵立在原地,保持着拍照的姿势,直到吉尔带头,她们才松开胳膊。

布莉看向吉尔,发现吉尔也在看着她。

"第一片营地有多远?"

"噢,呃——"布莉手忙脚乱地展开地图,纸张的边缘在气流中颤抖。起点画着圆圈,红色的轨迹是前进的路径。她用指尖沿着线条追踪下去,努力寻找第一片营地。究竟在哪里呢?雨水渗进地图里,寒风吹起一角,形成淡淡的折痕。她拼命抚平地图,终于瞧见营地的标志在拇指旁边,不由得暗暗地松了口气。

"不远,"她说,试着破解地图上的神秘比例,"还行。"

"我怀疑你对距离的定义跟我不一样。"吉尔说。

"大约十公里?"布莉无意中把回答说成了问句,"不超过十公里。"

"好,"吉尔拽着肩头的背带,提高登山包的位置,仿佛不太舒服,"带路吧。"

布莉赶紧动身,才走了几步,道路就变得更加阴暗,树冠笼罩在头顶,遮蔽着天空。透过繁茂的枝叶,她能够听到水流的声音和钟雀[1]的鸣叫。回首望去,四张脸庞都隐藏在外套的兜帽底下,爱丽丝离得最近,几缕

---

[1] 钟雀(bellbird):指嗓音像钟声的鸟类,有多种,澳大利亚最常见的钟雀是冠钟鹩,又名冠钟雀。

金发随风飘扬。

"干得漂亮。"她用口型说。布莉觉得应该不是反话，于是便报以微笑。

劳伦紧随其后，眼睛盯着凹凸不平的地面，吉尔的圆脸蛋已经泛起了粉红色。布莉看到姐姐走在队尾，贝丝穿着借来的靴子和偏小的外套，比众人落后半步。姐妹俩的视线相遇，布莉并未放慢速度。

道路越来越狭窄，转过拐角，旅馆的最后一丝光亮也消失得无影无踪，浓密的丛林在身后渐渐合拢。

第四章

　　旅馆停车场堵得水泄不通，搜救志愿者的卡车紧挨着新闻车和警车。

　　福克将车子并列停放 [1] 在旅馆外面，让卡门拿着钥匙待在车里。他踏上前廊，打开大门，一股热浪扑面而来。几位搜救人员聚集在镶嵌着木板的接待区，认真地研究着地图。左边通往公共厨房，右边是休息厅，摆着陈旧的长沙发，架子上堆满破破烂烂的书籍与棋盘。一台古董电脑藏在角落中，上面贴着手写的指示牌：仅供房客使用。不知算盛情邀请还是警告提示。当他走近时，服务台后面的护林员几乎连头都没抬。

　　"抱歉，伙计，房间订满了，"护林员说，"你来得不凑巧。"

　　"金警长在吗？"福克说，"我们跟他约好了。"

　　护林员这才看向他，"噢，不好意思。刚刚我瞧见你停车，还以为——"他没说完。又是个傻乎乎的城里人，"他在搜救指挥总部，你知道是哪儿吗？"

　　"不知道。"

　　护林员在桌子上摊开一张山区地图。大片蔓延的绿色代表丛林，其

---

[1] 并列停放（double-park）：一种违规的停车方式，将车辆停放在已经停靠于路边的汽车外侧。

中穿插着标识路径的蜿蜒线条。护林员拿起钢笔，解释自己画下的轨迹。驾车沿着乡间小道往西行驶，穿过树木的包围，在交叉路口向北转弯。最后，护林员圈出了终点，看上去似乎位于荒郊野岭。

"大约需要二十分钟。放心吧，"护林员把地图递给福克，"我保证，等你到了，立马就能认出来。"

"谢谢。"福克回到屋外，寒风凛冽，砭人肌骨。他打开车门，钻进驾驶座，摩擦着掌心。卡门身体前倾，盯着挡风玻璃。他刚准备说话，她便做出嘘声的手势，接着指向停车场。远处有个四十多岁的男人，穿着滑雪服和牛仔裤，正在从黑色宝马车的后备箱里拿东西。

"瞧，丹尼尔·贝利，"卡门说，"对吧？"

福克的第一个念头是，贝利坦尼特的首席执行官换掉西装竟模样大变。他从未当面见过贝利，眼前的男人酷似运动员，举手投足都洋溢着充沛的活力，跟照片中的形象截然不同。他比福克所推测的要矮一点儿，但是肩背十分宽阔。浓密的头发呈现出闪亮的深棕色，毫无灰白的衰老痕迹。若非天生如此，那么染发的价格肯定颇为昂贵，效果也足能以假乱真。贝利不认识他们——应该不认识——但福克还是下意识地缩了缩脑袋。

"难道他在协助搜救吗？"卡门说。

"不管做什么，反正没闲着。"贝利的靴子上沾满了新鲜的泥巴。

他们默默地观察，贝利在后备箱里东翻西找。宝马车夹在破旧的卡车和面包车之间，犹如鹤立鸡群的珍禽异兽。终于，他直起腰板，将某样黑乎乎的东西塞进滑雪服的口袋中。

"那是什么？"卡门问。

"好像是一副手套。"

贝利触动按钮，后备箱的车盖缓缓关闭，无声地炫耀着奢侈的优雅。他站在原地，凝视着丛林。片刻之后，他走向旅馆的住宿小屋，垂着脑袋，顶风而行。

"他和吉尔都在，恐怕情况比较复杂。"卡门说，他们目送着他离去的背影。

"是啊。"其实，两人心知肚明，所谓复杂，只是轻描淡写的说法。福克发动引擎，把地图递给卡门，"无论如何，现在咱们要去这里。"

"这是哪儿？"

"当初找到另外四个女人的地方。"

轿车的悬架[1]在奋力挣扎。他们沿着尚未铺砌的土路艰难行驶，随着凹凸不平的地面剧烈颠簸，斑驳的树干挺立在两旁，就像整齐排列的哨兵。透过引擎的嗡鸣，福克能够听到微弱却尖锐的呼啸。

"天啊，那是风声吗？"卡门眯起眼睛，看着挡风玻璃。

"应该是。"福克紧紧地盯着路面，周围的丛林越来越浓密。烧伤的左手握着方向盘，开始隐隐作痛。

至少护林员说得没错，搜救指挥总部确实非常醒目。福克驱车转过拐角，孤独的道路在前方变成热闹的基地。路边停着许多车辆，首尾相接。一位记者正在对着镜头侃侃而谈，并且朝身后的搜救人员挥手示意。搁板桌上放着咖啡壶和水瓶，警用直升机在头顶盘旋，树叶沙沙作响。

福克将汽车停在队末。虽然临近正午，但空中的太阳依然十分黯淡。卡门向路过的护林员打听金警长，对方指着一位五十多岁的高个男子。他身形颀长，眼神警惕，视线在地图和丛林之间反复游移。瞧见福克与卡门，他好奇地抬起头。

"谢谢你们赶来，"三人互相握手，分别介绍自己的身份。金警长回首瞥向电视台的摄像机，"先找个安静的地方吧。"

他们沿着道路走了片刻，躲在一辆大卡车旁，勉强可以抵御寒风。

---

[1] 悬架（suspension）：汽车的车架（或承载式车身）与车桥（或车轮）之间的传力连接装置的总称，用以缓冲由不平路面传给车架（或车身）的冲击力，减轻由此引起的震动，保证汽车能平顺地行驶。

"进展不顺？"福克说。

"是啊。"

"你指挥过多少次搜救行动？"

"数不胜数。我在附近工作了二十年，人们经常迷路。"

"一般多久能找到？"

"很难讲。一条绳子有多长？偶尔能立即找到，但一般需要花些时间。"金警长鼓起瘦瘦的脸颊，"她已经在丛林中独自待了三十多个小时，所以我们希望在今天之内找到她。她似乎懂得收集雨水，但是很可能缺乏食物，并且会遭遇低体温症[1]的危险，尤其是在潮湿的环境中。不过，主要还是取决于如何应对，还好她以前参加过不少野外露营。如果运气好，或许会凭借一己之力走出来，"他稍作停顿，"否则，只能听天由命。"

"但是，总能找到他们吧？"卡门问，"我是说最终。"

"基本可以。即便在科瓦克的年代里，最终也能找到，除了那个姑娘。此后，失踪的登山客寥寥无几。十五年前，有一位老先生，身体虚弱，作为心脏病患者，其实不该独自远足。也许他在某个僻静的地方坐下休息，却突然旧疾复发，悄无声息地去世了。十年前，有一对新西兰夫妇，情况比较特殊。两人都是三十多岁，非常健康，而且具备丰富的户外探险经验。过了很久才发现，他们在故乡欠下了巨额债务。"

"所以，你觉得他们是故意消失的？"福克问。

"不好说。但是，对于他们来讲，销声匿迹还不算太糟。"

福克和卡门交换了一下眼色。

"这次究竟是怎么回事？"卡门说。

"爱丽丝·拉塞尔是女子小组的五名成员之一，于周四下午从通往明镜瀑布的小径入口出发。如果二位愿意，稍后我可以找人带你们去看

---

[1] 低体温症（hypothermia）：生物体温降低到正常新陈代谢和生理机能所需温度以下的症状。

看。女子小组带着野外生存的必需物品，包括地图、帐篷、指南针和食物。按照原定计划，她们要往西走，克服途中的障碍，露营三晚。"

"这次活动是林区组织的吗？"

"不，活动的主办方是一家名叫'精英探险'的私人公司。他们已经在此运营了好几年，口碑不错，做事也挺靠谱。贝利坦尼特另有五名男员工参加活动，两队人马沿着不同的路线前进，应该在昨天正午共同抵达集合地点。"

"可是女子小组没到。"

"对。实际上，其中四名成员到了，不过是在六小时后，而且状况很差，身上全是割痕和瘀青。有人撞破脑袋，还有人被蛇咬伤。"

"天哪，是谁？"福克说，"她还好吗？"

"布莉安娜·麦肯齐。放心吧，问题不大。根据目前收集的情报来判断，我觉得她是个名不副实的助理，她们都顶着花里胡哨的头衔。无论如何，咬伤她的可能只是地毯蟒[1]。她们当时不知道，吓得屁滚尿流，以为遭遇了虎蛇[2]，怕她一命呜呼。其实根本没有毒液，但是伤口感染了，所以她必须住院治疗几天。"

"回墨尔本？"卡门说，金警长摇了摇头。

"镇上的社区诊所更适合她。"他说，"如果在废弃的房子里吸毒过量，最好求助于城里的医师；如果在户外的丛林中被蛇咬伤，最好求助于附近的大夫。相信我，他们很了解野生动物。布莉安娜·麦肯齐的姐姐在诊所陪护，"他从口袋里掏出小小的笔记本，低头扫了一眼，"贝瑟妮·麦

---

[1] 地毯蟒（carpet python）：属于蟒蚺科，因其多身上有着像地毯一样的环形花纹而得名，分布于澳大利亚大陆、新几内亚岛、俾斯麦群岛和所罗门群岛南部，体内没有毒液。

[2] 虎蛇（tiger snake）：属于眼镜蛇科，因其身上有着像老虎一样的条形花纹而得名，多分布于澳大利亚南部地区，其毒液含凝血剂和神经麻痹剂，能使人毙命。

肯齐。她也参加了远足，不过相比之下伤势较轻。"

金警长回头望去，几名搜救人员正准备进山，橙色的连体服在阴沉的丛林跟前显得十分鲜亮。福克能够看到树木间的缺口，一条小径通往深处，木制标牌孤零零地立在旁边。

"我们知道女子小组第二天就偏离了既定的路线，因为她们当晚并未到达营地，"金警长继续说，"袋鼠留下的踪迹形成了一条宽敞的野路，连接着主干道。她们大概是在那里走错的，过了几个小时才意识到不对劲，可惜太迟了。"他再次瞥向笔记本，抬手翻页。

"接下来的细节有点儿模糊。昨晚和今早，我们的警官努力向当事人询问相关信息，但是仍然存在空白的部分。她们察觉自己走错以后，似乎开始盲目地挣扎，试图按原路返回，结果越来越麻烦。女子小组本应在第二片营地获取食物和淡水，却未能正常抵达，因此变得惊慌失措。"

福克记起加油站的服务员说过：如果在山中迷路太久，就会陷入恐慌。几天以后，看什么都觉得一模一样，很难再相信自己的眼睛。

"活动规定她们必须把手机留在车上，不过爱丽丝带了，你也知道。"金警长朝福克点了点头，"山里的信号非常微弱，偶尔走运连得上，但通常完全不行。总之，她们漫无目的地在丛林中徘徊，直到周六，才意外地发现了一栋破旧的小屋。"

他稍作迟疑，仿佛有别的话想说，接着却改变了主意。

"眼下，我们还不清楚小屋的具体位置。她们在那里待了整整一夜，等到昨天早晨醒来，爱丽丝已经不见了。至少另外四个女人都这样说。"

福克皱起眉头，"她们觉得爱丽丝为何会突然消失？"

"她们以为她发脾气，独自离开了。先前，女子小组曾多次商讨对策。爱丽丝一直吵着要穿过丛林往北走，去寻找出路，但其他成员的反应比较冷淡，所以她不太高兴。"

"你觉得呢？"

"也许确实如此。她拿走了背包和手机，以及团队中唯一能用的手电筒。"金警长抿起嘴唇,表情严肃,"而且,考虑到身体的伤势和精神的重压,我个人认为,小组内部恐怕产生过暴力冲突。"

"你的意思是,她们动手打架?"卡门说,"为了什么?"

"我刚才也说过,她们的陈述仍有不少空白之处需要填补。目前,搜救任务占优先级别,我们要尽快行动,争分夺秒。"

福克点了点头,"另外四个女人是怎么回来的?"

"她们披荆斩棘,向正北方前进,找到一条山里的公路,沿着它绕出去。这个方法十分艰难,并非总能奏效,但是她们别无选择,毕竟面临着蟒蛇咬伤和其他问题。虽然花费了好几个小时的工夫,但最终还是成功了。"他叹了口气,"我们正在寻找那栋小屋,最佳的情况是,她可以回去,留在原地等待。"福克并未询问最坏的情况是什么。独自迷失在危险的丛林中,他能够想象出无数种可怕的后果。

"好了,这就是我们的进展,"金警长说,"轮到你们了。"

福克掏出手机。屏幕显示完全没有信号,幸好他事先把爱丽丝·拉塞尔的语音留言录了下来。金警长接过手机,用力地压在耳朵上。

"该死的风声。"金警长捂住另一只耳朵,闭上眼睛,全神贯注。他听了两遍,然后将手机还给福克,面色凝重。

"能不能告诉我,你们之前都跟她谈过什么?"他说。

直升机又一次掠过低空,撼动周围的树木。福克看向卡门,卡门轻轻地点头。

"刚才,我们在旅馆停车场见到了丹尼尔·贝利,"福克说,"他们公司的首席执行官,他的名字也出现在你发送的成员名单中。"

"贝利坦尼特的老板?嗯,我知道,他是男子小组的成员。"

"在丛林中,男子小组跟女子小组有过接触吗?"

"按照活动安排,不应该有,"金警长说,"但是我听说私底下有。怎么了?"

"我们跟爱丽丝·拉塞尔谈论的对象,"福克说,"就是丹尼尔·贝利。"

第一天：周四下午

吉尔·贝利看到爱丽丝的后脑勺越来越远。

尽管脚上的靴子标价三位数，号称是"高科技舒适产品"，然而仅仅走了二十分钟，吉尔已经感到左侧的鞋子在生硬地摩擦脚底。天气很冷，T恤衫却紧紧地贴着腋窝，汗珠缓慢地流进文胸。湿漉漉的前额闪闪发亮，她悄悄地用袖子擦了擦。

大概只有贝丝比她更加难受。吉尔听见身后的烟肺呼哧作响，她知道自己应该转身，讲几句鼓励的话，但此时此刻，她实在想不出要说什么，任何言语都无法令人信服。

于是，她便专心致志地保持步伐平稳，竭力掩饰着不适的表现。枝头落下轻柔的水滴，她记起温泉疗养地的冥想音乐。在吉尔的心目中，那才是美妙的周末度假，而户外运动一向是丹尼尔的爱好。浑蛋丹尼尔。她怀疑他还未抵达林区旅馆。

队伍的行进节奏发生了变化，她抬起头来，看见其他成员都在放慢速度。随着小径变宽，周围的树木渐渐稀疏。原本以为耳畔的声音是狂风的呼啸，其实是激荡的水流。她追上众人，站在丛林边缘，眨了眨眼睛。繁茂的枝叶拉开帷幕，显露出一面翻滚的白墙。

"噢，天哪！真是难以置信，"吉尔喘息着，"咱们好像找到瀑布了。"

首先浮现在脑海里的词语是"壮观"。一条生机勃勃的大河冲破森林，在木桥下奔腾，跨越岩礁，自由坠落，犹如沉重的帘布垂入幽暗的池塘，雪浪飞溅，穿云裂石。

五个女人在桥上谈笑，靠着栏杆，俯瞰峡谷中的波澜。空气清爽，仿佛伸手便可触摸到实体，冰凉的水花打湿了脸颊。周围的景象似乎具有催眠的作用，吉尔觉得肩上的背包轻快了许多。她愿意永远待在原地。

"咱们得走了。"

木桥的远端响起冷酷的提议，吉尔勉强移开视线，爱丽丝已经在观察前方的道路了。"山里光线太差，也许很早就会天黑，"她说，"应该继续前进。"

突然之间，吉尔感到脚底的水泡火烧火燎起来，汗衫无情地刮蹭着皮肤。她望向灰蒙蒙的天空，然后收回目光，恋恋不舍地凝视着瀑布，叹了口气。

"好，咱们走。"

她拖着身体离开防护栏杆，恰巧瞥见布莉对着地图皱眉。

"没问题吧？"吉尔问。布莉咧嘴一笑，露出洁白的牙齿。

"嗯，就是这个方向。"她折好地图，把黑色的马尾辫从肩头拂开，指着孤零零的小径。吉尔点了点头，沉默不语。唯一的道路，唯一的选项。但愿布莉面临抉择的时候也能如此自信。

小径十分泥泞，吉尔格外留神，生怕滑倒。脊椎开始隐隐作痛，不知是由于背包的重压，还是由于频繁的低头。

才走出几步，前方便传来一声叫喊，打破了丛林的低沉嗡鸣。布莉停在路中央，指着旁边的山坡。

"瞧，那是第一面旗帜，对吗？"

白花花的方布剧烈摆动，与粗糙的桉树皮形成鲜明的对比。布莉丢掉背包，穿过灌木丛，凑近查看。

"对，印着'精英探险'的标志呢。"

吉尔眯起眼睛，距离太远，根本瞧不清。布莉抬起胳膊，伸长手指，奋力向上跳跃，却依然够不着。

"我需要垫脚的东西。"布莉环顾四周，发丝随风飘扬。

"噢，别折腾了。"爱丽丝望着天空，"小心把脖子摔断。就算找齐六面旗帜又怎么样？能得到一百澳元吗？"

"每面旗帜奖励二百四十澳元。"

吉尔回过头去。起程以后，这是她第一次听到贝丝说话。

贝丝放下背包，"我帮你。"

吉尔发现布莉的热情从脸上褪去。

"不，算了。咱们走吧。"

然而太迟了，她的姐姐已经来到面前，"二百四十块钱，布莉。如果你不想要，那就归我了。"

吉尔跟爱丽丝和劳伦站在一起，她们抱着双臂，抵御寒风，静静地旁观。贝丝跪在妹妹面前，交叉十指，用双手充当阶梯，布莉极不情愿地将脏兮兮的靴子踏入姐姐的掌心。

"真是浪费时间，"爱丽丝抱怨道，紧接着看向身边的吉尔，"抱歉，我指的不是整个活动，只是这件事而已。"

"噢，让她们试试呗，"劳伦注视着双胞胎，两人摇摇晃晃地贴着树干，"又没什么坏处。在二十多岁的年纪上，几百块可是不小的数目。"

吉尔盯着爱丽丝，"你为何要着急呢？"

"照现在的速度走下去，咱们会在黑暗中淋着雨搭帐篷。"

吉尔明白，爱丽丝的判断恐怕非常正确。天空比刚才更加阴沉，而且她意识到自己再也听不见鸟鸣，"咱们马上就能出发。其实，我是想问，你为何要在周日早点儿赶回墨尔本，不是说过有事吗？"

"噢。"尴尬的沉默过后，爱丽丝摆了摆手，"小事，不值一提。"

"勤业女校将在周日晚上举办颁奖典礼。"劳伦说。爱丽丝扫了她一眼，表情复杂，吉尔无法读懂其中的含义。

"是吗？好，我们肯定让你及时赶回去，"吉尔说，"玛格特得了什么奖？"

每次跟爱丽丝的女儿见面，吉尔都会有种奇怪的感觉，仿佛自己遭到了严厉的评判。除非倒退三十五年，否则十六岁少女的意见在吉尔的世界中毫无价值，但是玛格特·拉塞尔的眼神总是冷漠而刻薄，令人烦躁不安。

"舞蹈奖。"爱丽丝说。

"真棒。"

"嗯。"爱丽丝含糊地答应着，吉尔很清楚，她是一名商学硕士，注重学习成绩，而非文艺特长。

吉尔瞥向劳伦。虽然从未见过劳伦的女儿，但是吉尔知道她也在勤业女校上学，劳伦常常抱怨学费昂贵。吉尔绞尽脑汁地思索，却始终记不起她的名字。

"你也要参加颁奖典礼吗？"终于，她问道。

劳伦停顿了一下，"不，今年不用。"

这时，山坡上响起兴奋的欢呼，吉尔如释重负地扭头望去，发现姐妹俩正在挥舞旗帜。

"干得漂亮，姑娘们。"吉尔说。布莉眉飞色舞，就连贝丝也展露欢颜，显得容光焕发。吉尔心想，她应该多笑。

"谢天谢地，"爱丽丝清晰地嘀咕着，将登山包背在肩上，"抱歉，如果再不走，天黑之前肯定没法赶到。"

"谢谢，爱丽丝，你刚才说过了。"吉尔转向双胞胎，"出色的团队合作。"

爱丽丝一言不发地径直离开，布莉保持着灿烂而坚定的笑容，嘴角的细微抽搐几不可察。若非心知肚明，吉尔还以为自己产生了幻觉。

爱丽丝说得对。等到她们抵达，营地已经乌漆墨黑。最后一公里的

036

行进速度慢如蜗牛，她们打着手电筒，小心翼翼地迈步，每隔百米便要停下来查看地图。

吉尔原本设想，瞧见营地就会感到欣慰，结果却只是觉得疲惫。艰难的跋涉令双腿疼痛不堪，昏暗的光线使眼睛过度劳累。虽然在夜幕中难以分辨，但是营地的面积似乎比她预料的更大。四周环绕着摇晃的桉树，密密层层的枝杈犹如黑色的手指，伸向没有星星的夜空。

吉尔放下背包，摆脱压迫的束缚。当她后退时，鞋跟碰到未知的障碍物。伴随着惊呼，她狠狠地跌坐在地上。

"怎么了？"一道亮光投射过来，照耀着吉尔的瞳孔。远处响起诡异的轻笑声，接着又戛然而止。是爱丽丝。"哎呀，吉尔，吓死我了。你还好吗？"

有人抓住吉尔的胳膊。

"你很可能找到了篝火坑，"是布莉，毫无疑问，"我帮你。"

吉尔挣扎着站直身体，布莉微微弯腰，承受着她的重量。

"我没事，谢谢。"吉尔觉得掌心似乎磨破了，恐怕正在流血。她想掏出手电筒，却发现外套口袋空空如也。

"糟糕。"

"你受伤了吗？"布莉依然在附近。

"我的手电筒丢了。"吉尔用目光搜寻刚才摔倒的地方，却什么也看不清。

"我去找我的。"布莉离开了，吉尔能够听到翻背包的动静。

"给。"耳畔冒出说话声，吉尔大吃一惊。是贝丝。"拿着。"

吉尔感到某样东西被放在手上。那是一个工业用手电筒，金属材质，又长又沉。

"谢谢。"吉尔摸索着触动开关，闪耀的光束划破黑夜，径直照向对面。爱丽丝畏缩了一下，抬手挡住眼睛，五官的轮廓十分清晰。

"天哪，太亮了。"

吉尔故意停顿片刻，才让光束落向地面，"好像挺管用，以后肯定能帮上大忙。"

"也许吧。"光圈捕捉到爱丽丝的靴子，她朝旁边迈步，消失在黑暗中。

吉尔举起手电筒，开始观察营地。明亮的苍白削弱了大部分色彩，给一切都蒙上单调的面纱。先前走过的小径显得狭窄而坎坷，脚边有个中心黑乎乎的篝火坑。茂密的枝叶静悄悄地包围着空地，树干的模样非常诡异。远处，丛林幽暗而可怕，一道阴影跃入眼帘，吉尔赶紧停住，让手电筒更加缓慢地往回移动。

一个细长的身影呆呆地站在营地边缘，吉尔大惊失色，差点儿再次绊倒，明亮的光束疯狂地摇晃。她竭力保持镇定，稳住手电筒，光束微微颤抖。

吉尔松了口气，原来只是劳伦而已。又瘦又高的体形几乎湮没在树木的线条和漆黑的夜幕中。

"劳伦，天哪，吓我一跳。"吉尔高声喊道，脉搏依然跳得飞快，"你在做什么？"

劳伦背对着大家，纹丝不动地凝视着朦胧的丛林。

"劳——"

劳伦抬手制止，"嘘。"

突然，她们听到了。噼啪。吉尔屏住呼吸，竖起耳朵。寂静。噼啪。毋庸置疑，显然是枯枝败叶在脚底断裂破碎的声音。

吉尔不由得倒退了一步，劳伦扭过头来，面如死灰。

"那里有人。"

第五章

"丹尼尔·贝利？"金警长从福克看向卡门，"你们为什么要关注他？"

寒风卷起道路对面的尘土和落叶，福克望见搜救人员冲进丛林中，墨尔本的高楼大厦仿佛远在天边。

"请你严格保密。"说罢，福克静静地等待，金警长赶紧点头。

"一定。"

"据悉，他的公司存在洗钱行为。"

"贝利坦尼特？"

"是的。"不止如此，包括这家高级会计师事务所在内，澳大利亚联邦警察局正在调查若干企业。

"我原本以为贝利坦尼特应该相当体面，不是说家族经营、代代相传吗？"

"没错。我们相信丹尼尔和吉尔的父亲先前也曾牵涉其中。"

"真的？"金警长挑起眉毛，"所以，他是子承父业？"

"差不多。"

"情况很糟糕吗？"金警长说，"只是小小地伪造账目还是——"

"指控的内容极为严重，"卡门说，"组织规模庞大，涉案金额甚巨，犯罪仍在进行。"

其实，福克和卡门并不清楚案件的全貌。上级指派他们专门调查贝利坦尼特，仅仅给出直接相关的信息，让他们知道这家公司是巨型网络中的一环，对于网络本身的广度和深度，则并未提及。他们猜测可能是全国性案件，甚至怀疑是跨国犯罪。

金警长皱起眉头，"爱丽丝向你们检举——"

"我们主动接近了她。"福克说。现在他可以承认，她恐怕不是正确的选择。但是在理论上，她完全符合条件。职位够高，能接触到所需的文件；麻烦够多，能挖掘到充足的把柄。而且，她不姓贝利。

"你们在调查丹尼尔·贝利和吉尔·贝利？"

"是的，"卡门说，"还有他们的父亲利奥。"

"他早就退休了吧？"

"情报表明，他仍旧非常活跃。"

金警长微微颔首，然而福克发现，他的眼神中流露出某种情绪，显得似曾相识。福克明白，大部分人都把洗钱排在偷窃和逃票之间，虽然不该发生，但是少数富豪的逃税行为好像不太值得耗费警力资源。现实远非如此。如果谈话的时机合适，如果听众的目光闪烁，福克会试着解释。倘若大笔金钱被刻意隐藏，肯定有特殊的原因。沿着犯罪的链条追溯，整洁无瑕的白领渐渐化作肮脏不堪的污泥。福克痛恨背后的阴暗。人们坐在奢华的办公室里，随随便便就能洗净双手，将违法的勾当描绘成智慧的创造。他们用额外的收入购买豪宅、抛光汽车，假装不了解根基的腐烂。毒品。军火。童工。恶果形形色色，都是用悲惨的生命去换取财富。

"贝利家族知道调查的事情吗？"金警长问，福克瞥向卡门，他们俩也一直在问自己。

"目前没有理由认为他们知道。"福克说。

"除了线人在失踪当晚给你打过电话之外。"

"是的。"

金警长摸了摸下巴，盯着远处的丛林。

"这一切对他们来说意味着什么？"终于，他开口道，"爱丽丝·拉塞尔满足你们的要求，然后呢？贝利家族将失去他们的公司吗？"

"不，最理想的结局是把贝利家族送进监狱，"福克说，"公司也会关闭。"

"全体职工都得失业？"

"对。"

"包括女子小组的成员？"

"是的。"

金警长表情镇定，"爱丽丝·拉塞尔对此有何感想？"

"平心而论，"卡门说，"她无法拒绝。如果不协助我们，她只能跟贝利家族共存亡。"

"好吧，"金警长沉思片刻，"你们的调查已经进行了一段时间，是吗？"

"我们跟她断断续续地合作了三个月。"福克说。

"那她为何要在昨天找你？"金警长说，"干吗这么着急呢？"

卡门叹了口气。"爱丽丝向我们提供的资料应当移交给调查小组，"她说，"截止日期是今天。"

"今天？"

"没错。我们还差几份关键的文件，但是手头的资料需要接受上级检查。"

"你们交了吗？"

"没有。"卡门说，"一旦移交资料，事态就会脱离控制，我们和爱丽丝都将陷入被动。我们希望先了解情况，再做打算。"

"也许她想退出？"金警长问。

"很难讲，有可能。不过，现在再耍花招未免太迟了，如果退出，就得面临起诉。她必须找到很好的借口，"卡门稍作犹豫，"否则，恐怕别无选择。"

三人凝视着幽暗的丛林，爱丽丝依旧不见踪影。

"你们还差什么文件？"金警长说。

"几份商务文件，"福克说，"都是老资料。"正式代码为 BT-51X 至 BT-54X，可他和卡门总是将其简称为"合同"，"凭借它们，才能抓住丹尼尔和吉尔的父亲。"

福克和卡门得知，过去的证据至关重要。利奥·贝利是核心人物，他将公司发展成现在的规模，并且跟许多同伙建立起联系。虽然往事已矣，但是从前的筹划跟如今的犯罪密不可分。

金警长陷入沉默，直升机在空中嗡嗡作响，似乎越来越远。"好吧，"最后，他说，"当务之急是找到爱丽丝·拉塞尔，确保她的安全。人们在丛林中消失，通常是由于偏离道路、迷失方向，眼下的搜救行动便是以此为前提来制订计划。但是，如果她跟你们的合作会引发小组矛盾，那么我们也要把发生意外的可能性考虑在内。所以，感谢二位坦诚相告。"

金警长晃动身体，仿佛急于离开，脸上的表情很奇怪，好像如释重负。福克静静地观察，接着开口询问。"还有呢？"

"啊？"

"还有其他的推测吗？"福克说，"这两种推测听上去都不怎么样。"

"确实。"金警长躲避着他的目光。

"那更糟糕的情况是什么？"

金警长停止晃动，四处张望。搜救人员被树林吞没，橙色的衣服隐匿在枝叶中，新闻媒体保持着安全的距离。尽管如此，他仍然小心翼翼地凑近福克和卡门，无奈地叹了口气，压低嗓音。

"科瓦克。更糟糕的情况是遇到科瓦克。"

他们盯着金警长。

"科瓦克死了。"卡门说。

"马汀·科瓦克死了，"金警长用舌头舔了舔牙齿，"但他的儿子却下落不明。"

第一天：周四晚上

劳伦惊慌失措，差点儿失声尖叫。

结果仅仅是男子小组而已。她看着五个同事从树林中现身，心脏狂跳不止，喉咙里泛上酸涩的味道。他们挥舞着酒瓶，露出洁白的牙齿，丹尼尔·贝利走在前面。

"所以，你最终还是赶到了。"劳伦突然开口，肾上腺素令她变得无所畏惧。丹尼尔放慢脚步。

"嗯——"

他眯起眼睛，皱着眉头。刚开始，劳伦以为他生气了，但紧接着却意识到，他只是在回想她的名字。他的姐姐穿过黑暗，打破了尴尬的沉默。

"丹尼尔，你在这里干吗？"吉尔面无表情，丝毫没有诧异或恼怒的痕迹。不过劳伦知道，她很少泄露内心的想法。

"我们来打个招呼，看看你们安顿得怎么样。"他观察着姐姐的脸庞，"抱歉，是不是吓到你了？"

也许丹尼尔比多数人更了解他的姐姐，劳伦暗自思忖。吉尔一言不发，静静地等待下文。

"大家还好吗？"丹尼尔继续说，"男子小组的营地就在一公里以外，我们带了酒水。"他瞥向四位同伴，他们顺从地举起瓶子，"派个人帮姑娘们生火。"

"我们能行。"劳伦说，但是丹尼尔摇了摇头。

"别客气，他们不会介意的。"

劳伦目送丹尼尔和吉尔离开，然后朝篝火坑走去。一位体形瘦削的销售部同事守着一堆潮湿的落叶，试图点燃顶部的引火物。

"不是这样做。"劳伦接过他的火柴，在空地边缘找到一棵倒下的大树，捡起尚未受潮的干燥枯枝。远处，爱丽丝正在发号施令，指挥双胞胎搭建帐篷，听起来姐妹俩似乎包揽了主要的工作。

劳伦蹲在篝火坑旁，努力回忆生火的步骤。她用树枝盖住引火物，堆成圆锥形，认真地端详。看上去还不错。她划着一根火柴，屏住呼吸。火焰渐渐升腾、蔓延，绽放出橙色的光芒。

"你从哪儿学来的？"销售部的男同事惊得目瞪口呆。

"学校露营。"

周围响起窸窣的动静，爱丽丝踏入光亮中，"嘿，帐篷支好了。布莉和贝丝住在一起，你和我住在一起，吉尔睡单人帐篷。"她朝篝火点头示意，五官在烈焰的照耀下扭曲，"干得漂亮，可以放上食物了。"

"要先跟吉尔商量一下吗？"营地十分宽阔，劳伦四处张望，片刻之后才瞧见姐弟二人站在边缘交谈。吉尔说了句什么，丹尼尔连连摇头。

"他们很忙，"爱丽丝说，"直接开始就行，反正也得由咱俩动手，她肯定不会用篝火做饭。"

恐怕确实如此，劳伦心想。爱丽丝拿出炊具、米饭和袋装牛排。

"我记得当初对自己承诺，永远都不再参加露营活动，可这种事情就像骑自行车一样，总是难以避免，对吧？"过了几分钟，爱丽丝说，她们盯着锅里冒泡的清水，"我觉得咱们好像回到了学生时代。"

坐在爱丽丝身边，桉树和木柴的气味飘进鼻孔，劳伦仿佛听见灰尘在轻声低语，讲述着三十年前的往事：群星露营。

翻开光滑的入学简介手册，勤业女校的丛林校区仍旧是重点宣传的对象。它为九年级的姑娘提供"机会"——强制性的机会，让她们在偏僻的地方度过整整一个学年。这项安排旨在培养学生的优秀品格和适应能力，促使她们对澳洲的自然环境产生由衷的敬意。在措辞考究的段落中，还巧妙地插入了一句：同时，能够避免青春期少女接触外界的不良诱惑。

十五岁的劳伦，第一天便陷入想家的忧郁，第二天便遭受水泡的折磨和蚊虫的叮咬。她体形偏胖，却早已远离可以被称作"婴儿肥"的年纪。在漫长的一周之后，她甚至被蒙住了眼睛。如果无法信任其他同学，那么信任挑战有何意义呢？

她知道自己被领出主营地，走进丛林中，因为脚下的落叶正在沙沙作响，可是她并不清楚具体的方位。或许站在悬崖边缘，或许即将掉进河里。她能够捕捉到周围的动静。脚步声。窃笑声。她伸出手，抓向眼前的黑暗。五指合拢，掌心空空如也。她向前迈步，脚趾碰到凹凸不平的地面，差点儿绊倒。突然，有人握住她的胳膊，坚定而平稳。她感到温暖的呼吸拂过脸颊，听见轻柔的嗓音在耳畔响起。

"我帮你，走吧。"爱丽丝·拉塞尔说。

虽然那是爱丽丝第一次跟劳伦说话，但是她立即就认出了爱丽丝的嗓音。当时的劳伦身材肥胖，而且没有朋友，察觉爱丽丝靠近，心头涌上一股复杂的情绪，混合着困惑与宽慰。如今，三十年过去了，劳伦依然记得清清楚楚，她凝视着篝火对面的女人，猜测爱丽丝是否也记得。

劳伦深深地吸了一口气，却被身后的动静打断。丹尼尔从她的肩膀上方冒出来，橙色的烈焰映着他的脸庞。

"他们生好火了？不错嘛。"他的瞳孔在黯淡的光线下显得漆黑，他塞给劳伦一瓶红酒，"拿着喝吧。爱丽丝，我得跟你说句话。"

"现在？"爱丽丝一动不动。

"对，拜托。"他轻轻地拍了拍她的后背。经过短暂的犹豫，爱丽丝起身跟他离开了。劳伦看着他们走向营地边缘，隐匿在阴影中。丹尼尔的嗓音低沉而模糊，很快便被周围的谈笑声所淹没。

劳伦收回目光，检查食物，发现已经煮熟了。她打开包装，往每个袋子里都添上完全等量的米饭。

"晚餐准备好了。"她高声喊道。

布莉走过来，抓着先前找到的旗帜，两个男人紧随其后。

"其实就挂在路边的树上，"她对他们说，"你们可能错过了。"

布莉端着塑料杯啜饮，脸颊通红。她拎起一个食品袋。

"谢谢，真棒。"她用叉子戳了戳，面色微微一沉。

"你不喜欢牛排？"劳伦问。

"喜欢，真的。我只是——"布莉停住话头，"看起来很好吃的样子，谢谢。"

劳伦看着布莉吃了一小口。全是肉，没有米。她恍然大悟，有些姑娘为了保持体形，会杜绝在夜间摄入碳水化合物。她想出言相劝，却忍住了。这不关她的事。

"如果你们的晚餐跟我们的晚餐味道一样，那必须得用喝的冲下去才行。"其中一个男人说。他凑近布莉，不等她回答，便给她的杯子倒满了酒。

劳伦偷偷地瞥向他们，然后捧着自己的食物，坐到篝火旁的横木上。她打开袋子，瞪着牛排和米饭。还是应该吃点儿东西，她心想，接着环顾四周。无人关注，也无人在乎。她放下叉子。

一道阴影落在劳伦的大腿上，她抬起眼睛。

"我能要一份吗？"贝丝指着食物。

"当然。"

"谢谢，我饿坏了。"贝丝朝横木点头示意，"我可以坐在这儿吗？"

劳伦往旁边挪动，横木在贝丝的重压下降低，发出嘎吱嘎吱的声响。贝丝吃得飞快，双眼盯着被男同事簇拥的妹妹。布莉扬起细长而洁白的脖颈，喝了一口酒，杯子瞬间又满了。

"她平常不喜欢喝太多，"贝丝说，嘴里的食物尚未完全咽干净，"否则会头晕。"

劳伦记起丹尼尔硬塞的红酒，于是便顺手拿出来，贝丝却摇了摇头。

"不，谢谢。"

"你也不喜欢喝酒？"

"我太喜欢喝酒了。"

"噢。"贝丝表情严肃，劳伦无法判断她是否在开玩笑。

"你介意我抽烟吗？"贝丝把吃光的食品袋攥成一团，掏出香烟盒。

劳伦确实有点儿介意，不过还是摇了摇头。毕竟在户外，随她去吧。她们静静地注视着摇曳的火焰。空酒瓶越来越多，谈笑声越来越大。一个男人拖着脚步离开布莉，摇摇晃晃地走近。

"能不能借支烟？"他低下头，咧着嘴微笑。贝丝稍作犹豫，将烟盒递给他。

"谢谢。"他拿了两支，一支含在嘴里，一支放进口袋。他点燃香烟，转身朝布莉走去，劳伦看到贝丝的视线追随着他。

"你觉得贝利坦尼特怎么样？"

贝丝耸了耸肩，"很好。"

她努力装出态度积极的样子，但是依然显得无精打采。劳伦不怪她。即便对于初级职员来说，数据归档的薪水也太低了，况且办公室还设在阴暗的地下。每次从那儿回来，劳伦都渴望阳光的照耀。

"你喜欢跟妹妹一起工作吗？"

"嗯，当然。"这回，贝丝的热情变得非常真诚，"多亏了她，我才能在贝利坦尼特上班。她替我讲了不少好话。"

"你之前在哪儿上班？"

贝丝扫了她一眼，劳伦不禁怀疑自己说错了话。

"在家待业。"

"噢。"

贝丝吸了一口香烟，随着叹息吐出烟雾，"抱歉。我很感激公司收留我，只是这一切——"她抬手指着营地，"实在不适合我。"

"恐怕也不适合其他人，除了丹尼尔。"

劳伦突然想到爱丽丝，她抬起头，发现先前爱丽丝和丹尼尔站的位置现在空无一人。她四处张望，瞧见丹尼尔和他的姐姐跟大家保持着一定的距离，默默地旁观，而爱丽丝却不见踪影。

远处传来一声惊雷，众人仰面盯着天空，谈话的声音渐渐消失。劳伦感到一滴雨水落在前额上。

"我要去看看背包是否在帐篷里。"她说，贝丝点了点头。

她穿过空地，在绷紧的防风绳之间穿梭。双胞胎姐妹把帐篷搭得不错，她暗自思忖，弯腰拽开门上的拉链。

"爱丽丝！"

爱丽丝大吃一惊。她盘腿坐在帐篷中央，低垂着脑袋，诡异的蓝光闪过脸颊，大腿上放着手机。

"天哪，"爱丽丝抓起手机，贴在胸口，"吓死我了。"

"抱歉，你没事吧？可以吃晚餐了。"

"我不饿。"

"你确定吗？你在做什么？"

"没什么。真的，我不饿，谢谢。"爱丽丝按了一下，手机屏幕陷入黑暗，五官也随着光线消失了。她的声音很奇怪，好像刚才哭过。

"丹尼尔找你干吗？"劳伦问。

"讨论年度股东大会的日程安排。"

"不能等以后再说吗？"

"当然能，你也知道，丹尼尔总是沉不住气。"

"噢。"劳伦一直蹲在门口，膝盖开始作痛，雨水敲打着头顶的帆布。

"那是你的手机吗？我还以为你交上去了。"

"我交的是工作手机。嘿，你带了吗？"

"没有，咱们不应该带。"

爱丽丝发出短促的冷笑，"所以你就没带。无所谓，反正也搜不到信号。"

"你想打给谁？"

"没人。"片刻停顿，"玛格特。"

"一切还好吗？"

"嗯。"爱丽丝清了清嗓子，"对，一切都好，她很好。"

她触动按钮，屏幕再次点亮。她的眼睛果然有点儿湿润。

"依然搜不到信号？"

无人回答。

"你确定一切都好吗？"

"嗯，我只是——"手机被扔到睡袋上，发出沉闷的声响，"我必须跟她通个电话。"

"爱丽丝，玛格特已经十六岁了，单独待几天不要紧。再说，你周日就能见到她了，在颁奖典礼上。"劳伦听到自己的语气中透着淡淡的苦涩，爱丽丝似乎并未察觉。

"我只想保证她平安无事。"

"放心吧，她肯定平安无事，玛格特一向都很好。"劳伦强迫自己深呼吸，爱丽丝显然非常烦恼，"听着，我懂，我也担心丽贝卡。"这话其实说得相当谨慎。有时候，劳伦觉得，在女儿出生至今的十六年里，自己从未安安稳稳地睡过觉。

爱丽丝一言不发，黑暗中响起窸窸窣窣的动静，屏幕的蓝光重新出现。

"爱丽丝？"

"我听见了。"爱丽丝漫不经心地回答，她盯着大腿上的手机，神情严肃。

"至少玛格特很成功，还得了舞蹈奖呢。"竭力隐藏的苦涩又浮现出来。

"也许吧。我只是——"劳伦听到爱丽丝叹了口气，"我希望她的人生可以更加顺利。"

"嗯，我明白你的感受。"劳伦惦记着自己的女儿。现在是晚餐时间，她努力想象女儿在做什么，熟悉的沮丧涌上心头。

爱丽丝用手腕揉了揉眼睛，接着猛地看向劳伦，"外面为何这么安静？"

"下大雨，派对结束了。"

"丹尼尔走了吗？"

"他们应该都走了。"

爱丽丝从旁边挤过，钻出帐篷，鞋跟碰到了劳伦的手指。劳伦跟在后面，摩擦着掌心。营地上空空荡荡，双胞胎不见了，但是她们的帐篷里闪耀着手电筒的光芒。吉尔独自站在中央，戴着兜帽，外套的拉链封得严严实实。她用叉子戳着一袋食物，呆呆地盯着苟延残喘的篝火，雨水落在木柴上，咝咝作响。听到爱丽丝和劳伦走近，吉尔抬起眼睛。

"你们来了，"吉尔的视线在两人之间游移，"爱丽丝，你是不是违反了规定？"

爱丽丝沉默了片刻，"什么？"

吉尔朝爱丽丝的手上点头示意，"不允许带手机。"

劳伦听到爱丽丝长舒一口气，"我知道，抱歉。我没发现它在包里。"

"别让布莉和贝丝看见，大家都要遵守规定。"

"我明白，不会的。"

"这里有信号吗？"

"没有。"

"噢，好吧。"最后的火苗熄灭了，"既然如此，带着手机也无济于事。"

第六章

福克和卡门盯着金警长，直升机掠过头顶，旋转的桨叶搅动气流。

"我都不知道科瓦克还有个儿子。"终于，福克说。

"唉，是啊，绝非理想的家庭组合。算起来，那孩子也快三十岁了。当初，科瓦克跟故乡的一位酒吧招待员断断续续地交往，结果两人生下一个男婴，取名为塞缪尔——塞姆 [1]。出乎大家的意料，科瓦克虽然是个变态，但似乎非常疼爱儿子。"金警长叹了口气，"可是，在塞姆四五岁的时候，科瓦克就被关入监狱，再加上妈妈酗酒，所以他便在福利院生活。直到二十岁左右，他才重新露面，开始探望爸爸。听说，他是唯一去监狱见科瓦克的亲友。五年前，他再次失踪。根据推测，可能已经死亡。"

"仅仅是推测，并未得到证实？"卡门问。

"对。"金警长放眼望去，几名搜救人员走出小径入口，表情凝重，显然一无所获，"他是个三流的混混，野心不小，本事却不大。涉足过贩毒，也接触过飞车党。早晚会步上他爸的后尘，蹲进监狱，或者得罪不该招惹的人物，付出代价。眼下，墨尔本的同事正在努力调查他的现状，"

---

[1] 塞姆（Sam）：塞缪尔（Samuel）的简称。

他无奈地苦笑，"其实应当早点儿弄清楚。不过，像塞姆·科瓦克这样的家伙，即便失踪也不会引起任何注意。老科瓦克生前倒是很在乎他，只可惜自身难保。"

"你为什么觉得他跟爱丽丝·拉塞尔有关？"福克说。

"不，目前无法断言。但是，外界始终流传着一种说法，声称马汀·科瓦克在丛林中建造了秘密基地，用来藏身。过去，人们认为受害者都是在基地附近遭到的袭击。然而，就算它真的存在，也从未被发现。"他皱起眉头，"根据女子小组的描述，她们找到的小屋或许属于科瓦克，尽管可能性很低。"

福克和卡门面面相觑。

"女子小组的成员对此作何反应？"

"还没告诉她们。除非证据确凿，否则无须制造恐慌。"

"小屋的位置呢？"

"她们觉得在北边，可是'北边'的范围太大了，许多地方都人迹罕至。"

"能不能参考爱丽丝的手机信号，缩小范围？"福克问，金警长摇了摇头。

"如果小屋在高处，大概可以。不过听起来，情况并非如此。山里的某些区域确实搜得到信号，但是并无规律可循。有时，它们的覆盖面积非常狭小，才几平方米而已，一旦踏出圈子，便会失去联络。"

一名搜救人员站在远处的小径上，高喊金的名字，警长挥手答应。

"抱歉，我得继续工作了，咱们以后再聊。"

"贝利坦尼特的其他成员还在吗？我们可能得跟他们谈谈。"卡门说，他们跟着金警长穿过道路。

"我已经让女子小组暂时留在附近。男子小组都回去了，只剩下丹尼尔·贝利。为了方便调查，你们可以说自己在协助我。当然，前提是要共享情报。"

"好，明白。"

"来，我给你们介绍一下伊恩·蔡斯。"金警长抬手示意，一位身穿红色抓绒外套的年轻人离开搜救队，径直走向他们，"他负责'精英探险'的吉若兰项目。"蔡斯的表情似笑非笑，"让他亲自给你们讲讲吧，这次的活动原本非常简单。"

"如果按照正确的路线走，其实很容易。"伊恩·蔡斯说。他留着深色的短发，体形瘦长而结实，双眼常常警向枝叶繁茂的深处，仿佛期待着爱丽丝·拉塞尔会突然出现。

蔡斯开着面包车，福克和卡门紧随其后，沿着孤独的乡间土路重返林区旅馆。此刻，蔡斯单手扶着木制标牌，上面写着：明镜瀑布。雕刻的文字经历了多年的风吹日晒，变得模模糊糊。脚下，一条泥泞的小道蜿蜒地钻进丛林，消失在视线中。

"女子小组就是从这里出发的，"蔡斯说，"明镜瀑布小径甚至不是我们最难的路线。每年大约有十五支队伍沿着它前进，迄今为止没有发生过任何问题。"

"从来都没有？"福克说，蔡斯轻轻摇晃，调整重心。

"偶尔会迟到，不过通常是速度太慢，而非迷失方向。只要顺着路线往回寻找，总能发现他们在最后一片营地周围磨蹭，懒得背起登山包。"

"可这次不同。"卡门说。

"对，"蔡斯点了点头，"这次不同。为了减轻大家的负担，我们都是把食物和淡水锁进箱子里，放在第二晚和第三晚的营地上。由于女子小组没出来，几名护林员便进入丛林。他们知道捷径，迅速赶到第三片营地，结果装着补给的箱子却纹丝未动，第二片营地的情形也完全一样，所以我们就报警了。"

他从口袋里掏出地图，指着一条红色的粗线，终点在西边，途中向北方微微弯曲，划出柔和的弧度。

"这是女子小组的路线，她们应该是在此处走丢的，"他在标记着前两片营地的十字符号之间戳了一下，"可以肯定，她们拐上了袋鼠小径，问题是决定原路返回的时候，她们究竟在哪儿。"

福克仔细地研究着路线，地图显得清晰明了，但是他知道，丛林会迷惑人们的判断。

"男子小组的路线呢？"

"他们的起点位于十分钟车程以外。"蔡斯指着另一条黑色的粗线，首日的路径几乎与女子小组的红线保持平行，接着转向南方，同样结束在西边的终点，"男子小组大约晚了一个小时才出发，不过依然有充足的时间抵达他们的第一片营地，据说还带着酒水去了女子小组的营地。"

卡门挑起眉毛，"类似的情况很常见吗？"

"我们绝不鼓励，但确实会发生。虽然走到隔壁营地并不困难，可是总得冒着迷路的危险。万一行差踏错，就会陷入麻烦。"

"男子小组为什么出发晚了？"福克说，"你们不是一起坐车上来的吗？"

"除了丹尼尔·贝利，"蔡斯说，"他迟到了。"

"哦？他说过原因吗？"

蔡斯摇了摇头，"没对我说。他向组里的其他成员道歉，说自己被生意绊住了。"

"好吧，"福克再次低头，盯着纸上的路线，"全体成员都有地图，还是——"

蔡斯又摇了摇头，"我们会提前几周把地图发下去，每个小组只有一张，不得复印。当然，我们无法阻止他们，但是规定如此，目的是让他们在野外懂得珍惜，明白许多东西都不可替代。同样的道理，我们还要求他们交出手机，希望大家能依靠自己，而非科技。况且，山里的信号很差，带着手机也没什么用。"

"在你看来，"福克问，"女子小组出发之前的状态如何？"

"她们很好。"蔡斯立即回答,"也许有点儿紧张,可是并无异常。如果我心存顾虑,绝对不会送她们上路。当时,她们挺高兴的,给,你可以自己看看。"

他从口袋里拿出手机,点击屏幕,然后递给福克。原来是一张照片。

"这是我在她们出发之前拍的。"

五个女人面带微笑,亲密地搂着彼此。吉尔·贝利站在中央,右臂环绕在爱丽丝的腰间,爱丽丝则揽着另一个女人,福克认出是劳伦·肖。吉尔的左侧站着两个年轻的姑娘,气质迥异,面容略微相似。

福克凝视着爱丽丝,留着金发的脑袋稍稍歪向旁边。她穿着红色的外套和黑色的裤子,胳膊轻轻地搭在吉尔的肩头。伊恩·蔡斯说得对,起码在拍照的瞬间,她们确实显得挺高兴。

福克把手机还给他。

"我们正在打印照片的副本,准备给搜救人员作为参考,"蔡斯说,"来吧,我带你们去瞧瞧小径的起点。"他打量着福克和卡门,注意到他们的靴子崭新如初,目光短暂地停留在福克烧伤的左手上,"还要走一段距离才能到明镜瀑布,不过你们应该没问题。"

他们钻进树林,福克的左手几乎立即开始刺痛。他拼命忽略难受的感觉,集中精力观察周围的环境。道路轮廓分明,福克能够看到磨损和凹陷的痕迹,大概是雨水模糊了从前的脚印。头顶,高大的桉树随风摇摆,投下幽暗的阴影。福克瞥见卡门裹着外套瑟瑟发抖,不禁想起了爱丽丝·拉塞尔。当她踏入丛林,迈向危险时,不知脑海中闪过了怎样的念头?

"'精英探险'一般如何运作?"枝叶沙沙作响,福克的嗓音似乎格外响亮。

"我们针对员工培训和团队建设,专门打造野外拓展活动,"蔡斯说,"大部分客户都来自墨尔本,但是我们的服务遍及全州。绳梯课程、一日露营,应有尽有。"

"吉若兰的项目是由你单独负责吗?"

"差不多。在几小时车程以外的地方，还有个家伙负责开展求生训练。休假期间，我们会彼此帮忙，互相代班。不过，通常就我一个人。"

"你住在林区里吗？"福克问。

"不，我住在小镇上，靠近加油站。"

福克也曾在偏僻荒凉的地方生活，度过了童年和少年的岁月，但是他实在无法将山下那几家孤零零的商店描述成"小镇"。

"听上去好像有点儿寂寞。"他说，蔡斯耸了耸肩。

"其实还行。"他步履稳健地前进，显然已经轻车熟路，"我喜欢户外的生活，而且护林员们也比较友好。小时候，我经常在这里露营，因此很熟悉地形。我完全没考虑过要在办公室里上班。三年前，我应聘到'精英探险'，近两年都在吉若兰工作。不过，类似的意外还是头一次发生。"

前方传来水流的声音，自从出发以后，他们一直在缓慢地爬坡。

"你觉得，在理想的情况下，"福克问，"他们必须多久找到爱丽丝？"

蔡斯耷拉着嘴角，"很难讲。虽然吉若兰的冬天并非大雪封山，但是依然十分寒冷，尤其是在夜里。倘若没有遮风挡雨的栖身之处，恐怕很快就撑不住了。"他叹了口气，"不过，如果她聪明，尽量保持温暖和干燥的状态，并且经常补充水分，那也不是毫无希望。人们总会比想象中更加坚强。"

交谈间，蔡斯提高了说话的音量，他们转过拐角，面对雪白的水帘。一条大河奔腾着冲出峭壁边缘，落入下方的池塘。他们走上木桥，瀑布轰然作响。

"明镜瀑布。"蔡斯说。

"真壮观。"卡门靠向护栏，头发拍打着脸颊，细微的水珠悬浮在空中，"它有多高？"

"不高，大约十五米吧。"蔡斯说，"但是，池塘的深度至少也是十五米，所以水压相当恐怖，千万不能翻越护栏。其实，坠落本身并不可怕，但惊吓和寒冷却会危及性命。你们很幸运，眼下正是观赏明镜瀑布的最佳时节，如果在夏季，肯定不会这么壮观。今年，它甚至差点儿断流，都是因为那场干旱，你们知道吗？"

福克攥紧口袋里的左手，新生的皮肤异常光滑。是的，他当然知道。

"幸好，干旱结束以后，天气始终不错，"蔡斯继续说，"大量的冬季降雨使它恢复了原状，相信你们也能明白它为什么叫'明镜瀑布'。"

确实，福克明白。在瀑布脚下，起伏的浪花大多被河水冲走。然而，地形的落差却造就了一股天然的分流，向旁边溢出，汇聚为庞大而宁静的池塘，泛起淡淡的涟漪，倒映着山里的风景，就像一幅写实的图画，只是色调略显幽暗。福克呆呆地站在桥上，俯瞰着神秘莫测的明镜，聆听着震耳欲聋的激荡。蔡斯的对讲机在腰间响起，打破了令人沉迷的魔咒。

"如果二位不介意的话，"他说，"我得回去了。"

"好。"

福克转身跟着蔡斯，视野中闪过一抹色彩。在瀑布的远端，通往丛林深处的小径上，一个孤独的身影正在凝视着水流。福克觉得，对方应该是个女人，她头戴紫色的帽子，跟棕绿相间的背景形成了鲜明的对比。

"那里有人。"福克对卡门说。

"噢，没错，"她盯着他指的方向，"你能认出她是谁吗？"

"太远了，瞧不清楚。"

"嗯，不过肯定不是爱丽丝。"

"对。"那个身影太过纤细，帽子底下的长发颜色很深，"很遗憾。"

瀑布的咆哮声如雷鸣，那个女人绝不可能听到他们的交谈，但是她突然朝他们扭过头来。福克抬手示意，然而她却纹丝未动。他们跟着蔡斯走上小径，福克不禁回眸遥望。那个女人依然静静地站在原地。随着茂密的枝叶渐渐合拢，福克再也看不见她了。

第二天：周五早晨

贝丝从里面拽开帐篷的拉链，听到刺耳的噪声划过帆布，不由得眉心紧蹙。她回头看了一眼，妹妹依然蜷缩着身子，睡得很香，长长的睫毛贴着脸颊，黑发环绕在脑袋周围，犹如深色的光环。

布莉总是睡得像个纯真的孩子。过去，她们俩都是这样。鼻尖触碰鼻尖，发丝在枕头上互相盘绕，分享着彼此的呼吸。每天早晨，贝丝睁开眼睛，都会跟另一个自己对视。可惜，往事已矣。如今，贝丝不再酣然入眠，而是辗转反侧，夜晚变得断断续续，梦境变得支离破碎。

她爬出帐篷，踏入冷风中，封锁身后的拉链，瑟瑟发抖地穿好靴子。昨晚，鞋里便彻底湿透了，现在还是充满潮气。天空跟先前一样，幽暗而阴沉。其他帐篷毫无动静，贝丝孤零零地站在营地上。

她很想叫醒妹妹，制造单独相处的机会，就像岁月倒流，回到很久以前——贝丝也记不清究竟是多久以前。然而，她只是想想罢了，不会付诸行动。当爱丽丝把姐妹俩的背包一起扔到帐篷门口时，她瞧见布莉的表情非常失望。布莉宁肯跟自己的上司同住，也不愿跟姐姐做伴。

贝丝点燃香烟，尽情地吸气，活动酸痛的肌肉。她走向篝火坑，余烬漆黑而冰凉，丢弃的加热包装袋被压在石头底下，汤汁缓缓地向外流淌。夜间觅食的动物偷吃了残羹冷炙，油脂在地上冻结成块，但剩余的饭菜仍旧很多。实在太浪费了，贝丝心想，肚子咕咕直叫。她觉得晚餐非常美味。

一只笑翠鸟[1]落在附近，用墨色的眼珠盯着贝丝。她从堆积的包装袋中挑出一块牛排，扔向远处。笑翠鸟敏捷地叼起来，摇晃着脑袋，反复摔打长长的肉条。最终，笑翠鸟认为嘴里的猎物死了，于是便心满意足地一口吞掉，接着展翅高飞，抛下贝丝留在原地。她弯腰踩灭烟蒂，却不慎碰倒了半空的酒瓶，红色的液体倾洒而出，犹如肆意蔓延的血迹。

"浑蛋。"

她感到心烦意乱，爱丽丝真是个厚颜无耻的贱人。当爱丽丝发号施令，指挥她们搭建帐篷时，贝丝一言不发。可是，当爱丽丝让她交出酒水时，贝丝却颇为困惑。爱丽丝得意扬扬地打开贝丝的背包，在底部翻找，掏出三瓶红酒。贝丝从未见过它们。

"这不是我的东西。"

爱丽丝笑了，"我知道，这是给大家的东西。"

"那为什么在我的包里？"

"因为，这是给大家的东西。"她讲得慢慢悠悠，仿佛在对孩童说话，"咱们都要帮忙携带物资。"

"我已经带了自己的行李。酒瓶沉得要死，况且……"她欲言又止。

"况且什么？"

"我不该——"

"不该什么？不该帮忙？"

"不。"贝丝瞥向妹妹，但是布莉却怒目而视，脸颊泛起窘迫的红晕。别再惹麻烦了。贝丝叹了口气，"我不该持有酒水。"

"好吧，"爱丽丝拍了拍酒瓶，"现在没啦，问题顺利解决。"

---

[1] 笑翠鸟（kookaburra）：属翠鸟科，常见于澳大利亚大陆和新几内亚岛，以其鸣叫声似狂笑而得名，主食小动物，如蛇、蜥蜴、昆虫等。

"吉尔知道吗？"

爱丽丝微微一怔，面上依然带着笑容，可是欢乐却消失得无影无踪。

"什么？"

"吉尔知道你把酒水放进我的包里吗？"

"仅仅是几个瓶子而已，贝丝。如果你觉得自己遭到了严重的伤害，完全可以找吉尔投诉。"爱丽丝静静地等待，沉默逐渐拉长，贝丝摇了摇头。她转身离开，瞥见爱丽丝翻了个白眼。

稍后，劳伦在篝火旁递给她一瓶红酒，贝丝几乎无法抵挡诱惑，差点儿前功尽弃。丛林似乎是保守秘密的好地方，而布莉则忙得不可开交，根本无暇监督她。酒水的芬芳显得非常亲切，就像温暖的拥抱。趁着肯定的回答尚未脱口而出，贝丝赶紧斩钉截铁地拒绝了。

她希望丹尼尔·贝利没有率领男子小组出现，希望他们没有拿来额外的酒水。面对开怀畅饮的同伴，抑制酒瘾变得更加困难。虽然环境恶劣，但是狂欢的营地却酷似放纵的派对现场。

那是贝丝第一次亲眼见到首席执行官本人。他从不曾屈尊探访数据归档的贫民区，她也不可能受邀前往豪华奢侈的十二层。然而，根据道听途说的消息，她原本设想他是个神秘的大人物。结果，坐在篝火周围，他却显得平平无奇，留着昂贵的发型，带着虚伪的笑容。也许他在办公室里会截然不同。

贝丝一直注视着丹尼尔，看到他把爱丽丝拽到旁边，消失在黑暗中。难道他们之间关系暧昧？贝丝暗自思忖。从他的举止来判断，她觉得事实并非如此，但是她怎么知道呢？毕竟，早就没人愿意跟她消失在黑暗中了。

她在营地上徘徊，试图找人聊天，却偶然捕捉到他们的谈话内容。她猜对了，确实不是什么花前月下的序幕。

"老板好像有点儿自以为是，对吧？"等到晚些时候，贝丝对妹妹耳语。外面大雨瓢泼，姐妹俩都躺在睡袋里。

"他给你发工资，贝丝。他有权自以为是。"

说罢，布莉便翻过身去。贝丝愣住了，呆呆地盯着帆布，突然怀念起浓重的烟草味，或者更加强烈的刺激。

此刻，天色渐亮，她伸了个懒腰，再也无法忽略膀胱的胀痛。之前，她们在黑暗中标记了一棵大树，作为临时的如厕区域。她四处张望，搜索目标。找到了，就是那棵树，位于帐篷后方，距离营地不远，断枝轻轻摇曳。

贝丝穿过丛林，迈着小心翼翼的步子。她不太了解野外生活，却知道野草中可能隐藏着臭烘烘的粪便。背后的营地一阵骚动，先是帐篷的拉链声，接着是低沉的说话声。其他人也起床了。

她在大树跟前停住。真的是它吗？白天的样子似乎跟夜里不同，但是应该没错。在头顶的高度，挂着一根折断的树枝。如果她集中精力，仿佛能嗅到尿液的气味。

她站在树下，交谈的声响从营地上传来。虽然只是轻言细语，可她依然听得出是吉尔和爱丽丝的嗓音。

"昨晚，你确实喝了点儿酒，但不光是你，我们都——"

"不，吉尔，这跟喝酒无关。我身体不舒服，必须回家。"

"那我们都得跟你一起回去。"

"我可以自己——"

"我不能让你单独走。不，听我说——首先，考虑到队员的安全问题，咱们都得走。"

爱丽丝一言不发。

"其次，公司还是得正常交钱，所以要从咱们五个人的工资里扣除相应的费用。当然，如果你真的生病了，那么罚款并不重要。"吉尔停顿了片刻，"可是，我们需要医生开具诊疗证明，才能拿到保险赔偿。倘若是因为喝了太多的酒——"

"吉尔——"

"或者是因为在帐篷里睡得不好——相信我，我知道大家都不习惯——"

"不是——"

"况且，在周日之前，咱们也无法返回墨尔本。作为团队中的资深管理人员，你最好能——"

"嗯，"爱丽丝叹了口气，"我明白了。"

"你可以继续前进吗？"

短暂的沉默，"应该可以。"

"很好。"

大风吹动树枝，叶子上残留的雨露纷纷洒落。刺骨的水滴顺着贝丝的脖颈缓缓淌下，她赶紧脱掉牛仔裤，蹲在树后，立即感到大腿冰凉，膝盖开始隐隐作痛。她挪动靴子，避开地上的细流。突然，耳畔响起急促的脚步声，她吓了一跳，赶紧回头，结果重重地仰面跌倒。赤裸的皮肤碰到泥土，又寒冷又温暖又潮湿。

"天哪，真的吗？就在帐篷旁边？"

贝丝迎着明亮的灰色天空眨眼，牛仔裤卡在膝盖周围，手掌碰到了热乎乎的液体。爱丽丝俯瞰着她，面容苍白而严肃。也许爱丽丝真的病了，贝丝迷迷糊糊地想。

"如果你懒得走到咱们约定的位置，至少讲点儿礼貌，在你的帐篷附近解决，别挑我们的帐篷。"

"我以为——"贝丝慌慌张张地爬起来，手忙脚乱地拉扯牛仔裤，紧绷的布料歪歪扭扭，完全不听使唤，"对不起，我以为——"她站直身体，感到一股温热的细流顺着大腿内侧流淌，"我以为是这棵树。"

"这棵树？它离帐篷才两三米。"

贝丝偷偷地瞥了一眼，好像不止两三米吧？虽然在黑暗中显得更远，但是此刻看来也得超过五米。

"而且还不是下坡。"

"好吧，我说了，对不起。"

贝丝想让爱丽丝保持安静，可惜却为时已晚。帆布沙沙作响，三个脑袋探出帐篷。贝丝发现妹妹的眼神十分冷酷。布莉无须知道具体细节，眼前的情景足以说明一切。贝丝又惹麻烦了。

"有问题吗？"吉尔高喊。

"不，没事，"爱丽丝挺直腰板，"那才是正确的大树。"她指向远处。在视野范围之内，根本不见断枝的踪影。

贝丝转向帐篷里的三张脸庞，"对不起，我以为——对不起。"

"你看到了吗？"爱丽丝的手指依然悬在空中。

"我看到了。听着，我很抱歉——"

"不要紧，贝丝。"吉尔打断她的话语，"谢谢你，爱丽丝，我想现在大家都认识那棵树了。"

爱丽丝目不转睛地盯着贝丝，然后慢慢地放下胳膊。贝丝低着头走回营地，脸颊涨得通红。妹妹站在帐篷门口，沉默不语，眼睛里充满血丝。贝丝明白，布莉安娜昨晚喝多了，她在宿醉以后总是非常难受。

贝丝钻进帐篷，拽上拉链。唯一的牛仔裤染上了尿液的臭味儿，她感到瞳孔在熊熊燃烧，于是便按照康复中心的教导，使劲闭上眼睛，竭力恢复镇定。深呼吸，多想想积极的事情，等待冲动渐渐消退。吸气，呼气。

贝丝集中精力，默数呼吸，想象着邀请其他女人站成一圈。脑海中的画面生动逼真，她仿佛看到自己朝爱丽丝伸手。吸气，呼气。她抬起胳膊，摊开掌心，穿过爱丽丝的金发。吸气，呼气。攫住爱丽丝的脑袋，将妆容精致的脸庞压向地面，埋进尘土中，等待爱丽丝挣扎、尖叫。吸气，呼气。终于，贝丝数到一百，长长地舒了一口气，脸上露出微笑。心理咨询师说得对，通过幻觉的模拟来实现想做的事情，确实能令她好受许多。

第七章

迈出明镜瀑布小径，令人感到如释重负。繁茂的枝叶骤然分离，阴沉的天空重新出现，福克深深地吸了一口气。前方，林区旅馆灯火通明，却无法照亮黑暗的小径。他和卡门跟着蔡斯穿过停车场，碎石在脚底嘎吱作响。当他们靠近旅馆时，卡门拍了拍福克的手臂。

"瞧，姐弟同行。"她压低声音。

丹尼尔·贝利站在黑色的宝马车旁，身边的女人非常眼熟，正是他的姐姐吉尔。尽管距离较远，但是福克依然能看到她的下巴有伤，于是立刻记起了金警长说过的话。*状况很差，身上全是割痕和瘀青。*在第一天的小组照片中，吉尔的脸庞还完好无损。

此刻，她跟弟弟面对面地陷入争执。两人肌肉紧绷，抿起嘴唇，仿佛极为克制，不愿大肆张扬。

交谈间，吉尔往前倾身，抬手指向丛林，接着赶紧放下。丹尼尔·贝利简单地摇了摇头。吉尔靠得更近，再次开口。他看向她的肩膀上方，避开她的视线，又摇了摇头。*我说了，不行。*

吉尔盯着他，面无表情，然后一言不发地转身，踏上通往旅馆的门阶。贝利倚着自己的汽车，目送她离开。他摇了摇头，视线落在伊恩·蔡斯的"精英探险"红色外套上。得知争执的场面被人发现，他似乎非常尴尬，不过很快便恢复了镇定。

"嘿！"贝利举起胳膊，声音响彻停车场，"有什么消息吗？"

他们应声走过去。这是福克第一次近距离观察丹尼尔·贝利，他的唇角眉梢带着岁月的痕迹，但是外表仍旧比四十七岁更显年轻。而且，他酷肖其父。利奥·贝利是公司董事会的成员，福克在对外宣传册上见过照片。尽管丹尼尔不像利奥那样满脸皱纹、弓腰驼背，可是五官却颇为相似。

贝利礼貌而好奇地打量着福克和卡门。福克默不作声，静静地等待，贝利的眼神很茫然。福克悄悄地松了口气，至少贝利不认识他们。

"恐怕没有，"蔡斯说，"起码目前没有。"

贝利摇了摇头，"天哪，他们明明说过今天能把她找回来。"

"他们说的是希望今天能把她找回来。"

"如果提高资金投入，可以加快速度吗？我们会承担全部费用，他们知道吧？"

"问题不在于钱，而在于其他方面。"蔡斯望向丛林，"你也知道，野外的环境瞬息万变，搜救行动举步维艰。"

在福克和卡门离开指挥总部之前，金警长曾摊开一张网格地图，展示将要排查的地区。他说，如果是中等密度的丛林，必须花费四个小时，才能彻底摸清一平方公里。倘若地势陡峭、枝叶茂密或者濒临河流，那么所需的时间会更加漫长。福克尝试统计范围内的格子，数到二十便放弃了。

"他们找过西北山脉吗？"贝利问。

"今年无法通行，天气恶劣，太危险了。"

"既然如此，就更应该去看看了，对吧？那里很容易迷路。"

贝利的反问听上去有点儿底气不足。

福克清了清嗓子，"我相信，你和手下的员工肯定非常难过。你了解失踪者吗？"

贝利这才正眼瞧向福克，他皱着眉头，眼神充满疑问，"你是——"

"他们是警察，"蔡斯说，"负责协助搜救。"

"噢，太好了，谢谢你们。"贝利伸出大手，介绍自己。他的掌心冰凉，指尖布满老茧，不像是成天待在办公桌旁的样子，显然经常参加户外活动。

"你了解她吗？"握手的同时，福克重复刚才的问题。

"爱丽丝？"贝利眉心紧蹙，"对，很了解。她跟我们共事四年了——"

其实是五年，福克心想。

"——在团队中表现优异。当然，其他成员也一样。可是，她突然下落不明——"贝利摇了摇头，"实在令人担忧。"他的语气似乎颇为诚恳。

"上周四，在爱丽丝·拉塞尔和她的小组出发之前，你并未见到她，对吗？"卡门问。

"对，我迟到了，没赶上车。"

"可以问问原因吗？"

贝利看着她，"为了处理家事。"

"你管理的是家族企业，大概从未享受过真正的下班时间吧。"卡门轻声说。

"嗯，是啊。"贝利勉强挤出微笑，"如果情况允许，我也想把工作和生活分清楚，否则真的会发疯，可惜总是难以避免。我向组里的同伴道歉了，虽然耽搁了些，但是仅仅晚了一个小时，最终倒也没什么实质性的差异。"

"男子小组准时到达了集合地点，途中一切顺利吗？"福克说。

"是的。吉若兰的地形十分崎岖，可是道路都比较好走。况且，野外拓展活动原本就不该太过困难。"贝利瞥向蔡斯，蔡斯低下了头。

"你好像很熟悉吉若兰？"福克说。

"还行吧。我偶尔会在周末前来登山，最近三年，我们一直跟'精英探险'合作，在此开展团建活动。"贝利说，"吉若兰是个很棒的地方，但是迷路太久也会变得非常可怕。"

"每次活动你都亲自参加吗？"

"参加集体活动是我逃离办公室的最佳借口，"贝利习惯性地露出微笑，紧接着又忍住了，结果脸上的表情显得古怪而扭曲，"我们的野外拓展训练效果不错，并且安排得当，大家都很满意，直到——"他停顿了片刻，"直到现在。"

蔡斯继续盯着地面。

"不过，你在活动期间见到了爱丽丝·拉塞尔。"福克说。

贝利眨了眨眼睛，"你是说第一天晚上？"

"别的时间还见过吗？"

"没有。"他迅速回答，"只有第一天晚上，算是两个小组之间的社交聚会吧。"

"聚会是谁的主意呢？"

"我的主意。在办公室以外的空间互相联系可以增进感情，而且我们都是同事，处境也相似。"

"你跟爱丽丝·拉塞尔说话了吗？"福克仔细地观察贝利。

"刚开始聊了几句，不过我们没待多久，下雨后便走了。"

"你们谈了什么？"

贝利挑起眉毛，"没什么，就是普普通通的公司事务。"

"在社交聚会上还不忘工作？"卡门问。

他微微一笑，"正如你所说，我从未享受过真正的下班时间。"

"当天晚上，你觉得她怎么样？"

他稍作迟疑，"她很好，但是我们聊得不多。"

"你并不担心她？"福克说。

"担心什么？"

"任何方面，比如身体健康、精神状态，以及完成露营的能力。"

"如果我担心爱丽丝，或者其他员工，"贝利说，"我肯定会采取措施。"

丛林深处传来尖锐刺耳的鸟鸣，他皱起眉头，盯着手表。

"抱歉，感谢二位协助搜救，但是我必须撤了。我想去指挥总部，旁听夜间汇报。"

蔡斯摇晃身体，转移重心，"我也准备去，要不要顺路捎着你？"

贝利拍了拍宝马的车顶，"我能行，谢谢。"

他掏出钥匙，再次与他们一一握手，接着挥手告别，钻进宝马，隐匿在茶色玻璃的遮挡中，扬长而去。

蔡斯看着他离开，然后垂头丧气地望向停车场角落的"精英探险"面包车。

"我得上山了，如果有任何进展，我会通知你们。"说罢，他拖着沉重的步伐走了，手里拿着钥匙，只剩下福克和卡门留在原地。

"我很好奇贝利为何在出发之前迟到，"卡门说，"你相信是因为家事吗？"

"不知道，"福克说，"贝利坦尼特是家族企业，家事几乎可以囊括一切。"

"嗯。不过，假如我的车跟他的车一样，我也愿意摆脱同伴，单独上路。"

他们走向停在远处的老旧轿车，打开后备箱，缝隙中的落叶和沙砾随风飘扬。福克拎起破破烂烂的背包，搭在肩头。

"你不是说自己不擅长登山远足吗？"卡门说。

"是啊。"

"你的背包恐怕不同意，它好像快不行了。"

"噢，对。它确实磨损得挺厉害，但不是被我用的。"福克不再多说，然而卡门的眼神却充满期待，他叹了口气，"它曾经属于我爸。"

"真棒，这是他送给你的吗？"

"差不多。他去世了，所以我就拿来用了。"

"啊，糟糕。对不起。"

"没事，反正他也不需要背包了。走吧。"

趁她尚未开口回答，福克赶紧转身，他们穿过停车场，进入旅馆的接待区。跟户外相比，室内就像炎热的火炉，福克感到汗水刺痛了皮肤。服务台后面还是坐着先前的护林员，他翻看列表，找到预留给警方和搜救人员的房间，递给他们两把钥匙。

"原路返回，沿着通道左拐，"他说，"走到尽头，房间彼此相邻。"

"谢谢。"

他们径直出门，绕到旅馆侧面，瞧见一座细长而结实的木屋被分成许多客房。他们踏上前廊，福克听到雨滴开始拍打铁皮屋顶。果然，他们的房间就在尽头。

"二十分钟以后集合。"卡门说着，迈进屋里。

福克的房间比较狭窄，却非常舒适。床铺占据了大部分空间，衣柜塞在角落里，一扇小门通往卫生间。福克脱掉外套，检查手机，依然搜不到信号。

他让父亲的背包靠在墙上，黯淡的布料与洁白的油漆形成强烈的对比。福克也不清楚自己为何要带它，家里明明还有其他能用的背包。他原本在寻找登山靴，忽然发现它藏在衣柜深处。他几乎忘记了它的存在。几乎，但是没忘。福克拽出背包，坐在公寓的地板上，静静地盯着它。

他并未对卡门完全坦诚。背包不是他主动拿的，而是七年前父亲去世以后，由临终关怀医院的癌症病房护士交给他的。当时，背包很轻，却绝非空空荡荡，里面装着艾瑞克·福克的遗物。

福克花了许久才理清背包中的物品，又用了很长时间决定捐献或丢弃的对象，最后只剩下背包和另外三件物品：两张老照片，一个大信封。信封皱皱巴巴，边角毛毛糙糙，而且没有密封。

此刻，福克打开背包的顶层口袋，掏出信封。它比记忆中的模样更为残破。他把信封里的东西摊在床上。山峰、峡谷、丛林、海滨，大自然的杰作统统渗透在纸张的纹路中。

福克抚摸着地图，似曾相识的感觉如浪潮般涌来，令人头晕目眩。

二十多张地图，有些颇为陈旧，有些经常使用。历经风吹雨打，纸页薄如蝉翼。当然，父亲曾经纠正过地图上的错误。他对一切都了若指掌，至少他自以为如此。艾瑞克·福克的标记遍布全州，弯弯曲曲的线条和大大小小的圆圈点缀着主要的徒步旅行胜地。他总是系紧靴子的鞋带，背上登山包，远离拥挤的城市，迈向广阔的自然。

福克已经有好几年没看过这些地图了，而且也从未细细端详。现在，他不停地翻找地图，直到发现目标：吉若兰山脉及周边区域。岁月将纸张染成黄色，毛茸茸的折痕十分脆弱。

福克脱掉靴子，仰面躺在床上，让脑袋陷入枕头中，稍作休息。他觉得眼皮很沉，室内比户外要暖和得多。他漫不经心地展开地图，迎着灯光眯起眼睛。灰色的铅笔印随着光阴流逝而褪色，字词的边缘变得模糊不清。福克拉近地图，凑到脸庞跟前，隐隐地感到烦恼。父亲的笔迹一向难以辨认，他竭力聚焦视线。

河流。营地：未经官方批准。此路不通。

福克缓慢地眨了眨眼睛。房间里温暖如春。

捷径。瞭望台。倒下的大树。

眨眼。窗外风声呼啸。

冬季必须注意安全。

父亲的警告仿佛在耳畔回荡。

小心脚下。此处危险。

福克闭上眼睛。

第二天：周五上午

整理营地所花费的时间比预期中要长。帐篷拒绝折叠成最初的小巧模样，背包的拉链绷得太紧，常常卡住。

吉尔知道，自己的背包不可能比昨天更沉。明明知道，然而在背包甩上肩头的瞬间，她还是觉得难以置信。她们已经晚于原定的出发计划，可是她却放任组里的成员在黯淡的晨光中磨蹭，胡乱地摆弄着肩带和水瓶。她不愿离开营地，恐怕大家都深有同感。沿途的其他营地面积更小、条件更差，但是她很清楚，理由远非如此。她们即将离开安全的起点，迈向未知的前方，内心难免烦躁不安。吉尔一直关注着收拾行李的爱丽丝。她几乎不说话，总是呆呆地走神，等到别人重复两遍，才交出帐篷杆。不过，吉尔确信，她并未生病，因而不能提前回家。

爱丽丝收起空酒瓶和垃圾袋，直接递给贝丝，对于早上的冲突似乎毫无懊悔之情。吉尔暗自挣扎，不知是否该说些什么，可是贝丝却默默地接过垃圾，塞进背包。算了，顺其自然吧，没必要多管闲事。

一小时后，所有借口都用光了，她们终于正式起程。爱丽丝很快便走在队首，布莉抓着地图，紧紧相随。吉尔望着她们的后脑勺，调整登山包的位置，背带僵硬地摩擦着肩膀。商店服务员告诉过她，背包的肩带是由特殊的透气材料制成的，能够增强舒适的体验。想起这番对话，吉尔不禁有一种上当受骗的感觉。

好在坡度平缓，不过坎坷的路面却意味着她必须注意脚下。她步履蹒跚，踉踉跄跄，差点儿失去平衡。突然，一只手稳稳地抓住了她的胳膊。

"你还好吗？"劳伦问。

"嗯，谢谢。我不习惯穿靴子。"

"脚疼？"

"有点儿。"她承认道。

"穿两层袜子会比较耐磨，厚袜子在外，薄袜子在内。听着，吉尔——"劳伦压低声音，"我想向你道歉。"

"为什么？"即便明白原因，也要装作不明白。如果吉尔故意陷入思考，劳伦便有可能对许多事情感到愧疚。

"上周的公司例会，"劳伦说，"对不起，我没去参加。安德鲁说他可以独立完成项目介绍，而且——"她欲言又止，"抱歉，我不该缺席。最近，家里出了点儿问题。"吉尔已经料到了，家里出问题是她常用的说辞。

"我们能帮得上忙吗？"

"可惜不行，谢谢。"劳伦直直地盯着前方。此刻，吉尔才发现，她变得十分瘦削，脖颈和手腕都是皮包着骨头。

"你确定吗？"

"嗯。"

"好吧，因为公司例会——"

"我真的非常抱歉——"

"我知道，但是同样的事情也发生过不止一两次了。"

"不会再发生了。"

"劳伦，你确定吗？因为——"

"我保证，情况一定会得到改善。"

情况必须要得到改善，吉尔心想。在近期的裁员名单上，劳伦排得相当靠前，可谓"高居榜首"。若非爱丽丝力主通过降低兼职人数来缩减开支，劳伦恐怕早就被开除了。吉尔还怀疑爱丽丝至少替劳伦打过两次掩护，勉强挽回了险些造成的损失。既然连吉尔都察觉到两次，那么实际的情况肯定更加严重。吉尔知道，她们俩是多年的老相识，不过这份交情对于劳伦的意义却很难讲。爱丽丝的金发随风飘扬，跟阴沉的环境形成鲜明的对比。吉尔若有所思。"昨晚我瞧见你生火了，干得漂亮。"

"噢，谢谢。我在学校里学过。"

"他们教得不错嘛。"

"唉，但愿吧。当初，勤业女校在群星户外校区举办露营，为期整整一年，足以学习各种技能。爱丽丝也去了。"劳伦注视着吉尔，"你上的肯定是私立中学吧，你们学校没有组织过露营吗？"

"我是在瑞士接受的教育。"

"噢，看来没有。"

"谢天谢地。"吉尔瞥向道旁的树木，微微一笑，"我可不想在丛林中折腾一年。"劳伦报以微笑，但眼神中却透着困惑。如果吉尔觉得远足如此难熬，为何要赞成这项提议呢？在过去的三十年里，类似的问题披着各种形式的外衣层出不穷，而她的答案则始终如一。贝利坦尼特是家族企业，吉尔·贝利必须考虑家族利益。

"总之，"劳伦说，"我只是想说，我明白自己的工作状态不够好。"

吉尔望见爱丽丝和布莉停下脚步。小径分出两条岔路，较宽的通向左边，较窄的通向右边。布莉掏出地图，坐在树桩上研究，鼻子紧贴着纸张。爱丽丝双手叉腰，盯着布莉。发觉她们走近，爱丽丝抬起头来，微微歪着脑袋，蓝色的眼睛十分警觉。刹那间，吉尔觉得她可能一直在偷听她们的交谈。不会，距离太远了。

"我非常感激公司提供的职位和机会，"劳伦压低声音，"以及你所给予的耐心。我想让你知道，我一定会努力报答你。"

吉尔点了点头。前方，爱丽丝依然在盯着布莉。

"我相信你会的。"

第八章

福克猛然惊醒，屋外的天空比记忆中更加阴暗。纸张沙沙作响，他低头查看，瞧见父亲的地图还摊在胸前。他抬手揉了揉眼睛，瞥向雨水拍打的窗台。过了片刻，他才意识到，耳畔回荡的敲击声源自门口。

"你可真是从容不迫啊。"等到他开门以后，卡门说道。一阵寒风扑面而来。

"抱歉，我不小心睡着了。请进。"福克环顾房间，发现没有椅子，于是便抚平凹陷的床铺，"坐吧。"

"谢谢。"卡门在零散的纸张中开辟出一席之地，"这些是什么？"

"没什么，我爸的东西。"

卡门拿起放在顶部的古若兰山脉地图，"上面全是标记。"

"嗯，每张都画满了，算是他的爱好吧。"

"但愿能冒出个黑色的十字符号，写着'爱丽丝身在此处'。"卡门说。她仔细地研究着铅笔的痕迹，"以前，我奶奶经常给菜谱作注释、改错误，现在我还留着呢。偶尔翻看，总觉得很幸福，仿佛她依然在跟我聊天。而且，她说得对。在果皮中掺入半茶匙果汁，可以做成世界上最美味的柠檬糖衣蛋糕。"她放下手中的地图，拿起另一张，"这些地方是你们一起去的吗？"

福克摇了摇头，"不是。"

"全都不是？"

福克慢慢地整理地图，"其实，我们的关系不太亲密。"他感到唇干舌燥，艰难地吞咽着口水。

"为什么？"

"说来话长。"

"可以长话短说吗？"

福克垂眸凝视着地图，"在我十六岁那年，爸爸卖掉了家里的农场，领着我来到墨尔本。我不想让他那么做，但是留在故乡会遇到许多麻烦。我们在镇上的处境变得非常糟糕，大概爸爸觉得搬家是替我考虑吧。我也不知道，可能他认为必须要带我走。"

岁月流逝，长大成人的福克后知后觉，终于能够稍微理解父亲的苦衷了。然而当初，他却深感自己遭到了背叛。他们怀着恐惧和疑虑，逃往陌生的城市，显得那样狼狈不堪。

"搬家本该是崭新的起点，"他说，"可惜结果却事与愿违。爸爸讨厌墨尔本的生活，我也好不到哪儿去。"他停止倾诉，陷入了沉思。他们不愿提及过去，更不肯讨论将来。深埋在心底的话语犹如淡淡的薄纱，悬在父子之间，年复一年，层层叠加，变得极为厚重，乃至看不清彼此的面孔。福克叹了口气，"所以，只要条件允许，每个周末爸爸都会收拾行李，带上地图，开车出去远足。"

"你从未尝试与他同行吗？"

"嗯。刚开始，他也征求过我的意见。但是，我才十六七岁，对搬家的事情耿耿于怀，比较叛逆。"

卡门微微一笑，"那个年纪的孩子，不是大多都很叛逆吗？"

"或许吧。"不过，情况并非一直如此。福克记得，他曾经天天跟着父亲，如影随形。在家里的牧场上，父亲迈着沉稳的大步，而他则努力追赶，跑得气喘吁吁，个头还比不过矮矮的篱笆。炎炎烈日把两人的影子拉长，他们的金发闪耀着淡淡的白光。回首往昔，他经常盼着自己能变成父亲的模样。童年的崇拜越强烈，日后的失望也就越深刻。

忽然，福克隐隐约约听到卡门讲话。

"不好意思，你说什么？"

"我是在问，你妈妈对此有何看法？"

"噢，没有任何看法。在我很小的时候，她就去世了。"

为了生他，难产而死。福克总是含糊其词，尽量省略具体的解释，否则大家会表现得尴尬不安，甚至用评判的眼神审视着他，尤其是女性。你值得吗？他始终避免向自己提出同样的质疑，但是偶尔也忍不住去猜测母亲临终前的念头。希望不完全是遗憾和后悔。

"总之，如今只剩下这些东西了。"他把地图摆好，放在旁边。卡门心领神会，明白他不愿再多说。风声呼啸，窗框摇晃，他们双双抬头望去。

"爱丽丝仍旧不见踪影。"卡门说。

"是啊。"

"现在该怎么办？明天要继续逗留吗？"

"我不知道。"福克叹了口气，背靠着床头板。搜救行动由专业人员负责，他们帮不上忙。即便能迅速找到爱丽丝·拉塞尔，不管是安然无恙还是遍体鳞伤，她肯定无法立刻回归工作岗位，他们必须另想办法拿到所需的合同了。

"丹尼尔·贝利似乎不认识咱们，"他说，"否则就是掩饰得天衣无缝。"

"对，我同意。"

"我几乎都要以为失踪的事情与咱们无关了，可是……"他瞥向床头柜，手机静静地躺着。

"我懂。"卡门点了点头。

那条语音留言。伤害她。

福克揉了揉眼睛，"撇开一切不谈，爱丽丝为何会在丛林中给我打电话呢？"

"不知道。听起来，她好像先拨了000，但并未接通。"卡门思索片刻，

"不过，说实话，如果我被困在野外，绝对不会找你。"

"谢了。我有这么多地图还不行？"

"不行。言归正传，你应该明白我的意思，这个电话肯定跟咱俩有关，或者跟你有关。我只能猜测她想打退堂鼓。你们最近一次交涉时，她显得很担忧吗？"

"你也在，"福克说，"上周。"

"噢，对。之后就没再联系？"

那是一次普普通通的见面，总共才持续了五分钟，地点选在大型超市的停车场。我们需要利奥·贝利参与签订的合同，麻烦你尽快拿到。内容像是请求，语气却是命令。爱丽丝恼火地回答，她正在拼命努力。

"咱们是不是逼得太紧了？"福克说，"害得她慌慌张张，不慎露出了破绽？"

"我觉得咱们的态度跟往常一样。"

福克不敢确定。上级向他们施压，他们便向下施压。焦虑犹如雪球，越滚越大。这是传统的商业运作模式，爱丽丝大概非常熟悉。拿到利奥·贝利的合同。严厉苛刻的指示就像传话游戏的耳语，由他们灌输给爱丽丝·拉塞尔。尽管福克和卡门不清楚其中的意义，但是保密的程度却足以表明任务的重要性。拿到合同。爱丽丝·拉塞尔已经杳无踪迹，可是上级的催促依然迫在眉睫。拿到合同。完成局里的吩咐是头等大事。然而，福克再次望向手机。伤害她。

"倘若爱丽丝真的露出了破绽，必定会招惹麻烦，吸引周围同事的注意。"卡门说，"咱们去跟爱丽丝的助理聊聊，怎么样？她叫布莉安娜·麦肯齐吧。身为助理，总能率先发现领导的异常之处。"

"嗯，问题是她愿不愿意告诉我们。"福克心想，这恐怕取决于爱丽丝对自己的助理施加了多少压力。

"好吧。"卡门紧紧地闭上眼睛，抬手摩擦着脸颊，"咱们得通知调查组。今天你给局里打过电话吗？"

"昨晚以后就没再联系。"一挂断金警长的电话，福克便立即向调查组汇报情况，上级对爱丽丝·拉塞尔失踪的消息颇为不满。

"需要我打吗？"

"不用，"福克微微一笑，"我来吧。"

"谢谢。"卡门叹了口气，身体后仰，"如果爱丽丝在出发之前遇到问题，肯定会提早给咱们打电话。所以，无论发生了什么，都发生在丛林中，对吗？"

"可能吧。伊恩·蔡斯说，出发的时候，她看上去似乎很好。可是，他的判断也未必准确。"

他们不太了解爱丽丝，却知道她非常擅于伪装。至少，福克希望如此。

"加油站的监控录像在哪儿？"卡门说，"应该拍到了参加团建活动的成员吧。"

福克从背包里掏出笔记本电脑，找到加油站服务员提供的优盘，卡门凑近屏幕。录像是彩色的，不过画面主要是灰色的，因为镜头聚焦于加油泵所在的水泥地。虽然没有声音，但是画质很清晰。优盘中保存着过去七天的录像，福克快进到周四，等时间标识接近下午三点，便恢复正常播放。他们静静地看了几分钟。

"瞧，"卡门指着屏幕，一辆面包车缓缓停住，"就是它，对吧？"

镜头居高临下，俯瞰着前院。驾驶座的车门突然敞开，蔡斯跳了出来，朝加油泵走去。颀长瘦削的体形，红色的抓绒外套，颇为醒目。

屏幕上，面包车的侧门滑开，撞击铰链。一个亚裔青年现身，接着是两个棕发的家伙和一个秃顶的男子。秃顶的男子径直朝商店走去，其他三人站得比较分散，一边活动筋骨，一边随意聊天。在他们背后，一名肥胖的女子慢吞吞地下车，脚步沉重。

"吉尔。"卡门说。吉尔·贝利掏出手机，轻轻点击，放到耳边，然后挪开，盯着屏幕。虽然瞧不清楚，但是福克能感受到她的沮丧。

"她想给谁打电话？"他说，"丹尼尔？"

"也许吧。"

正在这时，一个年轻的姑娘下车了，黑色的马尾辫在颈后摇摆。

"那是布莉安娜吗？"卡门说，"跟照片上差不多。"

黑发的姑娘环顾周围，转向第三个下车的女人。

卡门压低声音，"终于。"

爱丽丝·拉塞尔离开面包车，金发飘扬，四肢柔软，像猫一样伸着懒腰。她跟旁边的黑发姑娘交谈，两人都拿出手机，重复着吉尔的动作。查看，点击，再查看，无信号。双肩下沉，失望溢于言表。

黑发姑娘收起手机，但爱丽丝却仍旧攥着自己的手机。她透过面包车的窗户向里张望，一道庞大的阴影靠着玻璃。轮廓隐隐约约，从画面中无法分辨具体细节，不过福克觉得，看上去像是放松的睡觉姿势。

爱丽丝举起手机，朝着车窗，闪光灯亮起。她瞥向屏幕，然后给站在附近的三个男人展示，他们无声地哈哈大笑。爱丽丝又让黑发姑娘来看，得意扬扬地勾起嘴角。面包车里的阴影晃了晃，玻璃忽明忽暗，逐渐浮现出朦胧的脸庞。五官模模糊糊，举止却清清楚楚。*怎么了？*

爱丽丝扭头走开，轻蔑地挥了一下手。*别在意，玩笑罢了。*

车里的脸庞始终贴着窗户，直到蔡斯迈出商店，加油站的服务员与之同行，福克认出了那顶毛线帽。两个男人站在前院聊天，贝利坦尼特的员工依次钻入面包车。爱丽丝·拉塞尔最后上车，精致的妆容消失在黑暗中，侧门猛然关闭。蔡斯拍了拍服务员的后背，爬进驾驶座。引擎点火，面包车微微颤抖，轮胎向前滚动。

加油站的服务员站在原地，望着面包车开走，形单影只。

"孤独的工作。"福克说。

"是啊。"

几秒钟后，服务员转身走出画面，前院再次变成荒凉的灰色。他们目不转睛地注视着，屏幕毫无动静，卡门挺直腰杆。

"好像没什么特殊的线索。爱丽丝原本就经常惹是生非，令人气恼。"

"她显得很悠闲，"福克说，"跟咱们见过的模样截然不同。"不过，这也在情理之中，他暗自思忖。

卡门忍着哈欠，捂住嘴巴，"抱歉，起得太早了。"

"嗯。"窗外，天空幻化成深邃的靛蓝色。福克看到他们的面孔倒映在玻璃上，"今天就到此为止吧。"

"你会给局里打电话吗？"卡门说着，起身准备离开，福克点了点头，"明天，咱们去医院，问问爱丽丝的助理。谁知道呢？"她勉强挤出微笑，"在参加团建活动期间被蛇咬伤，恐怕满腹都是牢骚，或许她愿意开口。"

她敞开房门，消失在走廊中，一阵寒风吹进屋里。

福克盯着床头柜上的固定电话。他抓起听筒，拨打熟悉的号码，静静地坐在床上。线路延伸到西边几百公里以外的墨尔本，很快便接通了。

找到那个女人了吗？不，还没有。拿到合同了吗？不，还没有。什么时候能拿到合同？不知道。对方稍作停顿。必须拿到合同。是，遵命。它们至关重要。是，明白。时间紧迫，调查组的其他成员都在等待。是，理解。

福克呆呆地听着，任凭压力的雪球滚向自己，偶尔答应一声。他知道上级的命令，他早就烂熟于心。

目光落在地图上，他随手翻了翻，找出吉若兰山脉。蜿蜒曲折的路径填满整齐排列的网格，无数小道通往四面八方。他用指尖沿着线条抚摩，电话里的声音仍旧喋喋不休。爱丽丝正在丛林中，借着手电筒或月亮的光芒，检查地图，环顾茂密的枝叶，试着在纸墨与现实之间建立联系吗？或者，现在已经太迟了？但愿不会。

福克抬头望向窗户。屋里十分明亮，他只能看到自己的映象握着听筒。他伸手关掉床头灯，黑暗骤然降临。他调整视线，聚焦于夜幕下的朦胧轮廓。远处，明镜瀑布小径若隐若现，两边的树木轻轻摇曳，仿佛在呼吸。

小径入口闪过一抹亮光，福克连忙向前探头，努力张望。那是什么？他仔细观察，林中突然冒出一道身影，脑袋低垂，弓腰驼背，顶着凛冽的寒风，快速前进，几乎连跑带走，手电筒的纤细光束在脚下跳跃。

外面又黑又冷，根本不适合散步。福克赶紧站起来，将脸颊紧紧地贴在玻璃上，手里依然攥着听筒。天色幽暗，而且隔着一段距离，他瞧不清那个身影的特征，不过根据动作判断，大概是一名女子。服装的布料并未反光，肯定不是搜救人员。

耳畔，上级的语速渐渐放缓。

拿到合同。是。尽快拿到。是。别让我们失望。是。

咔嗒，通话结束了。福克站在窗前，听筒陷入沉寂。

那个身影绕着远路，避开旅馆投向停车场的灯光。她——他？——拐向建筑侧翼，走出视野范围。

福克放下听筒，看着躺在固定电话旁的手机。伤害她。他犹豫片刻，然后抓起钥匙，拽开门。房间的位置非常偏僻，他沿着走廊奔跑，冰凉的空气砭人肌骨，刚才应该穿上外套才对。他转过旅馆的墙角，搜索着停车场，却不清楚自己要寻找的目标。周围空无一人。他停下脚步，侧耳倾听，呼啸的狂风淹没了一切。福克迈上台阶，冲进旅馆，公共厨房里传来餐具的叮当声和微弱的交谈声，服务台后面换了不同的护林员值班。

"有人进来吗？"

"除了你？"

福克无奈地瞪着她，护林员摇了摇头。

"你没看到屋外有个女人吗？"他问。

"最近十分钟，没有任何人。"

"谢谢。"他推门出去，感觉就像一头扎入了游泳池。他交叉双臂，望向丛林深处，然后踩着嘎吱作响的碎石子，走向小径。

前方乌漆墨黑，背后灯火通明。他回头看着自己的房间，黯淡的窗户犹如空虚的方框。鞋底的小径布满凌乱的脚印，繁茂的枝叶沙沙作响，一只蝙蝠飞速掠过，锯齿状的翅膀拍打着夜空。除此之外，空空荡荡。

福克慢慢地转了一圈，冷风侵袭着皮肤。他孤独地站在丛林边缘，先前的神秘身影已经彻底消失不见了。

第二天：周五上午

布莉大汗淋漓。虽然天气寒冷，但是皮肤却黏黏糊糊，她能够闻到酒精的味道从毛孔中散发出来，不禁感到非常恶心。

起床后，她始终头痛欲裂。整理营地让情况变得更加糟糕，而且还花费了许多工夫，使得原定计划严重推迟。在全体成员中，似乎只有爱丽丝急于上路。布莉看到爱丽丝把帐篷用力地塞进背包，差点儿撑破。然而，布莉并未上前帮忙，她连自己的帐篷都收拾不好。

拉链终于勉强拽上，布莉躲在远处的大树下，剧烈而无声地呕吐。昨晚，她究竟喝了多少？她不记得往杯中倒酒，可是也不记得杯子空过。都怪那些男人，她心想，觉得愤愤不平。既埋怨他们，也埋怨自己。她总是不懂得拒绝。布莉擦去眼角的汗珠，盯着爱丽丝的后背。出发不久，爱丽丝便遥遥领先，布莉则拼命地追赶。昨晚，爱丽丝发现她喝多了吗？但愿没有。爱丽丝基本一直跟丹尼尔躲在营地边缘交谈。后来，在昏昏沉沉间，布莉似乎瞧见爱丽丝径直朝帐篷走去。她知道，也许昨晚确实逃过一劫，可是此刻正在付出代价。

今天上午，她们已经遇到了两处岔路口。每次，爱丽丝都停住脚步，瞥向布莉。她忽略嗡嗡作响的脑袋，查看地图，指明方向。爱丽丝微微颔首，沉默不语地继续前进。

布莉听到身后响起一声低沉的呻吟，可能是任何队友，大家的肩膀、脚底和神经都开始隐隐作痛。道路十分狭窄，早在几公里之前，她们便排成单行，陡峭的上坡压抑着交谈的欲望。小径划出柔和的弧度，渐渐变宽，一分为二，爱丽丝再次停住脚步。布莉听到身后又响起一声低沉的呻吟，绝对是吉尔。

"等等，等等，"吉尔高喊，"咱们休息一下，吃个午餐吧。"

布莉如释重负地松了口气，爱丽丝看了看手表，"现在还太早了。"她回答。

"不早了，这个地方很适合休息。"

其实并非如此，布莉暗自思忖，放下背包。地面颇为泥泞，繁茂的枝叶遮挡着天空。她瑟瑟发抖，坐在背包上，双腿摇摇晃晃。停止前进以后，周围显得更加寒冷，也更加寂静。丛林中沙沙作响，布莉赶紧扭头张望，思绪猛然坠入黑暗，勾勒出马汀·科瓦克的幽灵。

毫无疑问，什么都没有。布莉转过头来，觉得自己很傻。太傻了。她很年轻，根本就不记得当年的新闻。然而，她曾经在网上搜索过吉若兰山脉的信息，结果却意外地发现了马汀·科瓦克的连环案。她坐在办公桌前，全神贯注地阅读最后一名受害者的命运——莎拉·桑顿伯格，十八岁，下落不明。突然，会计部初级经理出现在背后，吓得她花容失色。

"你要小心，吉若兰堪称美女的噩梦，"他咧嘴一笑，朝屏幕点头示意，"你跟她长得有点儿像。"

"你才要小心，再敢胡说，我就向人事部报告。"在过去的一个月里，他们经常用言语调情，关系逐渐升温。倘若他最终邀请她出去喝酒，她肯定会答应。等他走了，她便重新盯着屏幕。她真的长得像莎拉·桑顿伯格吗？也许鼻子和嘴巴有点儿像。照片中的姑娘固然非常漂亮，却是金发碧眼。布莉关掉网页，没再多想，直到现在。

她再次回首张望，确实什么都没有。可是，或许她们不该休息太久。

她从瓶子里喝了口水，闭上眼睛，试图缓解头痛。

"拜托，如果你非要这么做，能离得远点儿吗？"

听到爱丽丝的声音，布莉眉心紧蹙，勉强睁开眼睛。当然，爱丽丝不是在跟她讲话，语气明显不对。她瞥向姐姐，贝丝背靠大树，指间夹着燃烧的香烟。

天哪，面对如此新鲜的空气，贝丝却迫不及待地污染环境。母亲的叮嘱立即在耳畔响起。别管她，吸烟总好过吸……母亲总是欲言又止，不肯说出那个字。

贝丝耸了耸肩，拖着沉重的步子走开。淡淡的烟雾混合着桉树的芬芳，飘在空气中，爱丽丝使劲扇动手掌。

"午餐。"一个声音说。布莉抬起头，瞧见劳伦站在面前，递给她一份裹着玻璃纸的芝士三明治和一个苹果。

"噢，谢谢。"她想露出微笑，但是肠胃却表示抗议。

"吃点儿东西吧，"劳伦依然站着不动，"你会舒服一些。"

布莉打开包装，啃掉一小块芝士皮。等到她咽下去，劳伦才接着给其他同伴分发食物。

爱丽丝瞪着布莉，仿佛今天第一次正眼看她，"昨晚喝多了？"

"就是累了，"布莉说，"睡得不好。"

"彼此彼此。"

布莉这才发现，爱丽丝的脸色十分苍白，先前她竟然毫无察觉。

"你还能继续导航吗？"爱丽丝问。

"嗯，没问题。"

"你确定？一旦走错，将浪费很多时间。"

"我知道，不会的。"

布莉在无意中提高了音量，吉尔抬头张望。她坐在路边的石头上，脱掉了一只登山靴，正在摆弄袜子。

"一切还好吧？"

“很好，谢谢。”布莉刚刚开口，爱丽丝便插嘴道：“布莉非常疲倦。”

吉尔的视线在两人之间游移，“是吗？”

“不，我很好。”

吉尔稍作迟疑，脸上的表情告诉布莉，昨晚她可能比爱丽丝看到的更多。布莉感到脸颊滚烫。

“你想让别人暂时接管地图吗？”吉尔轻声说。

“不，绝对不用。谢谢，我能行。”

“好吧。”吉尔收回目光，盯着自己的袜子，“不过，如果需要，千万别客气。”

“不需要，谢谢。”

布莉在恼怒中咬到了舌尖，爱丽丝仍旧注视着她。于是，她把注意力集中在三明治上。为了阻止自己说话，她吃了一小口，却发现实在难以下咽。片刻之后，她重新裹好玻璃纸，将三明治塞进背包里。

“我不是故意让你难堪，”爱丽丝说，“但是咱们必须在周日准时赶回去。”

爱丽丝的语气十分迫切，布莉不由得陷入沉思，在脑海中浏览着记忆的日历。爱丽丝为什么急着赶回去？周日，玛格特·拉塞尔的学校要举办颁奖典礼。布莉赶紧闭上眼睛，免得不小心翻出白眼。

两个月前，她见过玛格特一次。爱丽丝让她去干洗店拿女儿的礼服，并且送到家里。显然，这项任务远远超出了布莉的职责范围，但是，能否视为私人的帮忙呢？当然可以。玛格特的礼服非常漂亮，布莉曾经穿过样式类似的裙子去参加学校舞会，只是相比之下，她的裙子比较朴素和廉价。即使没有爱丽丝办公室里的照片，她也能在大门敞开的瞬间立即认出玛格特，简直就是年轻版的爱丽丝。玛格特跟朋友在一起，喝着甘蓝[1]奶昔，布莉瞥见杯子上的商标，正是她最喜欢的健康食品店。

---

[1] 甘蓝(kale)：指羽衣甘蓝，一种蔬菜，具有低脂肪、低热量、高纤维的特点。

"嘿，他们做的甘蓝奶昔超级棒，对吧？"布莉说。她熟悉这类饮料，更熟悉这种女生——头发柔顺、皮肤光滑、身材苗条、趾高气扬。以前在学校里，她便是这种女生，现在依然如此。

"那是我的裙子吗？"

"噢，对，给你。顺便说一句，我是布莉。"

"我知道，谢了。"塑料袋　作响，大门砰然关闭。布莉孤零零地站在台阶上，盯着闪亮的油漆。

"那个女的是谁？"敞开的窗户里飘出微弱的声音。

"我妈的部下。"

"一脸穷酸相。"

"我妈也这么说。"

布莉默默地退下台阶。此刻，她注视着爱丽丝。母女俩虽然相差三十岁，但是眼神却一模一样。

布莉挤出微笑，"别担心，咱们不会迟到。"

"好。"

布莉站起身，假装活动筋骨，沿着小径走向一截树桩。远处，贝丝还在抽烟，双眼凝望着丛林深处。布莉单腿踩在树桩上，弯下腰，感到肌腱在绷紧，世界在旋转。肚子里翻江倒海，灼热的酸液涌入口中，又被强行咽回食道。

她铺开地图，一边拉伸四肢，一边研究方向。纸上的线条弯弯曲曲，仿佛在轻轻摇晃。

"你没事吧？"

布莉抬起头，姐姐站在面前，递过水瓶。

"嗯。"她不愿伸手去接。

"你知道咱们该往哪儿走吗？"

"废话。天啊，为什么每个人都这样问我？"

"也许是因为你看上去很茫然。"

"闭嘴，贝丝。"

姐姐耸了耸肩，坐在旁边，硕大的身躯压得横木嘎吱作响，布莉暗暗猜测她的体重。在青春期阶段，她们俩经常互相交换衣服，如今再也不行了。

六个月前，贝丝打来电话，跟往常一样，布莉让语音信箱自动接入。贝丝留言询问，能否在求职申请表的推荐人一栏写上布莉的名字，布莉完全置之不理。一周后，贝丝再次留言，声称自己即将担任贝利坦尼特的初级数据处理员。布莉以为姐姐在开玩笑，肯定是开玩笑。她历经千辛万苦，才取得今天的成就，付出的努力绝不仅仅是商科学位和两段无薪实习。姐姐留着乱七八糟的发型，穿着松松垮垮的衣服，甚至犯过严重的错误，按照法律规定，必须在求职申请表上予以说明。现在，两人居然要在同一个地方上班？

她们的母亲证实了消息的可靠性。

"我早就讲过，你激励了她。"

布莉觉得，真正激励姐姐的恐怕是政府切断救济金的威胁。她小心翼翼地向人事部打听，表面上，吉尔·贝利本人亲笔批准了这项非比寻常的职位任命。私底下，布莉得知，她在公司的优秀表现似乎为姐姐争取了机会。布莉将自己锁在厕所的隔间里，单独待了十分钟，眨去愤怒的泪水，消化残酷的现实。

在过去十八个月中，她只见过姐姐一次。圣诞节临近，母亲打来电话，拜托布莉，恳求布莉，让她原谅姐姐。布莉面无表情地听着母亲在电话里痛哭流涕，一刻钟后，她妥协了。毕竟是圣诞节。她重返故居，提着大包小包的礼物，准备送给亲朋好友，除了姐姐。

当时的贝丝还是个无业游民，身无分文，由于戒毒成功，双眸颇为清澈。她送给布莉一张两人的童年合照，打印得模模糊糊，镶嵌着粗糙的相框，如果放在布莉的公寓房间里，肯定显得格格不入。圣诞卡片上简单地写着，对不起。因为母亲一直在看着，布莉并未挣脱姐姐的拥抱。

终于，节日的欢庆结束了。在回家的途中，布莉掏出照片，顺手把相框扔在慈善商店。一小时后，她又去找到相框，花钱买了下来。恢复原状的礼物被塞进高高的橱柜，隐藏在各式各样的圣诞装饰品后面。

在贝丝到贝利坦尼特上班的第一天，母亲打电话叮嘱她尽量帮姐姐保住工作。此刻，望着姐姐坐在横木上抽烟的样子，布莉真希望自己没有答应母亲。

"姑娘们，准备好了吗？"

布莉听到声音，转过身去。吉尔、爱丽丝和劳伦站在路旁，极不情愿地盯着鼓鼓囊囊的背包。

"嗯，马上就来。"布莉抓起地图，跑向同伴，结果太过匆忙，导致头晕目眩。

"往左还是往右？"吉尔拎起背包，搭在肩上。两条小径都非常狭窄，浓密的灌木张牙舞爪。左边的道路好像更为平坦，不过布莉知道，在今天的前几个分岔口，都得选择右边的道路。她反复确认，感到四双眼睛盯着自己。众人承受着背包的压迫，变得焦躁不安，只想赶紧出发。她用指尖沿着线条比画，手腕微微颤抖，空荡荡的肠胃一阵抽搐。

"如果你需要帮助，布莉……"爱丽丝挪动脚步，转移重心。

"不需要。"

"好吧。既然如此，该走哪个方向？"

"右边。"

"你确定吗？那条路似乎比较简陋。"

布莉举起地图，指着分岔口的红线，"看，右拐。"

"已经到这儿了？"爱丽丝的语气十分惊讶，"好吧。"

布莉猛地合上地图。

"你瞧，咱们速度很快，根本不必担心。"而且也不必抱怨。布莉深深地吸了一口气，露出微笑，"跟我来。"

第九章

走进病房，仿佛踏入了摆着哈哈镜的世界。听到敲门的动静，两张脸庞同时抬起，犹如彼此的扭曲映象。

"布莉安娜·麦肯齐？"福克说。

床上的女人失去了员工照中的健康神采，挂着浓重的黑眼圈，嘴唇苍白而干裂，右臂缠着厚厚的绷带。

"我们是警察，刚才一直在外面等待，护士告诉你了吗？"

"嗯。"

福克在跟布莉安娜说话，不过坐着塑料椅子的女人却突然开口，"她说你们想提几个关于爱丽丝的问题。"

"对，你是贝瑟妮吧？"

"叫我贝丝就行。"

这是福克第一次亲眼见到贝丝·麦肯齐，不由得好奇地打量着她。倘若布莉安娜的精致五官在太阳底下融化，变得松弛肥胖，恐怕便是贝丝的模样。她肤色红润，鼻子和下巴周围的毛细血管清晰分明，头发不长不短，染得马马虎虎。她看起来比双胞胎妹妹要年长二十多岁，但是目光非常坚定。

床边的托盘盛着剩下的午饭，似乎吃得不多。今天上午，福克和卡门抵达社区医院，发现它位于加油站后方，仅仅隔着两条街，规模很小，比全科诊所稍微高级一点儿，主要负责当地人的小病和登山客的外伤。接待台的护士指着大门，让他们九十分钟以后再来，因为布莉安娜的安眠药尚未退效。他们把镇上的几家商店逛了三遍，又在车里待了七十八分钟，好不容易回到医院，却被告知病人正在吃饭。

"用餐期间不得探视，请恕医院无法破例。"

终于，护士勾起手指，招呼他们走到接待台跟前。可以进去了，护士说，布莉安娜·麦肯齐住在走廊尽头的集体病房，不过她是唯一的病人，毕竟正值冬季。

此刻，他们拽过两把椅子，靠近病床。

"搜救队找到爱丽丝了吗？"贝丝仔细地观察着福克和卡门，"所以你们才来这里？"

"没有，"福克说，"对不起。"

"噢，那你们想问什么？"

"其实，我们希望跟你的妹妹聊一聊，"卡门说，"最好能单独交谈。"

"我觉得我应该留下。"

布莉倚着枕头，调整姿势，"拜托，贝丝，放心吧。你先出去，让他们抓紧问完。"她皱起眉头，"止痛药呢？"

"还不到时间。"贝丝好像并未看表。

"问问护士。"

"现在太早了。今晚之前，她们不可能给你。"

"天哪，问问再说，求你了。"

贝丝拖着身体离开椅子，"好吧，我去医院后面抽支烟。而且——"她看到妹妹张开嘴巴，"我会问问护士。但是，我告诉你，现在真的太早了。"

他们目送她离开。

"不好意思，她比较烦恼，因为医院不肯让她接触病房的药物。"房门关闭后，布莉说道。

"为什么？"卡门问。

"倒也没什么。以前，她出现过几次滥用药物的问题，但是眼下已经戒掉一年多了，估计护士觉得应当谨慎对待吧。倘若她不在这里，情况可能会好许多，可是她……"布莉低下头，"或许不想走。"

"还有其他人来陪你吗？"福克说，"男朋友？父母？"

"没有。"布莉开始拉扯绷带上的纱线，她的指甲曾经被涂成鲜艳的桃红色，如今满是断裂和破碎的痕迹，"妈妈患了多发性硬化症 [1]。"

"抱歉。"

"不要紧。虽然心里难过，但是事实如此。妈妈不能出远门，爸爸必须照顾她。反正——"她努力挤出微笑，"我有贝丝在。"

沉重的寂静笼罩着病房。

"如果你不介意的话，我们想向你问问爱丽丝·拉塞尔的情况，"福克说，"你为她工作多久了？"

"十八个月。"

"担任助理？"

"行政管理协调员。"

透过眼角的余光，福克瞥见卡门在竭力抑制笑意。很快，她又恢复了严肃的表情，"大概包括哪些职责？"

"起初主要是处理公司管理方面的事务，不过接下来更像是在实践中接受导师的培训。我跟着爱丽丝学习，提高能力，为内部提拔作准备。"

"她是个好上司吗？"

片刻停顿，"当然。"

他们耐心地等待下文，可是布莉却沉默不语。

---

[1] 多发性硬化症（MS）：一种中枢神经脱髓鞘疾病，会破坏部分神经系统传递功能，造成生理、心理乃至精神问题。

"你觉得自己了解她吗？"福克说。

"非常了解。"布莉的声音透着古怪。福克故意与她对视，然而她的眼神完全像是在看陌生人。跟丹尼尔·贝利一样，即便布莉认识他们，也隐藏得滴水不漏。

"在野外拓展活动中，爱丽丝表现得怎么样？"卡门说。

布莉仍然揪着线头，绷带的边缘变得参差不齐，"迷路之前，她表现得很正常，虽然偶尔会焦躁，但是其他成员的情绪也不稳定。至于迷路以后，"布莉摇了摇头，"大家都吓坏了。"

"除了迷路之外，"卡门说，"她提到过自己担忧的事情吗？"

"比如？"

"任何事情，比如工作、家庭，或者同事关系。"

"没有，没对我说过。"

"作为了解她的人，"卡门说，"你察觉到任何不对劲的地方吗？"

"没有。"

"在公司里呢？你发现过异常的指示或者特殊的会面吗？"

"这跟爱丽丝的失踪有什么关系？"

"很难讲，"福克说，"我们只是想判断问题出在哪里。"

"我可以清清楚楚地告诉你们问题出在哪里，"布莉的脸上泛起激动的涟漪，"不全是我的错。"

"什么不全是你的错？"

"迷路。都怪第二天遇到的袋鼠小径。我听说了，那个岔道非常容易走错。"布莉停住话音，病房里鸦雀无声，仅剩医院的机器嘟嘟作响。她深深地吸了一口气，"她们不该让我导航，我根本不会辨认方向。公司派我去参加户外课程，总共才持续半天，每隔二十分钟又要休息一次，然后我立马就能成为专家了？"

她挪动受伤的胳膊，疼得龇牙咧嘴，细小的汗珠布满额头。

"当你们意识到走错的时候，发生了什么？"

"一切都乱套了。我们找不到第二片营地，所以也无法补充物资。我们缺乏食物，还傻乎乎地把帐篷弄坏了。"她冷冷一笑，"想想真是滑稽。转眼间，大家便彻底崩溃，丧失理智，接连做出糟糕的决定。身在丛林的感觉实在难以描述，仿佛独自一人面对着无穷无尽的世界。"

"爱丽丝的反应如何？"福克说。

"她逼迫我们按照她的吩咐行事。在承受压力的状态下，她经常显得很强势。爱丽丝曾经在学校里接受过为期一年的户外训练，积累了不少露营和远足的经验。可能她觉得自己比我们更有发言权吧，"布莉叹了口气，"或许确实如此。不过，劳伦——劳伦·肖，也是女子小组的成员——在学校里接受过同样的训练，劳伦认为爱丽丝的想法未必总是正确。第三天，我们找到了那栋小屋，虽然屋里非常恐怖，但是我们别无选择。天气越来越差，我们需要遮风挡雨的地方。所以，我们留下了，"布莉稍作停顿，"唯独爱丽丝不愿留下。"

"她没能说服你们离开吗？"福克说。

"嗯。因此，她很不高兴。爱丽丝声称知道出去的方法，想让大家继续前进，但是我们不同意。刚开始，我们就是由于盲目行走才陷入麻烦。结果，她们争辩了几句。爱丽丝说她要单独前进，可是吉尔不允许。第四天早晨，我们醒来以后，爱丽丝已经带着手机走了。"

"吉尔·贝利为什么不允许爱丽丝走？她解释过吗？"卡门说。

"毫无疑问，太危险了。显然，她是对的。"

布莉挑衅地盯着两人，似乎在等待他们提出质疑。

"当发现她不在的时候，你们做了什么？"最后，福克说。

布莉摇了摇头，"问我并不合适。我起得很早，大家都在睡觉。于是，我便去丛林里上厕所。往回走的途中，我绊倒了。起初，我没反应过来，还以为是摔在了某种尖锐的东西上，类似碎玻璃碴。接着，我看见一条蛇消失，才恍然大悟。"

布莉紧紧地咬住下嘴唇，视线穿过他们，飘向远方。

　　"我真的相信自己要死在野外了。听说山里有虎蛇,我们又迷路了。我害怕自己再也见不到家人,永远都不能跟妈妈道别了。"她微微颤抖,"我感到头晕目眩,呼吸困难。医生告诉我,那其实是过度恐慌,可我误认为是毒液发作。我跌跌撞撞地回到小屋,接下来的事情都很模糊。我只记得身体非常痛苦,不确定究竟何时才发现爱丽丝不在了。"

　　布莉继续拉扯着绷带的线头。

　　"之后,其他同伴说我们应该离开,虽然不见爱丽丝,但是我毫无异议。她们让我往哪儿走,我就往哪儿走。劳伦带领我们向北前进,找到一条公路。我不太清楚具体的过程,医生说我受到了严重的惊吓。我一直觉得爱丽丝先去找人帮忙了,肯定会在集合地点等着我们。"布莉低下头,"我甚至从未向她们问起过爱丽丝。我的大脑一片空白,根本不知道自己在干什么。"

　　泪水终于夺眶而出,福克递给她一张纸巾。她擦着眼睛,病房里的机器嗡嗡作响。

　　"爱丽丝带着手机,"卡门说,"她在你们面前打过电话吗?"

　　"没有。"她迅速回答,"当然,她尝试过,打了很多次000,却始终不通。山里完全搜不到信号。"

　　"但是,她依然把手机拿走了。"

　　布莉轻轻地耸了耸肩,"毕竟是她的手机。"

　　她背靠枕头,披着松散的长发,端着受伤的胳膊,指甲破碎,经历悲惨,显得十分柔弱。

　　"你说过自己很了解爱丽丝,"福克说,"对于她的不告而别,你惊讶吗?"

　　"在正常的情况下,我会惊讶。"布莉睁大眼睛,直勾勾地盯着福克。她知道如何向男人撒谎,他的脑海中突然冒出莫名其妙的念头,"不过,我刚才也说了,野外的情况截然不同。我很后悔,如果我们听取了她的意见,可能这一切都不会发生。"

"你们也可能会全体迷失方向。"

"可能吧。但是，或许结果比现在要好。"

她调整胳膊的位置，疼得皱起眉头。福克和卡门迅速地交换眼神。

"今天先到此为止，好好休息吧。"他们双双起身，卡门说，"谢谢你，布莉安娜。"

她点了点头，黑眼圈似乎变得更加浓重。

"如果你们在外面碰见我姐姐，麻烦告诉她，要么请护士带着止痛药进来，要么干脆离开医院，好让人家放心地给我打点滴。拜托了。"

病房里很冷，但是在关门的瞬间，福克看到布莉的前额又渗出了一层亮晶晶的汗水。

第二天：周五下午

苍白的太阳沿着细长的天空移动，野草跟脚踝一样高。终于，有人开口了。

"这条路对吗？"听到吉尔说话，贝丝悄悄地松了一口气。二十分钟前，她就想提出同样的问题，但是根本不敢，生怕惹恼布莉。

妹妹停下脚步，回过头来。

"应该对。"

"应该对，还是对？"

"对，"布莉似乎不太自信，她低头盯着地图，"肯定对。咱们没转过弯。"

"我发现了，但是——"吉尔抬手示意人家环顾周围。灌木丛生，枝叶繁茂，树林压迫着逐渐变窄的小径。别管地图上怎么写，感觉就是不对。无数的鸟儿躲在四面八方，尖锐的鸣叫此起彼伏，丛林仿佛在议论着她们。

"自从昨天摘下第一面旗帜开始，"吉尔说，"已经整整一天不见'精英探险'的旗帜了。总共六面，至少到目前为止应该找到另一面吧。"

"也许咱们在午餐之后的分岔口走错了，我能看看吗？"不等布莉回答，爱丽丝就抢过地图。布莉僵硬地伸着胳膊，右手悬在空中，表情十分茫然。贝丝试图唤起她的注意，结果只是徒劳。

"瞧，"爱丽丝对着纸张皱起眉头，"果然如此。我早就纳闷，咱们不可能走得那么快。"

"我真的——"

"布莉，"爱丽丝打断了她，"这条路不对。"

片刻之间，众人陷入沉默，丛林沙沙作响。贝丝仰望着高大的桉树，粗糙的树皮犹如磨损的皮肤，枝干密密层层，将她们困在中央。

"现在怎么办？"吉尔的声音透着微弱的情绪，贝丝无法准确分辨。不像是恐惧，还不到恐惧的程度，更像是担忧和迫切。

爱丽丝朝吉尔举起地图。

"如果咱们转弯的地方没错，估计在这里。"爱丽丝稳稳地指着，"可是，如果错了，我也不知道，大约在这里吧。"她在纸上画了个圆圈。

吉尔探出身体，凑近地图，鱼尾纹不断加深。

贝丝察觉到，吉尔看不清地图，线条和标志都非常细小。虽然吉尔在浏览地图，但是眼前恐怕一片空白。贝丝的祖母曾经有过类似的表现，坚决不愿承认自己的视力模糊。吉尔装模作样地端详着地图，爱丽丝则兴致盎然地静静旁观。她也识破了，吉尔心想。

"嗯，"吉尔不置可否地把地图递给劳伦，"你认为呢？"

劳伦稍显惊讶，然而还是接过了地图。她垂下双眸，快速扫视。"我也认为这条路不对，"她说，"抱歉，布莉。"

"那咱们应该怎么办？"吉尔注视着她。

"我觉得应该掉头，试着原路返回。"

爱丽丝立即抱怨，"天哪，原路返回太麻烦了，得花上好几个小时的工夫。"

"可是，"劳伦耸了耸肩，"咱们别无选择。"

吉尔的脑袋在两人之间晃来晃去，仿佛在看网球比赛。布莉就站在旁边一两米的位置，却像是隐形的幽灵。

爱丽丝瞥向小径，"况且，咱们真的能原路返回吗？这条路的轮廓非常模糊，也许会走丢。"

贝丝恍然大悟，爱丽丝说得对。身后的小径若隐若现，完美地融入起伏的丛林中。贝丝下意识地摸索着香烟。不在口袋里。她感到心跳加速。

"尽管如此，我依然觉得原路返回是最佳选择，"劳伦说，"起码安全。"

"原路返回要耽误很久，"爱丽丝看着吉尔，"毫无疑问，在到达营地之前，咱们将会在黑暗中跋涉。"

吉尔低头盯着新买的靴子，贝丝明白，她不愿多走。吉尔张开嘴，又闭上嘴，接着摇了摇头。

"好吧，我不知道。"她说，"还有什么选择？"

爱丽丝认真地研究地图，然后慢慢抬头，眯起眼睛，"大家能听到小溪的动静吗？"贝丝屏住呼吸，血液冲击耳膜的巨响几乎淹没了微弱的水流。天哪，她的健康状况实在堪忧。不过，其他成员倒是纷纷点头。

"如果中午转弯的分岔口错了，那么咱们听到的小溪就是这条，"爱丽丝指着地图，"从声音来推测，距离很近。咱们可以利用它重新判断方向，认准自己的位置，穿过丛林，踏上正确的道路。"

劳伦交叉双臂，紧紧地抿着嘴唇。

"你认为——"吉尔清了清嗓子，"你确定能够重新判断方向吗？"

"嗯，应该能。"

"你怎么想？"吉尔转向劳伦。

"我觉得应该原路返回。"

"拜托，咱们会在外面折腾一晚上的，"爱丽丝说，"你心里清楚。"

劳伦沉默不语。吉尔看了看她们，再次低头盯着靴子，无奈地叹了口气。

"咱们去找那条小溪吧。"

没人费心询问布莉的意见。贝丝跟着众人前进，水流的声音变得越来越响亮。小溪的低吟跟瀑布的咆哮截然不同，似乎更加浑厚而沉静。

她们穿过树林，贝丝意识到自己正踩在泥泞的岩礁上。

土地在脚边垂直下坠，落差超过一米，底部奔腾着棕色的激流。她呆呆地盯着，心想，这是大河，绝非小溪。充足的降雨汇成泡沫飞溅的波浪，汹涌地拍打着两岸，水面上漂浮着枯枝败叶和碎石残渣。

爱丽丝凝视着地图，吉尔和劳伦观察四周的环境，布莉孤零零地在外围徘徊。贝丝放下背包，将胳膊伸进去，搜寻着香烟盒，但是无论如何都找不到。尽管天气寒冷，她的掌心却开始冒汗。她竭力向深处探索，终于，手指握住了熟悉的形状。她连忙抽出胳膊，不慎牵扯到包里的衣服和杂物。等到贝丝发现那个亮闪闪的金属筒滚走时，已经太迟了。它蹦蹦跳跳地脱离她的掌控范围，在地上转了一圈，径直掉下去。

"糟糕。"她把香烟盒塞进口袋里，慌慌张张地追到岸边。

"那是什么？"爱丽丝抬起眼睛，目光严厉。

"不清楚。"贝丝探头张望，稍微松了口气。不管那是什么，它被水面上方的一堆枯枝接住了。

"你可真行，"爱丽丝瞪着她，大家都看着她，"那是炉子的气罐。"

"炉子的……什么？"贝丝困惑地盯着金属筒，枯枝轻轻摆动。

"气罐。炉子的气罐。"爱丽丝重复道，"咱们今晚要用它做饭，明天也是。天哪，贝丝，你干吗要让它掉下去？"

"我根本不知道包里有这个东西。"

"每个人都分配了属于集体的物资。"

河水卷着一块木头，撞上枯枝。金属筒剧烈摇晃，但是稳住了。

"咱们能不用它吗？"吉尔问。

"除非今晚不吃饭。"

又一阵波浪翻涌，金属筒微微颤抖。贝丝感到爱丽丝的视线落在自己身上，她呆呆地俯瞰着暴涨的河水，明白噩运即将降临。爱丽丝缓缓靠近，伸手戳着她的脊梁。

"把它拿回来。"

第十章

贝丝倚着医院的外墙，单手抄兜，眯起眼睛，脸庞笼罩在烟雾中。看到福克和卡门出来，她挺直腰板。

"你们聊完了？"她高喊，"布莉还好吗？"

"她有点儿不舒服，"卡门说，他们走向贝丝，"对了，她提醒你跟护士要止痛药。"

"我问过了，现在时间太早。她总是不肯听我讲话。"贝丝避开他们，侧着脑袋朝旁边吐烟，抬手扇了扇空气，"搜救行动进展如何？"

"据我们所知，依然毫无收获。"福克说。

"见鬼。"贝丝摘掉粘在下唇的烟丝，望向医院停车场后方的树林，"不知道爱丽丝究竟是怎么回事。"

"你认为呢？"

贝丝盯着香烟，"在她离开以后？天晓得。在丛林中，一切都有可能发生。我们早就告诉过她了。"

福克注视着她，"你在贝利坦尼特做什么工作？"

"数据处理和归档。"

"噢，是吗？具体包括哪些内容？"

"基本就是字面上的意思。整理资料，输入数据，确保合伙人顺利查看需要的文件。"

"所以,你能够接触到公司的文件?"

"仅限于普通文件,机密文件由资深合伙人自行获取。"

"你在工作中跟爱丽丝·拉塞尔见面的次数多吗?"

"嗯,隔三岔五吧。"她似乎对此闷闷不乐,"她动不动就到数据室来翻资料。"

透过眼角的余光,福克瞥见卡门轻轻摇晃,在转移脚底的重心。

"在数据室里,你们两个经常聊天吗?"卡门温和地说,"比如,谈论她寻找的东西。"

贝丝歪着脑袋,面上闪过某种神情,仿佛在认真盘算。

"不,除非必须开口,否则她不会跟数据处理员搭话。况且,在我看来,公司的文件就像天书一样。老板发工资是为了让我干活,不是为了让我思考。"

"在团建活动中,你们相处得好吗?"福克问。贝丝僵住了,手里的香烟悬在嘴边。

"这是个玩笑吗?"

"不是。"

"我和爱丽丝·拉塞尔根本无法和谐相处,不管是在公司还是在野外。"贝丝瞥向医院大门,"我妹妹刚才没提到吗?"

"没有。"

"噢。"贝丝吸完最后一口,捻灭烟蒂,"可能她以为你们知道吧。爱丽丝不喜欢我,而且毫不掩饰。"

"为什么?"卡门问。

"不清楚。"贝丝耸了耸肩,掏出香烟盒,递给福克和卡门,两人都摇了摇头。"其实,"她往嘴里放了一支香烟,"我明白。她不喜欢我,是因为她不用喜欢我。在她眼里,我一无是处、平凡乏味,不像布莉——"贝丝漫不经心地挥手,从阴沉的脸庞指向肥胖的大腿,"爱丽丝想要为难我实在非常容易，她不放过任何机会，总是故意找麻烦。"

"即便是在你妹妹面前，她也会这样？"

贝丝冷冷一笑，"尤其是在我妹妹面前。大概她觉得好玩吧。"

她拢起双手，点燃香烟。寒风吹乱头发，她裹紧外套。

"既然如此，"卡门说，"你抵抗过她吗？或者，反击过她吗？"

贝丝的五官微微抽搐，"没有。"

"从来没有？你肯定觉得很难受吧。"

她耸了耸肩，"卑鄙小人到处都是，不值得挑起争端，更何况我还处于假释观察期。"

"判刑的原因是什么？"福克问。

"你们不知道吗？"

"我们能查到。但是，如果你愿意告知，肯定会方便许多。"

贝丝目光闪烁地望向医院大门，将身体的重量从一只脚换到另一只脚。回答之前，她深深地吸着香烟。

"不好意思，可以问问你们是哪种警察吗？"

"联邦警察。"福克举起警官证，贝丝凑近查看。

"原因……"她欲言又止，发出无奈的叹息，"就是我对布莉做的那件事。"

他们静静地等待了片刻，却并无下文。"你得提供更加详细的信息才行。"卡门说。

"嗯，抱歉。我只是不太想谈论那件事。两年前，我——"她似乎一口气吸完了剩余的香烟，"我混得比较差。我闯进布莉的公寓，偷了她的东西。衣服、电视，等等。既有她努力攒钱买下的贵重物品，也有奶奶临死之前留给她的珠宝。布莉回到家，正好撞见我往汽车的后备箱里塞东西。她想阻止我，结果我打了她。"

最后一句话饱含着难以言喻的苦涩。

"她伤得很重吗？"福克问。

"虽然身体伤得不重，"贝丝说，"但是，她在大街上遭到双胞胎姐姐掌掴，自己的财产还被拿去换毒品。所以，她伤得很重。我深深地伤害了她。"

听起来，这番措辞似乎在心理咨询师面前重复过很多遍。她抽完了手中的香烟，却并不急着熄灭。

"实际上，我记不清那件事了。当时，我已经连续吸毒好几年，自从——"她稍作迟疑，抬手抚摩着胳膊。贝丝的动作令福克想起了她的妹妹，刚才，布莉也在病床上拉扯包扎胳膊的绷带，"自从大四开始，真的很愚蠢。我正准备卖掉她的东西，警察直接把我抓走了。如果不是律师告诉我，我都不知道自己打了她。由于有前科的缘故，我立即被关了起来。不过，那不是布莉的错。显然，原本就不是她的错。我的意思是，她没有报警。她可以报警，大家绝对不会指责她，但是她没有。一个邻居看到我们争吵，于是便打电话报告了情况。如今，布莉依然不肯谈论那件事，甚至很少跟我说话。我对整件事情的了解，主要源于法庭文件。"

"之后，你过得怎么样？"卡门说。

"先在监狱里蹲了几个月，日子非常难熬。接着，又在康复中心待了很久，那里的生活稍微好一些。"

"他们帮助你戒毒了？"

"嗯，他们尽力了，我也正在尽力。戒毒是个漫长的过程，需要不断坚持。但是，他们教会了我对自己的选择负责，对犯下的错误负责。"

"你们两个现在关系如何？"卡门说。

"还行。多亏了她，我才能得到数据处理员的职位。在大学里，我的专业是计算机科学与技术，相比之下，贝利坦尼特的工作略显无聊。不过，在假释期间很难找到工作，因此我觉得非常感激。"贝丝勉强挤出微笑，"但是，我们曾经形影不离。直到十四岁为止，每天都穿得一模一样，就像同一个人。从前，我们真的以为能够读懂彼此的想法，"她盯着医院的大门，"然而，其实不能。"她的语气中透着淡淡的诧异。

"发现她被蛇咬伤，你应该吓坏了吧。"福克说。

贝丝紧紧地抿起嘴唇，"嗯，我特别害怕会失去她。那天，我醒得很早，上完厕所，回去刚刚睡着，布莉就捂着胳膊冲进了小屋。我们必须带她去看医生，但是可恶的爱丽丝却消失了。大家像无头苍蝇一样团团转，跑遍了周围，到处找她，却不见踪影。"她用粗短的拇指指甲扫过嘴唇，"说实话，我根本不想管她，我只在乎布莉，爱丽丝完全可以自己照顾自己。幸好劳伦知道笔直前进的方法，要不然我们还困在丛林中。劳伦带领我们向北走，找到公路，沿着它绕出去。瞧见柏油碎石的瞬间，我简直欣喜若狂。"

"你亲眼看到了爱丽丝离开吗？"福克问，仔细地观察着她。

"没有，但是我并不意外，她总是以此来威胁我们。"

"听说她带走了手机。"

"没错。实在太自私了，不过爱丽丝一向如此。反正，手机始终都搜不到信号，留下也派不上用场。"

"始终都搜不到？"

"对啊。"贝丝露出理所当然的神情，"否则，我们早就打电话求助了。"

"等你们抵达集合地点以后，发现爱丽丝不在，你惊讶吗？"福克说。

贝丝似乎陷入了沉思。

"嗯，确实有点儿惊讶。尤其是我们很可能跟她走了同样的路线，仅仅是晚了几个小时而已。如果我们没有超过她，而她也没有提前抵达集合地点，那究竟是怎么回事呢？"

难解的疑问犹如萦绕的迷雾，挥之不去。警用直升机在远处盘旋，贝丝目不转睛地看着福克和卡门。

"听着，"她转移身体的重心，压低声音，"爱丽丝在搞什么小动作吗？"

"比如？"福克保持面无表情。

"你是联邦警察，你告诉我。"

福克和卡门一言不发，贝丝耸了耸肩。

"虽然我不了解具体情况，但是感觉不太对劲。我告诉过你们，她经常要求数据处理部提供大量资料。奇怪的是，她最近开始亲自下楼找东西了。我之所以会注意到，是因为她以前总是派布莉跑腿，后来却干脆直接出面。而且，她更加频繁地访问保密文件，现在又失踪了……"贝丝望向连绵起伏的山脉，再次耸了耸肩。

"贝丝，"卡门说，"你确定爱丽丝是自愿离开小屋的吗？"

"我确定，非常确定。她肯定是故意偷偷离开，免得被我们阻拦。她不想待在丛林中。在露营的第二天早上，她就试着说服吉尔让她单独回去，但是吉尔不同意。在小屋里也是一样。"

"她们俩之间发生过争执？"卡门说。

"当然。"

"我们见过吉尔·贝利，她的脸上好像有一块瘀青，在下巴周围。"

贝丝研究着手中的香烟，沉默了许久，"我不清楚那是怎么弄的，只知道她在路上绊倒过几次。"

福克耐心地等待，然而贝丝却并未抬头。

"好吧，"他说，"所以，吉尔和爱丽丝的关系比较紧张。"

"嗯，但是这很正常。即便在空无一人的房间里，爱丽丝也能惹是生非。况且，早在吉尔表示反对之前，她已经十分烦躁了。自从第一天晚上跟丹尼尔·贝利私下交谈以后，爱丽丝就一直闷闷不乐。"

医院里响起机器报警的嘟嘟声，尖锐刺耳。

"丹尼尔·贝利？"福克说。

"就是吉尔的弟弟，公司的首席执行官。第一天晚上，男子小组来过我们的营地，他曾经把爱丽丝带到旁边去聊天。"

"你知道他们说了什么吗？"

"不太清楚，我听到的内容不多。爱丽丝问他怎么发现某件事的，丹尼尔说自己亲眼所见。她不停地问：'还有谁知道？'他回答：'目前没人知道。'"贝丝皱起眉头，绞尽脑汁地回忆，"丹尼尔说了一句："我是出于尊重，才想提醒你。'"

"提醒她？"福克说，"你真的听到他这么说了？"

"对，但是我不明白他指的是什么。我之所以会注意，是因为公司的同事都认为丹尼尔·贝利不尊重女性。"

"欺负女性？"卡门说。

"据说是蔑视女性。"

"好吧，"福克说，"那天晚上，他的语气听起来怎么样？显得愤怒吗？"

"不，他非常镇定，但是并不高兴。他似乎不愿意进行这场谈话。"

"爱丽丝呢？"

"说实话吗？"贝丝思索了片刻，"我觉得爱丽丝好像很害怕。"

第二天：周五下午

"爬下去，贝丝。"爱丽丝指着翻涌的河水，"快点儿，趁它还在。"

劳伦探头张望。小小的金属气罐躺在枯枝的摇篮里，轻轻颤抖，污浊的波浪从底部奔腾而过。

贝丝站在岸边犹豫，嘴里喃喃地嘟囔。

"你说什么？"爱丽丝严厉地斥责，"别再磨蹭了！"

"我说，今晚不能生火吗？"

"生火只在第一片营地合法，"爱丽丝说，"咱们需要用气罐做饭，赶紧把它拿上来。"

贝丝目光闪烁地盯着河水，"但是，怎么拿上来？"

确实是个难题，劳伦心想。河岸陡峭而泥泞，垂直伸入水中，碎叶残渣聚集在枯枝周围，就像肮脏的外套。

"万一掉进河里呢？"贝丝依然僵在岸边，"我不会游泳。"

爱丽丝嗤之以鼻，"真的吗？完全不会？"

"不太会。"

"拜托，那就别掉进河里。"

微风吹拂着枯枝，气罐挪动了一寸。

"算了吧，"吉尔终于回过神来，刚才她一直警惕地凝视着河水，"我觉得不安全。"

"不能算了，咱们需要它，大家还得在丛林中待好几天呢。"爱丽丝说。

吉尔看向劳伦，劳伦点了点头。爱丽丝说得对，如果无法使用炉子，周日之前肯定非常难熬。

"贝丝！"爱丽丝高声命令，"爬下去，它快要被冲走了。"

"不！"贝丝满脸通红，瞳孔闪闪发亮，"听着，我不愿意，明白吗？我会掉进河里的。"

"别这么窝囊，没有气罐，今晚就不能做饭。"

"我不在乎！反正昨晚的食物都浪费了，你们根本不吃！我才不会为了满足你们的小胃口而摔断脖子呢。"

贝丝昂首挺胸，显得理直气壮，但是双手却在不住地颤抖。

"贝丝，东西是你弄掉的，"爱丽丝说，"你必须捡回来。"

"你把它放进我的包里，却没有告诉我。"

"所以呢？"

"所以你去捡回来。"

两个女人面对面地站着，贝丝双手抄兜。

"天哪，贝丝——"爱丽丝咬牙切齿。

"我去吧。"劳伦不假思索地说。四个脑袋齐刷刷地转向她，表情十分诧异。她立即感到后悔，可惜话已出口，"我会爬下去，不过你们都要帮我。"

"谢谢。"贝丝如释重负，脸颊涨得更红了。

"你确定吗？"吉尔小心翼翼地走近边缘，"也许真的——"

劳伦打断了她，以免改变主意，"不用说了，我去捡回来，咱们需要它。"

她仔细地观察着地形。河岸非常陡峭，但是有一两块岩石和几簇野草可以作为立足点和抓扶物。她深深地吸气，不知该如何完成任务。终于，她坐在地上，扭动身体越过边缘。冰凉的泥土摩擦着掌心，同伴们纷纷抓住她的小臂和外套，她摸索着向下爬，靴子蹭过泥泞的河岸。

"好，我们抓紧你了。"爱丽丝说。

劳伦并未抬头，她始终盯着气罐和下方的水流。她伸出手，指尖划过半空。差一点儿。冷风呼啸，她看到气罐正在逐渐脱离枯枝。

"我得继续靠近。"

她再次伸出手，身体贴着河岸，靴子插入泥土，企图抵挡重力的拉扯。指尖扫过光滑的金属壳，眼看胜利在望。突然，她脚下一滑，径直坠落，伴随着枯枝断裂的声音，掉进河里。

大水迅速漫过头顶，刺骨的严寒使得肺部剧烈收缩，浑浊的污流灌进嘴里。她拼命地蹬腿，但是靴子太过沉重。片刻之间，她猛地冲破水面，贪婪地吮吸着空气，视线模糊不清。

"救命！"波浪淹没了尖叫，她又吞进一大口河水。

"举手！举手！"

劳伦听到上方响起朦胧的呼喊，有人顺着河岸爬下，某种东西正在伸向自己。她用双手握住，攥紧拳头，感到帆布里的东西在互相碰撞，好像是装帐篷杆的提包。

"抓紧，我们把你拉出来。"

她竭力让手腕穿过提包的带子，并且反复拧绕，直到带子绷紧。银色的气罐从面前漂过，顺着水流前进，劳伦连忙截住了它。

"我——"

河里冒出一块木头，粗壮而结实，裹着黏糊糊的污泥，带着湿漉漉的树叶。那块该死的木头劈波斩浪，撞上了她的头部，接着弹向远处，消失得无影无踪，而她则彻底失去了知觉。

劳伦冻得哆哆嗦嗦，关节敲击着僵硬的地面。她勉强睁开眼睛，发现自己侧身躺着。周围的一切都格外明亮，阳光似乎跟先前截然不同。究竟过去了多久？耳畔回荡着吵闹的噪声和沙哑的低语，然后渐渐平息下来。

"你醒了，谢天谢地。"爱丽丝说。

"她还好吗？"吉尔问。

"应该还好。"

我不好，劳伦想反驳，却无能为力。她挣扎着坐起来，脑袋嗡嗡作响。她抬手触摸疼痛的位置，拿开一看，指尖满是鲜血。她裹着陌生的外套，自己的衣服全湿透了。

旁边，布莉坐在地上，紧紧地抱住膝盖，肩上披着露营毛巾，头发在滴水。一摊稀薄的呕吐物躺在她们俩之间，劳伦不确定是谁的杰作，不过她的嘴里充溢着酸涩的腥臭。

吉尔和爱丽丝站在面前，两人都吓得脸色苍白。贝丝在后面瑟瑟发抖，眼圈红红，没穿外套。劳伦这才意识到身上的外套属于贝丝，她茫然地思索，是否得还回去，但是牙齿在剧烈地碰撞，实在难以开口。

"没事了。"爱丽丝不停地安慰，声音中透着淡淡的戒备。

刚才发生了什么？劳伦想询问，却无法讲话，不过她的眼神表达了内心的疑惑。

"布莉把你拉上来了，"吉尔说，"当时你还在呼吸，但是碰头了。"

恐怕不仅仅是普通的碰头而已，光是坐直身体都觉得天旋地转。

"至少拿到气罐了吧？"

她们的表情给出了答案。

"装帐篷杆的提包呢？"

她们的脸庞变得更加阴沉。

"被河水冲走了，"吉尔说，"这不是任何人的错。"她赶紧补充道。

反正不是我的错，劳伦心想，"现在怎么办？"

爱丽丝清了清嗓子，"营地上应该准备了多余的物资。"她努力表现得态度积极，结果却只是徒劳。

"我走不动。"

"你必须走，"爱丽丝调整语气，柔和地解释，"抱歉，但是咱们没有帐篷，不能待在原地。天气将会越来越冷。"

"那就生火取暖。"每个字都说得极为艰难,劳伦看到吉尔摇了摇头,"求求你,吉尔。我知道,按照规定,在丛林中不许生火,可是——"

"不是因为规定,而是因为打火机湿了。"

劳伦想放声大哭。她感到恶心不已,于是重新躺下。冰冷的地面减轻了头痛的折磨,一滴液体从前额滑向太阳穴,不知是河水还是鲜血。她拼命撑起脑袋,爱丽丝依然站在面前。

"打电话求助吧。"劳伦说。

爱丽丝一动不动。

"打电话找人帮忙,爱丽丝,用你的手机。"

吉尔显得烦躁不安,"她已经试过了,打不通。"

劳伦颓然倒向地面,"那咱们怎么办?"

没人说话,丛林沙沙作响。

"也许咱们可以往高处前进,"终于,爱丽丝说,"看看能否搜到信号。"

"会有区别吗?"吉尔说。

"我哪儿知道?"

众人陷入了尴尬的沉默。

"对不起,"爱丽丝展开地图,仔细研究。最后,她抬起头,"听着,我很确定这就是北边的河流。西边有一座很矮的山峰,标着登山路径,看上去不算陡峭。而且,营地也在西边。咱们可以到山顶寻找信号,大家同意吗?"

"你能带我们去吗?"吉尔说。

"嗯,我觉得没问题。那边是西,一旦找到上山的道路,接下来就容易了。"

"你以前做过类似的事情吗?"

"做过几次。"

"上学的时候,还是近期?"

"上学的时候。但是我记得怎么做,技巧都是一样的。"

"当初管用吗？"

爱丽丝露出无奈的苦笑，"反正我没死在丛林里。吉尔，如果你有更好的主意……"

"那倒不是。"吉尔接过地图，眯起眼睛，接着沮丧地叹了口气，递给劳伦，"你也参加过露营，你认为呢？"

劳伦颤抖着握住地图，十指僵硬而麻木。她努力解读纸上的线条，爱丽丝目不转睛地注视着她。西边有好几座山峰，她无法分辨爱丽丝指的究竟是哪座，寒冷让大脑变得一片空白。

"我不知道，"她说，"我想留在这里。"

"不行，"爱丽丝咬了咬嘴唇，"咱们必须找人帮忙，或者至少到达营地。拜托，劳伦，你应该很明白。"

劳伦头痛欲裂，她无力争辩，只能点头，"好吧。"

"是吗？大家都同意了？"吉尔的声音听上去如释重负，"咱们按照爱丽丝的计划前进吗？"

劳伦摇摇晃晃地站起身来，思绪飘回群星露营的日子，想起参加信任挑战的情景。她步履蹒跚，双眼被蒙住，惊慌失措，直到爱丽丝稳稳地抓住她的胳膊。我帮你，走吧。爱丽丝的掌心贴着她的皮肤，十分温暖。失去方向的劳伦跟着爱丽丝，一步又一步，穿过未知的世界。

此刻，她把地图还给吉尔，希望自己别再变得盲目无助。不过，起码眼前有个计划。

"就听她的吧。"

无论别人如何评价，爱丽丝永远都目标明确，清楚自己在做什么。

第十一章

"第一天晚上，丹尼尔究竟对爱丽丝说过什么，结果令她感到害怕呢？"卡门盯着车窗，树木飞速闪过，医院被远远地抛在身后。

福克并未立即回答，他想到了几种可能性，但是都很糟糕。

"无论内容如何，显然非常重要，值得他在黑暗中穿过丛林去找她。"最后，他说。

"肯定跟他迟到的原因紧密相连，"卡门说，"否则他完全可以在露营之前告诉她，或者提醒她。"

福克回忆贝利昨天在停车场的解释。家事。

"会不会是关于他姐姐的事情？"福克说，"大概他急着要见的是吉尔。我不知道，也许咱们应该直接问问他。"

"说到姐姐，"卡门说，"你如何看待那对双胞胎？虽然布莉得到了楼上的高级职位，但是我觉得贝丝根本不傻，她的脑子也转得很快。"

福克深以为然，"而且，她恐怕非常了解自己接触的文件和资料，不像外表假装的那样一窍不通。"

"唉，如果连数据室的小姑娘都注意到爱丽丝举止异常，对于咱们而言，可不是个好兆头，你认为呢？"

"不一定。"福克说，"我发现，爱丽丝严重低估了贝丝。其实，咱们俩也略微低估了她。在她面前，爱丽丝没准会放松警惕，变得粗心大意。"或者不顾一切，他心想。他记起他们跟爱丽丝的最后一次谈话。拿到合同。拿到合同。压力自上而下，越发沉重。

"就算贝丝怀疑爱丽丝，"卡门说，"她真的在乎吗？听起来，她需要这份工作，但是初级岗位的员工很少对公司忠心耿耿。况且，她还属于办公室的局外人，"她稍作迟疑，"不过，局外人通常都想成为局内人。"

"贝丝不在乎，"福克说，"可是，她也许告诉过布莉。"布莉像是极其在乎公司利益的员工。

"嗯，也许吧。"卡门说，"她们俩之间的关系比较微妙。"

福克驾车拐上通往林区旅馆的道路，"是啊，我无法分辨她们对彼此到底是爱还是恨。"

"大概是爱恨交加。"她说，"你没有兄弟姐妹，对吗？"

"没有，你呢？"

"有好多。爱恨交加的关系并不稳定，始终在变化，双胞胎的情况可能更加严重。"

福克驱车驶进旅馆的停车场，停在首先映入眼帘的空位上。关闭驾驶座的车门以后，他觉得不太对劲，于是便放眼环顾四周。

"糟糕。"

"怎么了？"

"他的车走了。"

"谁？丹尼尔？"卡门转了一圈，果然不见黑色的宝马车，"他会在大家找到爱丽丝之前回墨尔本吗？"

"不清楚。"福克皱起眉头，"说不定，他知道搜救行动将持续很久。"

天空又开始下雨，等到他们抵达旅馆门口，衣服上已经落满了豆大的雨点。福克擦了擦靴子，抬手捋过潮湿的头发。

"嘿，你瞧。"卡门压低声音，朝休息厅点头示意。

吉尔·贝利单独坐在沙发上，手里捧着一杯咖啡，脸上的表情十分呆滞。见他们走进旅馆，坐在对面，她显得颇为惊讶，眼神中透着烦闷，下巴上的瘀青格外醒目，边缘变成了黯淡的土黄色，破裂的嘴唇肿胀不堪。

"如果想谈诉讼问题，请联系我的律师。"她说。

"什么？"福克察觉自己挑错了座位，屁股底下的老旧沙发太过松软，他得拼命挣扎才能让双脚落地。他悄悄地抓住扶手，免得继续下沉。

"你们不是'精英探险'的人吗？"声音沙哑，她用舌尖舔了舔粗糙的嘴唇。

"不，我们是警察，"福克简单地介绍了两人的名字，"正在协助金警长。"

"噢，不好意思。昨天我看到你们跟伊恩·蔡斯在一起，还以为……"她省略了后面的内容。

卡门看着她，"你们要起诉'精英探险'？"

吉尔晃动杯子，咖啡并未散发出白色的蒸汽，似乎早就凉了。

"不是贝利坦尼特直接起诉。不过，承保这次远足旅行的保险公司给'精英探险'寄了封律师函，我觉得无可厚非。"她的视线在福克和卡门之间游移，"此外，爱丽丝或她的家人可能也会采取相应的法律手段。"

"爱丽丝·拉塞尔的家人来了吗？"福克问。

"不。她离婚了，有个十几岁的女儿，眼下孩子跟爸爸待在一起。他们提出的任何需要，我们都会满足。但是，对于玛格特而言——玛格特就是那个女孩儿——守着陌生的山林煎熬，不如留在熟悉的地方等待。"她低头盯着自己的双手。福克注意到，吉尔的右手指甲跟布莉一样，全是断裂和破碎的痕迹。

"对了，你弟弟呢？"卡门说，"他的车不在外面。"

吉尔故意端起杯子啜饮，然后才开口回答。从她的表情来看，咖啡肯定冰凉。"你们恐怕错过他了。"

"他去哪儿了？"福克说。

"回墨尔本。"

"工作？"

"家事。"

"爱丽丝依然下落不明，现在能让他离开的事情，应该非常紧急吧？真是祸不单行。"

吉尔绷紧脸庞，流露出焦躁不安的情绪，仿佛颇有同感，"他经过了慎重的考虑。"

"你不用回去吗？"

"那是他的家庭私事，与我无关。"吉尔刚要端起杯子，稍作犹豫，又放下了，"对不起，请问你们来自哪个警察局？"

"联邦警察局。"

"难道不是由州警察局负责吗？我已经跟他们谈过了。"

"目前，联邦警察局正在跟州警察局合作调查，"福克直视着她的眼睛，"如果你可以回答几个问题，我们会非常感激。"

吉尔短暂地停顿了片刻，"当然，只要能帮得上忙。"

吉尔把咖啡杯放在边桌上，紧挨着她的手机。她查看空白的屏幕，然后叹了口气，翻转手机。

"很像幻肢感 [1]，是吧？"卡门说。

"我觉得，有个搜不到信号的手机，才是丛林中最难受的事情。"吉尔说，"想想实在可悲。如果没有，反倒轻松许多，至少不会令人分心。"

"出发时，你知道爱丽丝带着手机吗？"福克说。

"第一天晚上才知道。但是，我不怎么惊讶，爱丽丝一向如此。"

"一向如何？"

吉尔看着他，"无视规定，我行我素。比如拿着禁止携带的手机参加野外拓展活动。"

---

[1] 幻肢感（phantom limb）：指被截肢者感到被截肢体依然存在甚至疼痛的幻觉。

"明白了，"福克说，"你知道她想给谁打电话吗？"

"显然是 000。"

"还有别人吗？"

她皱起眉头，"据我所知没有，我们需要节省电量。不过，其实无所谓，因为根本打不通。"

"完全打不通？"福克说。

"对。"她重重地叹息，"天哪，发现她带走手机以后，我简直气坏了。我们始终依赖着手机，尽管搜不到信号。现在看来，真是荒唐透顶。我很高兴她拿着手机，但愿能帮到她。"

"在搜救行动开展期间，你会待在这里吗？"卡门说，"或者，你也打算返回墨尔本？"

"不，我要一直待在这里，等搜救队找到她为止，希望她平安无事。原本，丹尼尔也准备留下，可是——"吉尔抬手摩挲着脸颊，不小心碰到瘀青，疼得龇牙咧嘴，"抱歉，眼前的局面实在令人措手不及。我在公司工作了二十九年，从未遇到过类似的情况。唉，可恶的团建活动。"

"得不偿失？"福克问，吉尔勉强挤出淡淡的微笑。

"是啊，即便结果正常，过程中也难免磕磕绊绊。就个人而言，我宁愿让大家做好本职工作，可惜时代不同了，如今必须想方设法地增强集体凝聚力，促进企业的全面管理。"她摇了摇头，"不过，这次的野外拓展太恐怖了。"在她身后，巨大的落地窗轻轻晃动，发出嘎吱嘎吱的声响，他们抬头张望。雨水拍打着玻璃，模糊了视野。

"你跟爱丽丝·拉塞尔认识多久了？"福克说。

"五年。实际上，是我聘用了她。"

"她是个好员工吗？"他仔细地观察着吉尔，但是吉尔却目光坚定地回应着他的视线。

"是的。她非常优秀，工作努力，为公司做出了重要的贡献。"

"她乐意参加野外拓展活动吗？"

"基本跟其他成员的态度相同，恐怕大家都不会将远足露营作为周末度假的首选方式。"

"我们听说，在第二天早上，爱丽丝曾经要求离开，但是你劝阻了她。"卡门说。

"对。说实话，我不能让她走。我得带领整个小组折返，应对各式各样的问题，支付野外拓展的费用，还得换个日子再次出发。事后，我确实很后悔，如果同意了她的要求，大家都会安然无恙。"吉尔摇了摇头，"爱丽丝说自己不舒服，可是我不相信。她的女儿要参加学校的活动，我以为那才是她急着回家的原因。而且，在出发前一周，她申请过退出，但是我觉得她应该克服困难，跟别人一样。毕竟，谁也不想在丛林中长途跋涉。"

"连你也不想？"卡门说。

"尤其是我。起码爱丽丝和劳伦在学校里做过类似的事情，布莉·麦肯齐身材苗条、体力充沛，至于她的姐姐——好吧，贝丝大概是累得够呛。"

走廊上响起靴子踩踏地板的嘈杂声音，他们透过休息厅敞开的大门朝外看。一群搜救人员回来了，他们径直走向厨房，疲惫的脸庞面无表情。

"女子小组的五名成员是如何挑选出来的呢？"

"随机抽调享受不同薪资、具备不同经验的员工，为了提高公司各部门之间的团队合作水平。"

"真正的标准是什么？"

吉尔微微一笑，"管理层会挑选他们认为需要在挑战中提高职业能力或个人能力的员工。"

"管理层指谁？你自己，还是丹尼尔？"

"我不是，丹尼尔是其中之一。管理层主要包括各部门的负责人。"

"他们希望女子小组的成员提高哪些方面呢？"

"布莉·麦肯齐即将获得升职的机会，这是晋级程序的一个环节。她的姐姐——"吉尔欲言又止，"你们见过贝丝吗？"

福克和卡门点了点头。

"嗯，那我大概无须多说。她……不太合群。管理层似乎认为布莉可以帮助贝丝做出改变，但是我觉得他们误判了姐妹俩的关系。"吉尔抿起嘴唇，"劳伦近期的表现不好，请你们不要透露给她。我明白她家里出了些问题，但是不能让私事严重地影响工作。"

"爱丽丝呢？"

吉尔沉默片刻，"她遭到了投诉。"

"为什么？"

"有关系吗？"

"不一定，"福克说，"目前她依然下落不明，所以没准有关系。"

吉尔叹了口气，"严格来讲，投诉的理由是霸凌。不过，也许只是激烈的言辞争执而已。爱丽丝比较直率。对了，这是公司的绝对机密，女子小组的其他成员都不知道。"

"投诉的依据确凿吗？"卡门说。

"很难判断。投诉者是一位行政助理，可能是性格不合而导致的冲突，但是——"她稍作迟疑，"这并非第一次。两年前，曾经发生过类似的问题。虽然结果不了了之，但是管理层认为爱丽丝应该通过高强度的团建活动，培养与同伴协作的能力。正因如此，在露营的第二天早上，我无法让她提前离开。"

福克认真思索，"你呢？"他说，"你为何参加？"

"在最新的高管会议上，我们决定每年都要亲自参加团建活动。至于具体原因，你们就得问问管理委员会的其他委员了。"

"你弟弟丹尼尔也一样？"

"其实，丹尼尔很喜欢参加团建活动，信不信由你。但是，他说得对。我和他是否参加，对于公司非常重要。"

"以身作则。"福克说。

吉尔面不改色，"没错。"

走廊上传来"砰"的一声巨响,旅馆大门打开了。伴随着脚步声,大门又紧紧地关闭了。

"为家族企业效力,肯定得承担很多责任吧,"卡门说,"而且根本无法逃避。你弟弟说过类似的话。"

"是吗?"吉尔说,"确实如此。我的专业原本是英语文艺史,我想成为一名人文学科的老师。"

"后来怎么了?"

"倒也没怎么。贝利坦尼特是家族企业,家族成员必须为之效力。在某种意义上,它跟家族农场或者代代相传的街角商铺并无两样,需要值得信赖的经营者。我和丹尼尔都在贝利坦尼特工作,而我们的父亲尚未完全退休,丹尼尔的儿子乔尔大学毕业以后也将到公司上班。"

"你呢?你有孩子吗?"福克说。

"有,两个孩子都长大成人了。"她停顿了一下,"不过,他们是例外。他们对商业不感兴趣,我也没强迫他们。虽然爸爸不满意,但是他已经有我们了,算是公平交易吧。"吉尔的表情渐渐柔和,"我的两个孩子都是老师。"

"真好,"卡门说,"你一定很骄傲。"

"谢谢,我确实很骄傲。"

福克看着她,"言归正传,在团建活动的第一天晚上,你弟弟带领男子小组去了你们的营地。你事先知道他们会这么做吗?"

"不。"吉尔摇了摇头,"如果我知道,肯定会阻止丹尼尔。因为实在是……没必要。我不想让女子小组的其他成员觉得男子小组总是盯着我们。"

"那天晚上,你弟弟跟爱丽丝·拉塞尔说过话。"

"当时有十个人在场,我觉得大家差不多都说过话。"

"他好像是跟她私下交谈的。"福克说。

"很正常。"

"你知道他们的谈话内容吗？"

"我不清楚，你得问他。"

"我们也想问他，"卡门说，"可是他走了。"

吉尔沉默不语，再次用舌尖舔着嘴唇的伤口。

"在他们交谈以后，你没有发现爱丽丝特别烦躁不安吗？"卡门说。

"当然没有，她为何要烦躁不安？"

"她曾经请求你让她离开，"卡门说，"至少两次。"

"我刚才也说过，如果人人想走就走，那么一个都不会剩下。"

"我们明白，这件事让你们俩之间的关系变得比较紧张。"

"谁告诉你们的？丛林中的处境非常艰难，大家的关系都很紧张。"

吉尔从桌上拿起冰冷的咖啡杯，捧在掌心，双手仿佛在微微颤抖。

"你脸上的瘀青是怎么回事？"福克说，"似乎很严重。"

"噢，天哪。"吉尔重重地放下咖啡杯，边缘溅出了深棕色的液体，"这个问题是什么意思？"

"没什么，只是个普通的问题而已。"

吉尔从福克看向卡门，又从卡门看向福克。她叹了口气，"那是个意外。最后一天晚上，在小屋里，我想劝阻一场愚蠢的争执，结果却受了伤。"

"哪种类型的争执？"福克说。

"完全是小题大做，我已经告诉过州警察局了。绝望和恐惧不断膨胀，击垮了我们。所谓的争执，不过是互相推搡、拉扯头发，顶多持续了几秒钟，就像学校里的女生打架一样，刚开始便结束了。"

"看起来可不止如此。"

"我运气不好，站的位置太差，碰到了下巴，并不是故意跟人动手。"

"争执发生在谁和谁之间呢？"福克认真端详着她，"全体成员吗？"

"不，"吉尔皱起眉头，水肿的脸庞透着惊讶，"发生在爱丽丝和贝丝之间。我们又冷又饿，爱丽丝不停地威胁要离开，于是局面就失去了控制。我一直在自责，应该提前料到才对。她们俩始终无法和谐相处。"

第二天：周五下午

　　吉尔的牙齿不住地打战。刚才在河边，她换上了干燥的衣服，其他同伴也不例外。大家背对着彼此，瑟瑟发抖，脱得精光。结果，二十分钟后，又一场大雨将她们从头到脚淋湿。她宁愿走得快点儿，可以暖和暖和身子。但是，她看到劳伦仍旧步履蹒跚。急救药箱的创可贴总是从劳伦的额头脱落，露出血淋淋的伤口。

　　爱丽丝走在队首，手里拿着布莉乖乖交出的地图，贝丝还是走在队尾。

　　真奇怪，吉尔心想，丛林看起来仿佛一模一样。她已经发现了两样先前见过的东西，残余的树桩和倒下的大树，似曾相识的感觉始终挥之不去。她调整登山包的背带，失去帐篷杆以后，肩上轻松了许多，然而心头却十分沉重。

　　"咱们的方向对吗？"吉尔说，她们正放缓速度，避开泥泞的沟渠。

　　爱丽丝掏出指南针查看，接着面朝另一个方向，再次查看。

　　"对吗？"吉尔重复道。

　　"对，放心吧。先前转过弯，但是现在的方向没错。"

　　"我还以为应该往高处走。"脚下的地面长满野草，却非常平坦。

　　后面传来一个声音，"咱们必须更加频繁地查看指南针，爱丽丝。"劳伦抬手压着额头上的创可贴。

"我看过了。"

"可是，你需要经常查看。"

"我知道，谢谢，劳伦。如果你愿意，随时都可以拿去。"爱丽丝伸出手，指南针平摊在掌心里。劳伦稍作犹豫，接着摇了摇头。

"走吧，"爱丽丝说，"不久就要开始爬山了。"

她们继续前进，土地依然平坦。吉尔刚想开口询问，"不久"究竟是多久，大腿的酸痛便回答了她。她们正在上升。虽然坡度缓和，但绝对是上升。她如释重负，差点儿流下泪水。谢天谢地。但愿在山顶能搜到信号，打电话求助，结束这可怕的旅程。

自从离开河边，恐惧就渐渐凝结成不祥的预感：大事不妙。回顾人生的轨迹，到目前为止，她大概只经历过三次类似的情况。十九岁时，她遭遇了车祸，对面的司机脸色煞白地瞪着眼睛，两辆汽车猛然相撞。三年后，她在公司度过了第二个圣诞节，享受狂欢的派对，忙着调情嬉戏，喝得酩酊大醉，在回家的路上险些发生意外。

还有那一天，父亲把她和丹尼尔叫到家中的私人办公室，向他们详细解释贝利坦尼特的家族企业如何运作。

吉尔拒绝了，在接下来的许多年里，她偶尔会因此感到安慰。丹尼尔当场同意了，然而她却坚持了将近十八个月。她报名参加教师培训课程，不再出席家族聚会，用道歉代替露面。

她天真地相信，自己的努力成功了，固执的抗争胜利了。直到日后，她才恍然大悟，父亲不过是留给她缓冲的空间，让她慢慢迎接无法避免的结局。但是，不知为何，命运的齿轮突然加速，仅仅十八个月，她再次被叫到父亲的办公室，孤身一人，坐在他面前。

"公司需要你，我需要你。"

"你已经有丹尼尔了。"

"他确实尽心尽力，但是……"父亲看着她，摇了摇头。曾经，父亲是她在世上最信任、最爱戴的人。

"那就停下吧。"

"我们不能。"他说得清清楚楚，"我们"，而不是"我"。

"你可以。"

"吉尔，"他拉起她的手，她从未见过他如此悲伤，"我们不能。"

喉咙哽咽，灼热的泪水在眼眶中打转。她想为父亲哭泣。当初，父亲帮助了错误的朋友，开启了贪婪的大门，结果泥足深陷，难以全身而退。数十年过去了，不义之财的苦果越结越多，即便百倍千倍地偿还，也无济于事。她也想为自己哭泣。她永远都不能完成教师培训课程了，斩钉截铁的拒绝终于变成万般无奈的同意。但是，她常常提醒自己，至少她拒绝过。

此刻，肺部熊熊燃烧，双腿十分疼痛，吉尔转移思绪，专注于眼下的任务，每一步都在接近目标。她盯着爱丽丝的后脑勺，拼命地向上攀登。

五年前，吉尔是首席财务官，爱丽丝则是进入第三轮面试的应聘者，唯一的竞争对手条件相似，但是经验却更加丰富。在面试结束时，爱丽丝平静地看着评委小组的全体成员，说她可以胜任这份工作，不过起薪必须提高百分之四。吉尔暗自微笑，告诉他们录用爱丽丝，并且满足她的要求。

她们沿着小径转弯，爱丽丝停下脚步，研究地图。她等待吉尔跟上，其他同伴都在后面挣扎。

"咱们应该很快就到山顶了。"爱丽丝说，"你想稍微休息一下吗？"

吉尔摇了摇头，昨晚在黑暗中摸索的情景仍旧记忆犹新。白天流逝得太快，虽然她不清楚太阳落山的时间，但是她知道肯定很早，"趁着光线还亮，咱们继续走吧。你看过指南针了？"

爱丽丝掏出指南针，瞥了一眼。

"方向对吗？"

"嗯。现在的道路比较曲折，所以具体方向取决于咱们面朝哪里，不过没问题。"

"好吧，只要你确定就行。"

爱丽丝再次查看，"对，我确定。"

她们继续前进。

吉尔从不后悔选择爱丽丝。多年来，爱丽丝充分证明了她的价值远远超过百分之四。她机智聪明，能够快速地认清形势，正确地理解事物。她懂得何时该开口，何时该闭嘴，这在家族企业中非常重要。去年，在公司的野餐聚会上，吉尔的侄子面色阴沉地盯着隔板桌，十七岁的乔尔跟十七岁的丹尼尔简直一模一样。望见爱丽丝的漂亮女儿，乔尔眨了眨眼睛。吉尔和爱丽丝意味深长地交换了目光，彼此心照不宣。有时候，吉尔会设想，在不同的情况下，也许自己和爱丽丝会成为好朋友。有时候，吉尔又觉得恐怕很难。爱丽丝就像凶猛的猎犬，固然忠诚，却总是令人忐忑不安。

"咱们快到了吗？"

劳伦的声音在身后响起，她的创可贴再次脱落，鲜血和雨水汇聚的粉色细流滑向太阳穴，淌过脸颊，流进嘴角。

"估计快到山顶了。"

"有水吗？"

吉尔拿出自己的瓶子，递给劳伦。劳伦喝了一大口，舌头舔过嘴角，尝到血腥味，不禁皱起眉头。她往掌心里倒水，动手擦洗脸庞，清澈的液体洒在地上。

"我们是不是应该——"吉尔欲言又止，劳伦重复着刚才的步骤。

"应该什么？"

"没事。"她原本要说应该节省淡水，然而转念想想还是算了。反正，营地上准备了补给的物资，吉尔也不愿考虑在别处过夜的可能性。

登山的小径越来越陡峭，大家的呼吸越来越沉重。右边的斜坡划出尖锐的角度，变成丘陵，化作悬崖。吉尔直直地注视着前方，一步接一步，艰难地抬腿。不知爬了多高，路面突然恢复平坦。

穿过茂密的桉树林，壮丽的景色瞬间跃入眼帘：青山翠谷，连绵起伏，延伸至地平线；云海翻涌，广阔无垠，犹如滔滔巨浪。她们终于抵达山顶，心中激动万分。

吉尔把背包放在地上。五个女人并排站着，双手叉腰，腿脚酸痛，气喘吁吁地环顾着周围。

"真是太美了。"

正在这时，云朵纷纷散开，露出遥挂在低空中的太阳。热烈的余晖照亮了高处的树木，丛林的轮廓泛着淡淡的金色。吉尔在璀璨的光线中眨眼，脸上暖意融融。今天，她第一次感到胸口的压力减轻了。

爱丽丝从兜里掏出手机，看着屏幕，眉心紧蹙。但是不要紧，吉尔安慰自己。即便搜不到信号，也没关系。她们可以去营地晾干衣服，动用智慧搭起帐篷。她们可以躺下睡觉，明天早晨一切都会变得更好。

吉尔听到身后传来一声干咳。

"抱歉，"贝丝说，"请问咱们刚才是往哪个方向走的？"

"往西。"吉尔昂首眺望。

"你确定吗？"

"确定，朝着营地。"吉尔转向爱丽丝，"咱们是往西走的，对吧？"

"对，往西。"

"所以，自从离开河边以后，"贝丝说，"咱们一直在往西走吗？"

"天哪，还要我说几遍。没错，一直往西。"爱丽丝依然低头看着手机。

"那——"贝丝稍作停顿，"对不起，只是——如果这是西边，那太阳为什么在南边落山？"

大家齐刷刷地扭头，恰好瞧见太阳缓缓下沉。

这就是爱丽丝的另一面，吉尔心想。有时候，她会让你感觉自己遭到了严重的背叛。

第十二章

等到福克和卡门离开时，天色已经开始变暗，吉尔·贝利独自坐在休息厅里沉思。他们迈出旅馆，径直朝客房走去，周围回荡着傍晚的鸟鸣，此起彼伏。

"天黑得真早，"卡门看了看手表，寒风吹拂着她的头发，"也许是树木遮挡了光线。"

面包车停在旅馆外面，疲惫的搜救人员纷纷下车。他们的呼吸形成白雾，脸上的表情依然凝重。空中十分寂静，直升机肯定都降落了。白日将尽，希望渺茫。

福克和卡门在各自的房间门口停下脚步。

"我要洗个澡，暖和暖和。"卡门伸展四肢，关节嘎吱作响，这两天确实很漫长，"一小时后见面吃晚饭吧。"

她挥了挥手，消失在屋里。福克转动钥匙，进门打开电灯。

透过墙壁，传来哗哗的水流声。

他坐在床上，回忆跟吉尔·贝利的谈话。她比弟弟表现得更加警惕，福克对此感到心神不宁。

他从背包里掏出一个文件夹，全是关于爱丽丝·拉塞尔的资料。他匆匆浏览，只是粗略地阅读。其实，他已经非常熟悉其中的内容了。起初，他并不确定想要寻找什么，但是随着纸页翻动，思绪慢慢清晰。他在寻找可以减轻罪责感的蛛丝马迹，证明爱丽丝·拉塞尔的失踪与他无关，证明他和卡门并未将她逼得铤而走险，证明他们没有犯下错误，使得爱丽丝陷入危险之中。伤害她。

福克叹了口气，靠向床头。看完爱丽丝的资料，他又回到首页，拿出她的银行流水单。她主动提供了账户和密码，尽管不是心甘情愿。虽然早就认认真真地研究过，但是他觉得整齐排列的表格、数字和日期能够带来莫名的安慰，它们记录着爱丽丝·艾米莉亚·拉塞尔的日常交易，反映着生活的点点滴滴。

福克的视线顺着数字下移。账单按月显示，开始于十二个月之前，结束于上周四，正是爱丽丝和同事出发参加野外拓展训练的日子。她在高速公路休息站的便利店交了四块钱，也是最后一次使用银行卡。

他盯着收入与支出的金额，试图描绘爱丽丝的形象。他注意到，一年四次，在换季前两周，她都会到大卫·琼斯[1]百货商店花费数千元购物，雷打不动。他还察觉到，根据钟点来算，她付给清洁工的报酬恐怕不符合最低薪资标准。

福克总是对人们认为珍贵的东西很感兴趣。为了让孩子追随她的脚步，在勤业女校就读，爱丽丝每年需要缴纳五位数。福克初次看到的瞬间，惊讶得倒抽了一口冷气。而且，顶尖的教育似乎不仅仅包括学费，因为在六个月前，爱丽丝曾向勤业女校捐赠了巨额款项。

数字越来越模糊，福克揉了揉眼睛，合上文件夹。他走到窗边，望向丛林，活动着烧伤的左手。在黯淡的暮色中，明镜瀑布小径的入口仍旧隐约可见。透过眼角的余光，他瞥见父亲的地图摆在床边的桌子上。

---

[1] 大卫·琼斯（David Jones）：澳大利亚的高级百货商店，由威尔士商人及政治家大卫·琼斯（David Jones，1793—1873）于1838年创办，如今在澳大利亚有43家分店。

他抽出吉若兰山脉的地图，找到明镜瀑布小径。果然，福克毫不意外地发现小径的起点被画上了圆圈。他知道父亲来过吉若兰山脉，而明镜瀑布小径又是最受欢迎的路线之一。但是，他细细地端详地图，还是感到非常诧异。爸爸究竟何时用铅笔留下了密密麻麻的标记？坐在家里的餐桌旁吗？抑或站在小径的入口处，跟福克现在的位置相差二百米，却相距十年？

福克不假思索地穿上外套，把地图塞进兜里。他犹豫了一下，然后抓起手电筒。隔着墙壁，他依然能够听到哗哗的水流声。很好，他想悄悄地出去，不愿多做解释。他关闭房门，穿过停车场，向丛林前进，背后的旅馆灯火通明。他在明镜瀑布小径的入口停下脚步，观察四周的环境。如果艾瑞克·福克走过这条小径，那么他肯定曾在此驻足。福克努力想象父亲眼中的景象，身旁的树木经历了数十年的风吹雨打，他们两个所看到的丛林可能几乎一模一样。

他踏上小径。起初，他只能听到自己的呼吸，但是夜晚的声音渐渐变得清晰可闻。茂密的枝叶紧紧包围，令人产生轻微的幽闭恐惧感。口袋里的左手隐隐作痛，他知道是心理作用，于是故意不予理睬。吉若兰山脉雨水充沛，绝对不会着火，他喃喃地自言自语，直到情绪稍微放松。

福克暗暗猜测，父亲沿着脚下的小径走过多少次。根据地图上的标记判断，至少两三次吧。远离厌恶的城市，孤身一人，因为儿子拒绝陪伴他。不过，说实话，福克怀疑他大概很享受独处的寂寞。起码，在这个方面，他们始终非常相像。

丛林深处响起窸窸窣窣的动静，福克大吃一惊，心脏怦怦直跳，接着忍不住笑了。爸爸也会被科瓦克的故事吓到吗？在野外，很容易产生与世隔绝的感受，况且，当年的吉若兰山脉可谓臭名昭著。然而，福克怀疑父亲根本就不在乎。他性格务实，从不害怕添油加醋的传闻。他喜欢登山远足，可是不爱跟人交往。

几滴雨水落向脸庞，福克戴上外套的兜帽。远方传来隆隆的低响，不知是雷鸣还是瀑布。也许应该回去了，他甚至不清楚自己在黑暗中做什么。明明是第二次走这条小径，周围的一切却非常陌生。恍惚间，丛林的模样仿佛在不断变幻。倘若再继续前进，恐怕会迷失方向。他掉过头去，准备原路返回旅馆。

才走了两步，他便呆呆地停住，竖起耳朵。什么都没有，唯有阵阵呼啸的狂风和飞快奔跑的动物。小径的前后都空空荡荡，距离最近的人在哪儿呢？他知道刚刚并未走出太远，但是总觉得方圆数里只剩下自己孑然一身。他静静地站着，仔细观察，认真聆听。然后，他又捕捉到了。

脚步声。落地轻盈，却令他不寒而栗。福克转了一圈，试图分辨声音的方向。亮光掠过树林，片刻之后，便绕过弯道，径直照耀着他的瞳孔。他听到急促吸气的动静，接着某样东西砰然掉在地上。福克盲目地摸索着口袋，掏出手电筒，冰凉的指尖笨拙地寻找开关。他触碰按钮，灿烂的光芒穿透夜色，分割出扭曲的阴影。左右两旁的丛林犹如厚重的黑色幕布，在中间的小径上，一个细长的身影遮住脸庞。

福克眯着眼睛，调整视线。"我是警察。"他举起警官证，"你还好吗？对不起，让你受惊了。"

面前的女人半侧着身子，但是他立即就认出了她。劳伦。她颤抖着弯腰，捡起手电筒。福克缓缓走近，看到她的额头上有一道狰狞的伤痕，虽然已经缝合，但是肿胀不堪，紧绷的皮肤渗着汗珠，在灯光中闪闪发亮。

"你是警察？"劳伦谨慎地盯着警官证。

"是的，负责协助爱丽丝·拉塞尔的搜救行动。你是劳伦·肖，对吗？你也在贝利坦尼特工作吧？"

"对。抱歉，我还以为——"她深深地吸了一口气，"刚才——真的很傻——我突然瞧见有人孤零零地站在路上，还以为是爱丽丝。"

其实，福克也产生过一模一样的念头，"不好意思，你没事吧？"

"嗯——"她依然在沉重地喘息，瘦削的肩膀在外套底下起伏，"我只是吓了一跳。"

"你在这里做什么？"福克说。尽管劳伦完全可以向他提出相同的问题，但是她摇了摇头。他能够感受到她的衣服上散发着寒气，她肯定在丛林中逗留了很久。

"都是胡思乱想的结果。最近，我总是去明镜瀑布。原本打算早点儿返回，但是天黑得太快了。"

福克记起先前看到的神秘身影，"昨晚你也来过？"

她点了点头，"我知道很荒唐，可是我觉得爱丽丝或许能返回小径的起点。在野外拓展活动的第一天，我们曾经路过明镜瀑布，那是个非常醒目的地标。从早到晚守在旅馆里，都快发疯了，所以我决定在丛林中等待。"

"嗯。"福克发现她戴着紫色的帽子，"我们昨天下午在瀑布附近见过你。"

"有可能。"

雷声隆隆作响，他们双双抬头仰望。

"走吧，"他说，"马上就到旅馆了，我送你回去。"

他们慢慢地走着，手电筒的锥形光束投向凹凸不平的地面。

"你在贝利坦尼特工作多长时间了？"福克说。

"将近两年，我是前瞻计划部的战略负责人。"

"具体包括哪些职责？"

劳伦沉重地叹了口气，"确定公司的未来战略需求，让执行计划结合——"话音戛然而止，"抱歉，在爱丽丝失踪以后，一切都显得毫无意义。"

"你们似乎在丛林中度过了非常煎熬的日子。"

劳伦并未立即回答，"确实如此。不仅仅是一件事情出现差错，而是各种各样的麻烦堆积起来，结果覆水难收。我只希望爱丽丝能安然无恙。"

"你们两个在公司里经常交流吗？"福克问。

"直接的交流不多。但是，我已经认识她很久了。我们俩上过同一所中学，又进入同一个领域工作，所以往往会产生交集。而且，我们的女儿年龄相仿。现在，两个孩子都在我们的母校上学。爱丽丝得知我离开了原先的公司，于是便将我推荐给贝利坦尼特，之后我就一直在那儿上班了。"

"据说是你带领整个小组找到出路的。"福克说。

"这样描述太夸张了。我在学校里有过一点儿丛林导航的经验，但实际上我们只是笔直地前进，听天由命。"她叹了口气，"况且，一路向北最初是爱丽丝的主意。发现她离开后，我以为我们不过是比她晚了几个小时而已。可是，她竟然不在终点，真是令人难以置信。"

他们转过拐角，小径的起点跃入眼帘。他们回来了。劳伦瑟瑟发抖，抱紧双臂。沉闷的空气仿佛在酝酿着一场暴雨，前方的旅馆显得温暖而舒适。

"咱们进去再聊？"他说，然而劳伦却犹豫不决。

"你介意待在屋外吗？我对吉尔绝无意见，但是今晚不想面对她。"

"好。"福克感到冷风钻进靴子，不禁挪动脚趾，"给我讲讲你和爱丽丝去过的学校露营吧。"

"群星露营？群星校区建在荒郊野岭，我们也上课，不过主要任务是参加户外活动。比如远足、露营、抗压训练，等等。没有电视，没有手机，在学期之内只能通过写信跟家里联系。如今，勤业女校还在举办群星露营。两年前，我的女儿去过，爱丽丝的女儿也去过。许多私立学校都会举办类似的活动，"劳伦稍作停顿，"可是过程很不容易。"

尽管福克并无子女，但是却从别人口中听说过恐怖的全年露营。某些同事毕业于久负盛名的私立学校，喜欢讲述古怪的露营故事。他们压低声音，谈论着侥幸逃脱熊掌或躲避失事飞机的经历，语气中混杂着震惊与骄傲。*我居然活下来了。*

"起码对你有点儿帮助。"福克说。

"大概是有点儿帮助吧。不过，我始终在想，一知半解可能还不如一窍不通。如果我们没参加过群星露营，也许爱丽丝就不会产生愚蠢的念头，认为自己可以独立走出去。"

"你觉得她不具备独立走出丛林的能力吗？"

"我觉得我们都不行。本来，我想留在原地等待救援，"她叹了口气，"我不知道，或许我们应该跟她一起走，至少保持团结。我早有预感，一旦她的意见遭到多数同伴否决，她肯定会尝试单独行动。她总是——"

她欲言又止，福克耐心地等待。

"爱丽丝总是会高估自己的能力。在群星露营中，她基本都在扮演队长的角色。然而，她被大家选中，并不是因为特别优秀。她确实很厉害，可是不像想象中那么厉害。"

"人气比拼？"福克说。

"没错。她能当上队长，全凭人气。同学们都喜欢她，渴望成为她的朋友，盼着进入她的圈子。在这种情况下，她难免会感到飘飘然。如果周围的每个人都在不停地说，你是最棒的，那么你很快就会信以为真。"

劳伦回头望向树林。

"但是，从某种程度上来讲，她也帮了我们一个大忙。如果我们继续留在小屋里等待救援，眼下肯定仍在丛林中忍饥挨饿。显然，搜救队还没找到那栋小屋。"

"是啊。"

劳伦注视着他。

"我明白，他们正在竭尽全力。"她说，"不过，有些警官似乎只想谈论那栋小屋。"

"毕竟那是爱丽丝最后露面的地方。"福克说，他记起金警长说过的话。*我们还没把塞姆·科瓦克的事情告诉女子小组的成员。*福克怀疑，在目前的局势下，刻意隐瞒恐怕不是最佳选择。

"也许，"劳伦依然盯着他，"不只如此。虽然小屋显得非常凄凉，但是废弃的时间绝对不长。我告诉过其他警官，至少有人了解它的存在，有人去过。"

"你怎么知道？"

"因为那里埋了一条狗。"

沉默笼罩着夜晚，寒风卷起脚边的枯叶。

"一条狗？"

"至少一条。"劳伦摆弄着指甲，双手骨瘦如柴，就像纤细的鸟爪，"警方不断地询问，我们在丛林中是否见过别人。"

"你们见过吗？"

"没有。自从第一天晚上跟男子小组碰面以后，我们就没见过任何人。可是——"劳伦瞥向丛林，接着收回目光，"感觉很奇怪。有时候，我们好像在被人监视。当然，我们不可能被人监视。在丛林中，经常会变得疑神疑鬼，甚至产生幻觉。"

"你们再也没见过男子小组吗？"

"嗯，我倒是希望能见见他们。但是，我们严重偏离了预定的路线，除非一直在后面跟着，否则肯定找不到我们。"她摇了摇头，抛开尚未成型的猜测，"我实在不明白爱丽丝究竟出了什么事。她肯定会往北走，我们的起点相同、方向相同，仅仅差了几个小时而已。况且，爱丽丝非常坚强，无论是心理还是身体。如果我们能走出来，她应该也能走出来。可是，她就像人间蒸发了一样。"劳伦眨了眨眼睛，"所以，我总是会坐在瀑布附近等待，盼着她突然露面，怒气冲冲地伸着手指，威胁要采取法律措施。"

福克朝她的前额点头示意，"看上去似乎很糟糕，怎么回事？"

劳伦抬手触摸伤口，无奈地苦笑，"在一条涨水的河流旁边，我们弄掉了炉子的气罐和帐篷杆。我想把东西捡回来，结果撞到了脑袋。"

"不是在小屋的争执中受的伤吗？"他小心翼翼地问。

劳伦盯着他，片刻之后才回答，"不是。"

"我之所以会问你，是因为吉尔·贝利说过，她脸上的瘀青是在小屋里碰的，为了劝阻一场争执。"

"是吗？"

劳伦面无表情。

"不是吗？"福克只好采取反问的策略。

劳伦仿佛在权衡利弊，"吉尔的确是在争执中受的伤，至于是不是为了劝架，恐怕有待商榷。"

"这么说，吉尔也卷入了争执？"

"是吉尔先开的头。爱丽丝想走，她们俩便争夺手机。虽然持续的时间不长，但是事实如此。怎么了？吉尔说了什么？"

福克摇了摇头，"没事，可能我们误会了她的意思。"

"好吧，无论她说了什么，反正她参与了争执。"劳伦低下头，"我很惭愧，但是大家都参与了，包括爱丽丝。因此，发现她离开时，我并不觉得意外。"

一道闪电划过头顶，照亮了桉树的轮廓，低沉的雷鸣紧随其后，乌压压的云朵骤然裂开。他们别无选择，只得戴上兜帽，跑向旅馆，密密麻麻的雨水拍打着外套。

"你要进去吗？"福克说，他必须提高音量，盖过嘈杂的噪声。

"不，我打算返回自己的房间，"劳伦站在通往客房的小径上高喊，"如果需要，可以随时来找我。"

福克挥了挥手，冲上旅馆的台阶，雨水敲击着前廊的顶篷。突然，一个身影在门口附近的阴暗处轻轻晃动，把他吓了一跳。

"嘿。"

他认出了贝丝的声音。她正站在前廊上抽烟，双眼注视着滂沱大雨。福克暗自思忖，不知她是否看到了他跟劳伦交谈，如果看到了，会不会产生影响。她一只手夹着香烟，另一只手里的东西模模糊糊，表情十分内疚。

"先别开口，我知道自己不应该。"她说。

福克用湿漉漉的袖子擦了擦脸，"不应该什么？"

贝丝不好意思地举起一瓶淡啤酒，"在假释期间，我不应该喝酒。但是，这几天太难熬了。对不起。"她的语气很真诚。

福克实在无法提起精神操心淡啤酒的危害，从小到大，他始终觉得淡啤酒跟清水差不多。

"只要别超过酒驾的标准就行。"这是个合理的让步，然而贝丝却诧异地眨了眨眼睛，接着露出微笑。

"旅馆也不许抽烟，"她说，"不过，天哪，我明明在外面。"

"没错。"福克说，两人凝望着大雨。

"他们告诉我，每次下雨都会让搜救行动变得更加困难，"贝丝啜饮了一小口，"最近经常下雨。"

"是啊。"

福克瞥向她。在昏暗的光线下，依然能看出她的疲倦。

"你为何没提在小屋里发生的争执？"

贝丝盯着手中的瓶子，"就跟我不应该喝酒的理由一样，现在是假释期间。况且，那场争执也不算什么，仅仅是大家吓得惊慌失措，反应过度而已。"

"但是，你跟爱丽丝吵架了吧？"

"这是你听到的描述吗？"她的眼神隐匿在阴影里，难以读懂其中的情绪，"我们全都跟爱丽丝吵架了。如果有人说法不同，肯定是在撒谎。"

她的声音显得心烦意乱，福克陷入了沉默。

"一切还好吗？"最后，他说。

贝丝叹了口气，"问题不大，明天或者后天，她就能出院了。"

福克意识到贝丝在谈论她的妹妹。"我是指你，"他说，"你还好吗？"

贝丝眨了眨眼睛，"噢，"她好像不确定要如何回答，"嗯，谢谢。"

透过休息厅的窗户，福克望见卡门蜷缩在角落里的扶手椅上。她正在阅读，潮湿的发丝松散地垂在肩上。待命的搜救人员在聊天、打牌，或者坐在炉火前闭目养神。卡门抬起眼睛，看到了他，微微颔首。

"你去忙吧，不用管我。"贝丝说。

福克张口回答，话语却淹没在惊雷中。雪白的闪电扫过天空，周围一片漆黑。背后传来众人的议论和抱怨的惊呼，旅馆停电了。

福克眨了眨眼睛，调整视线。隔着玻璃，休息厅的黯淡火光映着橙色的面孔和黑色的身影，角落里朦朦胧胧，瞧不清楚。门口响起窸窣的动静，卡门突然出现。她用胳膊夹着某样东西，似乎是一本大书。

"嗨，"卡门朝贝丝点头示意，接着转向福克，眉心紧蹙，"你湿透了。"

"我淋雨了。你没事吧？"

"没事。"她轻轻地晃动脑袋。别在这里交谈。

贝丝把啤酒瓶藏在暗处，双手拘谨地交叠在身前。

"外面很黑，"福克对她说，"你想让我们陪你走回房间吗？"

贝丝摇了摇头，"我要再待一会儿，我不怕黑。"

"好吧，注意安全。"

他和卡门戴上兜帽，离开前廊的庇护，迈下台阶，狂风骤雨扑面而来。几点微弱的灯光在周围闪烁，不知是太阳能还是应急发电机的功劳，但是足以帮助他们看清前进的方向。

又一道闪电照亮天空，雨水汇聚成白色的帘幕，福克瞥见有人穿过停车场——伊恩·蔡斯，穿着"精英探险"的红色外套。无法判断他来自哪里，不过他的发丝紧贴着头皮，恐怕已经在暴雨中逗留了片刻。天空再次沉入黑暗，他消失得无影无踪。

福克擦了擦脸庞，专注于眼前的小径。路面积水，泥泞不堪。终于，他们绕过拐角，跑到木屋的雨篷底下，他感到如释重负。他们在卡门的房间外停住脚步，她拽开外套的拉链，掏出放在胸口的大书，递给福克，然后在兜里寻找钥匙。他端详着手里的东西，发现那是一本金属箔封面的剪贴簿，边缘稍显潮湿，正面贴着纸条：吉若兰旅馆所有，不得擅自拿走。卡门扭过头来，正好瞧见他挑起眉毛，于是笑了。

"拜托，只是拿到五十米以外而已，我会归还的。"她打开房门，两人气喘吁吁地走进去，浑身冰凉，"不过首先，你得看看里面的内容。"

第二天：周五晚上

她们不停地争论接下来该做什么，直到为时已晚，什么都做不成了。

随着太阳在南边落山，她们向坡下行进，寻找栖身之处。在白日的亮光彻底消失之前，她们决定在原地扎营，至少尽力而为。

她们把仅剩的物资堆在地上，围成一圈，掏出手电筒，静静地审视。三块帐篷的帆布，完好无损；不足一升的淡水，分装在五个瓶子里；六条燕麦卷。

贝丝呆呆地看着寥寥无几的补给，感到饥饿的痛苦阵阵侵袭。而且，她还觉得唇焦口燥，干渴难耐。虽然身上的衣服又冷又湿，但是腋窝下却粘着登山途中流淌的汗水。瞧见自己的瓶子几乎空空荡荡，她艰难地吞咽着唾沫，舌头堵在嘴里。

"咱们必须在夜间收集雨水。"劳伦说，她也盯着瓶子，表情紧张不安。

"你知道如何收集雨水吗？"吉尔的语气充满恳求。

"我可以试试。"

"其他的燕麦卷呢？"吉尔说，"好像不止这些吧。"

贝丝察觉妹妹投来视线，她并未作出回应。去你的，布莉。心中的愧疚变得异常清晰。

"起码还有两三条吧。"在手电筒的灯光下，吉尔的脸庞蒙着病态的灰色，她不断地眨眼，或许是企图摆脱眼中的沙子，或许是无法相信眼前的状况。

"如果谁吃了，直说就行。"

贝丝发现大家的目光沉甸甸地压向自己，她垂下双眸，注视着地面。

"好吧。"吉尔摇了摇头，转向爱丽丝，"你去看看能不能搜到信号。"

爱丽丝默默地迈开脚步。刚才在山顶，她经历了剧烈的情绪波动，从震惊到防备，再回到震惊中。她反复地研究地图，敲打指南针的外壳。她们明明是一路向西，她非常确定。然而，尽管她的态度斩钉截铁，但是大家却陷入了错愕的死寂。面对缓缓下沉的夕阳，事实胜于雄辩。

整个小组目送着爱丽丝离去，她紧紧地握着手机。吉尔张口欲言，可是想不出要说什么，只好用靴尖踹了踹帐篷袋，"找找解决的办法。"她告诉劳伦，然后跟着爱丽丝走了。

劳伦建议用防风绳把帆布拴在树上，搭起挡雨的顶篷。她准备亲自演示，一只手拽着绳子，另一只手捂着前额的创可贴，最后却无奈地放弃，退到后面，乱糟糟的发际线染着鲜血。她举起手电筒，指挥贝丝和布莉在树干之间穿梭。夜晚严寒刺骨，贝丝的手指冻得僵硬不堪。即便在白天，这项任务也非常困难，幸好贝丝的重型手电筒十分明亮。

终于，她们完成了。伸展的帆布中央已经有点儿松垂，虽然还没下雨，但是沉闷的空气在悄悄地酝酿着风暴，真正的考验即将来临。

在幽暗的小径上，爱丽丝时隐时现。她站在蓝色的光晕中，原地转圈，向上抬起胳膊，就像绝望的舞者。

贝丝从背包里掏出睡袋，沮丧地盯着潮湿的底部。她努力挑选合适的位置，但是似乎毫无意义，因为到处都很糟糕。她把睡袋铺在附近的帆布下方，然后站起身来，看向妹妹。布莉左右徘徊，不知该睡在哪里。往常，布莉都愿意尽量靠近爱丽丝，如今却犹豫不决。真是有趣，贝丝暗自思忖，局面的改变居然如此迅速。

旁边，劳伦坐在自己的背包上，摆弄着指南针。

"它坏了吗？"贝丝说。

起初，劳伦一言不发，接着叹了口气，"应该没坏。可是，一定要正确使用才行。在长途跋涉的过程中，很容易偏离路线。我早就料到，爱丽丝查看指南针的频率不够。"

贝丝抱紧双臂，踮着脚尖上下跳跃，浑身瑟瑟发抖。

"可以生火吗？我的打火机晾干了。"

劳伦抬头环顾四周，前额上刚粘好的创可贴又开始脱落。贝丝知道，急救箱里只剩下一枚创可贴了。

"按照规定，丛林中不能生火。"

"会有人发现吗？"

"如果火势失控，会有人发现的。"

"在这种天气下失控？"

她看到劳伦的阴影耸了耸肩，"贝丝，我的级别太低，无权决定类似的大事。你去问问吉尔吧。"

借着爱丽丝的手机亮光，贝丝勉强瞧见吉尔的轮廓。为了寻找信号，她们已经走出很远，情况不容乐观。

她往嘴里塞了一支香烟，缓步离开帆布的遮蔽。小小的火苗燃起，微微闪烁，影响着视线，但是她不在乎。熟悉的味道充满口腔，她贪婪地吞云吐雾。熬过好几个小时的折磨，总算能够畅快地呼吸了。

贝丝停住脚步，享受着肺部温暖的感觉。她遥望丛林深处，眼睛和耳朵渐渐适应了夜晚的环境。越过眼前的灰色桉树，远处一片漆黑，什么都看不清，但是反过来恐怕截然不同。至少香烟的火光肯定非常醒目，而且手电筒照亮了身后的营地。站在外围，能够把她看得清清楚楚。暗处响起枯枝断裂的声音，她吓了一跳。别犯傻。不过是动物而已，无害的夜行动物，可能是负鼠[1]。

---

[1] 负鼠（possum）：一种栖息在树上的有袋类动物，常见于澳大利亚、新几内亚和苏拉威西岛。

尽管如此，她还是赶紧吸完最后一口烟，转身返回营地。突然，三双视线齐刷刷地投过来。吉尔、爱丽丝和劳伦，不见布莉的踪影。她们紧紧地凑成一团，手里拿着某样东西。片刻之间，贝丝以为是指南针，但是靠近后才发现，居然是一个裹着包装的芝士三明治，吉尔还攥着一个苹果。

"你们在哪儿找到的？这是剩下的午餐吗？"贝丝说，肚子咕咕直叫。

"在背包里。"吉尔说。

"谁的背包？"贝丝望向营地中央。先前，趁着天色尚未完全变黑，她们倒空了各自的背包，集体清点物资。眼下，背包横七竖八地躺在地上，各式各样的杂物堆积成山。瞧见她们的表情，她恍然大悟，感到浑身冰凉，"拜托，不是我的背包。"

她们沉默不语。

"真的不是！我吃过午餐了，你们都看见了。"

"我们没看见。"爱丽丝说，"你始终在小径的另一头抽烟。"

贝丝死死地盯着她，"你想陷害我，好让自己摆脱困境吗？"

"你们两个，统统闭嘴。"吉尔厉声呵斥，"贝丝，如果你没吃午餐，严格来讲，这依然是你的午餐。但是，我们说过，要把食物都——"

"这不是我的，你们难道听不懂人话吗？"

"好吧，好吧。"吉尔明显不相信她。

"如果是我的，我肯定会说。"贝丝的眼睛灼热而刺痛，她静静等待，却无人回应，"它们不是！"

"那些食物是我的。"她们纷纷扭头，布莉站在后面，"抱歉，我去上厕所了。它们是我的，我没吃午餐。"

吉尔眉心紧蹙，"刚才你为什么不说？"

"我忘了，对不起。"

小时候，贝丝真的相信世界上存在心灵感应，甚至会深深地凝视着布莉的眼睛，郑重其事地用手指按住妹妹的太阳穴。你在想什么？随着年龄增长，布莉率先退出了心灵感应的游戏。原本她就不太擅长，贝丝觉得这也是她不感兴趣的重要原因。布莉开始躲避姐姐的手指，拒绝保持目光对视。于是，贝丝慢慢习惯了隔着距离研究她，仔细聆听语调，认真端详举止，捕捉蛛丝马迹。你在想什么，布莉？后来，贝丝才意识到，这并非心灵感应，而是察言观色。如今，贝丝再次运用熟练的技巧，耳畔回响着不言而喻的答案。布莉在撒谎。无论她不分享食物的原因是什么，反正不是遗忘。

"你不必刻意掩护她，布莉。"爱丽丝好像很失望。

"我没有。"贝丝察觉到妹妹的声音在微微颤抖。

"大家不怪你，别为她撒谎。"

"我知道，我没有。"

"是吗？这可不像你的作风。"

"我知道，对不起。"

即便布莉亲口坦白，她们也不愿相信布莉会犯错。贝丝差点儿放声大笑。差点儿，但是忍住了，因为她发现妹妹带着哭腔，仿佛快要掉泪了。她轻轻地叹息。

"好吧，听着，"贝丝竭力表现出后悔的样子，"这些食物是我的。"

"果然，我早就猜到了。"

"对，爱丽丝。你猜得对，真厉害。抱歉，布莉——"

"不——"布莉试图打断。

"谢谢你帮忙，但是算了吧。对不起，各位。"

奇怪，她心想，空气中弥漫着如释重负的欣慰。布莉永远是对的，贝丝永远是错的。正常的秩序得以恢复，皆大欢喜，再也无须争辩。

"好吧，"最后，吉尔说道，"咱们把剩下的东西分一分，事情到此为止。"

"行。"贝丝转过身去，背对着她们，免得陷入关于奖罚制度和分配比例的讨论，"你们随便，我去睡觉了。"

贝丝感到她们注视着自己，她旁若无人地脱掉靴子，和衣钻进睡袋，戴上兜帽。里面并不比外面暖和，凹凸不平的土地隔着薄薄的布料，顶得皮肉生疼。

她闭上眼睛，听见模模糊糊的交谈声。虽然姿势很不舒服，但是疲倦令人昏昏欲睡。当她即将坠入梦乡时，一只手轻柔地压在睡袋上方。

"谢谢。"嗓音轻如耳语。

贝丝没有回答，片刻之后，那只手消失了。她仍旧闭着眼睛，忽略吵闹的动静——先是争论食物的问题，接着争论篝火的问题。

不知过了多久，她陡然惊醒，睁开眼睛。夜里肯定下过雨，周围的土地都湿透了，她的四肢沉重而冰凉。

贝丝哆哆嗦嗦地竖起耳朵。为什么会惊醒呢？她眨了眨眼睛，面前乌漆墨黑。她缓缓地呼吸，只能听到睡袋的布料窸窣作响。脖子碰到异物，她畏缩了一下，然后用手指轻轻地戳了戳。原来是一小块芝士三明治和一片苹果，装在潮湿的塑料袋里。贝丝无法判断这究竟是自己的五分之一还是妹妹的四分之一，她不想吃，但是饥饿却在疯狂地叫嚣，淹没了脆弱的骄傲。身在丛林，必须遵循不同的规则。

先前，营地上悄悄地滋生出某种恐怖的氛围，贝丝不确定其他成员是否察觉到了，可是她感受得真真切切。大家表现得卑微、低劣乃至原始，一块普普通通的干面包都能变成值得争夺的战利品。她苦苦思索，却想不到该如何形容那种感觉。

睡袋外面传来动静，贝丝僵住了，暗暗猜测对方是同伴还是猛兽。她纹丝不动地躺着，时间缓缓流逝。终于，绞尽脑汁搜索的词语出现在舌尖，泛着苦涩的味道。野蛮。

第十三章

卡门的房间里一片漆黑，福克把自己的手电筒递过去。她低声抱怨，跌跌撞撞地走到窗户跟前，拉开帘子，场地周围的应急灯光映出家具的轮廓。

"坐吧。"她说。

屋里依然没有椅子，福克坐在床边。卡门的房间跟他的房间一模一样，小巧而狭窄，风格简洁，但是空气却略微不同，仿佛弥漫着某种轻柔的芬芳，令人恍惚回忆起温暖的夏日时光。他怀疑卡门身上的味道是否一向如此，或许是他从未留意过。

"我在旅馆外碰见劳伦了。"他说。

"噢，是吗？"卡门扔给他一条毛巾，盘起双腿，坐在对面。她歪着脑袋，擦干肩头的长发，福克开始复述刚才的谈话。关于小屋，关于争执，关于爱丽丝。窗外，瓢泼大雨拍打着玻璃。

"但愿劳伦低估了爱丽丝，"等他讲完，卡门说，"护林员告诉我，在这种天气里，就算是他们也很难坚持下来。假如爱丽丝真的是自愿出走，恐怕凶多吉少。"

福克再次记起那条语音留言。*伤害她*。"除了自愿出走，你还能想到其他可能性吗？"

"我不知道。"卡门在两人之间打开剪贴簿，翻动纸张，里面贴满了剪报，涂抹胶水的边缘皱皱巴巴，"趁着等你的时候，我看了看这本册子，主要内容是向游客介绍吉若兰山脉的历史。"

她找到目标，转动剪贴簿，朝向福克。

"你瞧，虽然他们轻描淡写地掩饰了科瓦克的罪行——倒也不算意外——但是依然无法完全忽略不提。"

福克低下头，眼前是一篇报纸文章，公布了法院对马汀·科瓦克的宣判结果，标题写着"终身监禁"的字样。他能够大致猜到收录这篇文章的原因：马汀·科瓦克的入狱为事情画上了圆满的句号，吉若兰山脉的丛林彻底告别了黑暗的岁月。文章本身是一篇专题报道，简明扼要地复述了调查和庭审的过程。在接近页面底部的位置，三名不幸丧生的受害者透过陈旧的照片露出微笑。伊莱莎，维多利亚，盖尔。接着是第四名受害者，莎拉·桑顿伯格，生死未卜。

以前，福克曾经见过科瓦克案件受害者的照片，但是近期没有，尤其没有同时见过四张照片。他坐在幽暗的木屋里，用手电筒的灯光照亮每一张脸庞。金色长发，五官精致，身材苗条。她们都很漂亮。突然，他明白了卡门的意思。

伊莱莎，维多利亚，盖尔，莎拉。

爱丽丝？

福克盯着受害者的眼睛，连连摇头，"爱丽丝的年纪太大了，这四名受害者全是二十岁左右的姑娘。"

"爱丽丝只是现在太大了，当初可不是。案件发生的时候，她才几岁？二十？"卡门将剪贴簿稍稍倾斜，以便更好地观察照片，报纸在手电筒的灯光下泛着阴森的灰色，"如果她们还活着，如今都跟爱丽丝同龄。"

福克沉默不语。在四名受害者的照片旁边，印着一张马汀·科瓦克的大照片，摄于他被捕前不久，显得比较随意，应该是朋友或者邻居拍的。多年来，这张照片无数次地登上过报纸和电视。画面中，科瓦克站在烤架旁，穿着汗衫、短裤和靴子，完全是土生土长的澳洲人。他迎着阳光眯起眼睛，咧着嘴巴露出牙齿，头顶的卷发乱七八糟，手里拿着必不可少的啤酒。他体形偏瘦，却颇为健壮，即便在照片上也能看到胳膊的肌肉。

福克很熟悉这张照片，不过此刻又发现了崭新的线索。在靠近边缘的画面背景中，隐约可见一辆儿童自行车的尾部、一条赤裸的小腿、踩着脚踏板的儿童凉鞋、条纹 T 恤的后背和深色的头发。福克呆呆地盯着，虽然瞧不清孩子的面孔，可是心里觉得毛骨悚然。他艰难地转移视线，离开小男孩儿，离开马汀·科瓦克，离开四名受害者的凝视。

"很奇怪，"卡门说，"仅仅是个遥远的背影，却让我感到非常震惊。"

"嗯，我懂。"

她望向窗外的丛林，"无论如何，至少我们知道爱丽丝就在山里。尽管区域庞大，但是毕竟范围有限，终究可以找到她。"

"莎拉·桑顿伯格仍旧下落不明。"

"是啊。不过，爱丽丝肯定在山里的某个地方，反正她没走回墨尔本。"

提起城市，福克的脑海中闪过模糊的念头。隔着玻璃，他恰好瞧见丹尼尔·贝利先前停车的位置。豪华的黑色宝马，朦胧的茶色玻璃，宽敞的后备箱。眼下，一辆四轮驱动的越野车停在那里。

"咱们得再跟丹尼尔·贝利谈谈，"福克开口道，"跟着他去墨尔本，查明他在第一天晚上对爱丽丝说过什么。"

卡门点了点头，"我会给局里打电话，汇报进展。"

"需要我打吗？"

"不用，没关系。昨天你已经打过了，今晚换我来，看看上级有何指示。"

他们勉强挤出无奈的苦笑，两人都猜得到，肯定还是老一套。拿到合同。你们要明白，事关重大，必须赶紧拿到合同。笑容从福克的脸上渐渐褪去。他明白，非常明白。只是，他不清楚该如何拿到合同。

窗外寒风呼啸，他忍不住质问自己，如果爱丽丝是因为他们才被困在丛林中，真的值得吗？他希望他们能了解案件的全貌，但是他也知道，其实细节并不重要。具体情况固然千差万别，不过案件全貌都是一样：身居高位的少数富豪压榨匍匐在地的穷苦大众。

他看向卡门，"你为什么要加入这个调查组？"

"经济犯罪调查组？"她在黑暗中微微一笑，"在局里举办的圣诞节派对上，喝醉酒的家伙总是纳闷地提出同样的疑惑。"她在床上轻轻晃动，"起初，我被邀请加入儿童保护调查组。如今，他们主要是利用数字推演和编写程序的手段，提前预防和侦破案件，跟当年截然不同。我参加过实习，但是——"她喉咙哽咽，"我无法面对犯罪现场。"

福克并未刨根问底。他认识几位在儿童保护调查组工作的警官，谈到犯罪现场，他们的语气同样十分沉重。

"我坚持了一段时间，逐渐向技术层面转移，"卡门继续说，"通过各种交易来追踪罪犯。我很擅长从金钱问题中捕捉蛛丝马迹，所以最终便辗转到经济犯罪调查组。现在比过去好多了，在离开儿童保护调查组之前，我几乎天天失眠。"她沉默了片刻，"你呢？"

福克叹了口气，"爸爸去世不久后，我就转入了经济犯罪调查组。刚开始，我在缉毒队待了两年，新人往往觉得缉毒队的日子比较刺激。"

"我在圣诞节派对上听过类似的说法。"

"有一回，我们接到密报，称墨尔本南部的一个地方被用作毒品仓库。"

福克还记得他们把车停在一栋小房子外面，街道破败不堪，墙面的油漆脱落，门前的草地斑驳而枯黄。不过，车道尽头立着手工制作的邮箱，雕刻成小船的形状。当时，他暗暗思忖，曾经的屋主肯定非常在乎这栋房子，所以才会购买或打造如此精巧的邮箱。

一名同事敲了敲门，发现无人回应，于是便决定强行闯入。陈旧的木板迅速放弃抵抗，走廊里挂着落满灰尘的镜子。福克瞥见玻璃中的映象，黯淡的身影裹着防护装备，片刻之间，他差点儿没认出自己。他们转过拐角，冲进起居室，举着武器，高声呐喊。然而，眼前的情景却令人不知所措。

"屋主是一位患了失智症[1]的老先生。"福克依然能勾勒出他的模样。瘦小的身体蜷缩在扶手椅中，由于思绪混乱而无所畏惧，肮脏的衣服耷拉在嶙峋的骨架上。

"房子里没有食物，电源断了，橱柜中储存着毒品。他的侄子，抑或他以为是侄子的家伙，领导着当地的贩毒帮派，联合手下的小弟霸占了那个地方，自由来去，胡作非为。"

整栋房子都弥漫着恶臭，乱七八糟的涂鸦画满了印花壁纸，发霉的外卖盒散落在地毯上，一片狼藉。福克坐在老人身边，陪他聊着板球比赛，其他队员负责进行搜查。老人以为福克是他的孙子，福克并未纠正他。三个月前，福克刚刚埋葬了自己的父亲。

"重点在于，"福克说，"他们掏空了他的银行账户，透支了他的信用卡，购买他永远不会考虑的东西。他是个身患重病的老人，可是他们什么也没留给他，甚至还让他欠下巨额债务。一切罪行都清清楚楚地记录在银行账单上，却无人知晓。如果早点儿注意到金钱的问题，提前几个月就能察觉他的处境。"

事后，福克在案件报告中如实地写下了这些观点。过了数周，经济犯罪调查组的一名警官前来拜访，跟福克友好地交谈。又过了两周，福克去疗养院探望那位老人。他的气色明显好转，他们再次聊起了板球比赛。回到队里，福克便着手准备调岗申请。

他的决定引得众人纷纷侧目，然而他很清楚，心中的幻想正在逐渐破灭。缉毒队的突袭行动就像亡羊补牢，总是临场救急，却无法未雨绸缪。

---

[1] 失智症（dementia）：一种因脑部伤害或疾病所导致的渐进性认知功能退化，这种退化的幅度远高于正常老化的进展。失智症会影响到记忆、注意力、语言、解题能力等，严重时会无法分辨人、事、时、地、物。

在许多罪犯的世界里，金钱才是邪恶的动力和根源。要让腐烂的四肢彻底死亡，必须砍掉头颅。

至少，在追捕罪犯的过程中，福克始终这么想。有些白领外表光鲜亮丽，接受过良好的大学教育，相信凭借计谋就可以逃脱法律的制裁。比如贝利家族的利奥、吉尔和丹尼尔，他们大概觉得玩弄金钱不会造成严重的损害。可是，每当福克注视着他们，都能看到犯罪的链条在延伸，看到孤苦的老人、挣扎的女人和悲伤的孩子坐在遥远的另一端，衣衫褴褛，惶恐不安。

"放心吧，"卡门说，"咱们肯定会完成任务。贝利家族自以为足智多谋，其实根本不如咱们聪明。"

"是吗？"

"是啊。"她微笑着回答。即便坐着，她也跟他同样高，无须抬头，他们就能视线相遇，"首先，咱们俩都熟悉洗钱的方法。"

福克不禁也报以微笑，"你会怎么做？"

"很简单，房地产投资。你呢？"

从前，福克对洗钱的问题专门作过深入的研究，他很清楚自己会怎么做，总共有两种非常可行的备选计划，房地产投资是其中之一。

"也许赌博吧。"

"瞎说，你得找到更加复杂的方法才行。"

他弯起嘴角，"别瞧不起经典。"

卡门开怀大笑，"恐怕你不够聪明。赌博洗钱意味着要经常去赌场尽情玩乐，任何熟人都能立马看出端倪，起码我能识破。我的未婚夫陪着客户在赌场里耗费了大把的时间，他跟你可完全不像。"

确实，正因如此，在福克的心目中，赌博洗钱甚至排不进前三，毕竟应酬太多。不过，他只是微微一笑，"我会放长线钓大鱼，建立固定的行为模式，坚持不懈，追求目标。我是个很有耐心的人。"

卡门笑了，"我同意。"她轻轻晃动，在床上伸直双腿，手电筒闪烁着苍白的光芒。他们静静地盯着彼此，一言不发。

雷声轰鸣，旅馆深处响起嗡嗡的噪声。突然，灯亮了。福克和卡门不停地眨眼，无拘无束的气氛随着黑暗的消失彻底蒸发。他们同时活动身体，她的腿扫过他的膝盖。他站在床边，犹豫不决。

"我想，我应该回去了，免得再次断电。"

卡门短暂地停顿了一下，"嗯，说得对。"

她站起来，跟着他走到门口。他打开房门，寒风扑面而来。他走向自己的房间，感到她的目光紧紧相随。

他转过身去，"晚安。"

她稍作迟疑，"晚安。"然后，她退回屋里，关上了门。

踏入房间，福克并未立即开灯。他走到窗前，任凭纷乱的思绪在脑海中横冲直撞，渐渐平息。

雨终于停了，透过云朵的间隙，能够捕捉到点点星光。曾经，福克有许多年都没看过夜空。城市的灯火总是太刺眼，令人迷失前进的方向。如今，他总是提醒自己抬头仰望。如果爱丽丝也在凝视夜空，不知她会瞧见什么。

明月高挂，笼罩着银色的光辉。福克知道，南十字星 [1] 肯定蒙着云朵的面纱，隐匿了踪影。小时候，他在乡下经常看到南十字星。生命中最早的记忆之一便是父亲带他去外面，指着头顶的夜空。群星璀璨，父亲用胳膊牢牢地圈住他，教他认识各种各样的星座，告诉他那些神秘的图案一直都在远方。虽然不能始终看到，但是福克始终相信父亲。即便夜空漆黑如墨，星星也依然在乌云背后闪耀。

---

[1] 南十字星（Southern Cross）：南天星座之一，只能在北回归线以南看到，位于正南方，呈十字形。

第三天：周六上午

南风 [1] 呼啸，砭人肌骨的严寒阵阵袭来。女子小组艰难地前进，低垂着脑袋抵御强烈的气流。她们发现了一条狭窄的小径，原始而崎岖，大概只是动物迁徙留下的踪迹。路面经常从脚底消失，她们不约而同地保持沉默，抬高靴子，穿过浓密的灌木丛，眯起眼睛，等待小径重新浮现。

几小时前，布莉慢慢醒来，浑身冰凉，情绪烦躁，不知自己睡了多久。旁边，吉尔在打鼾。她睡觉很沉，抑或太过疲倦，就连帆布顶篷在夜里被吹得裂成两半，都毫无反应。

布莉静静地躺在地上，凝望着清晨的苍白天空。身体深处的骨骼隐隐作痛，喉咙里干渴难耐。劳伦收集雨水的瓶子已经歪倒，如果走运，也许每人能喝一口。至少先前塞给姐姐的食物不见了，她既感到欣慰，又觉得失望。

布莉依然不确定自己为何没告诉同伴午餐的事情。她张开了嘴，却欲言又止，长眠于脑海中的本能突然复苏。她心惊胆战，不敢追究原因。周五晚上，酒过三巡，她一直拿"生存"之类的字眼开玩笑，形容公司

---

[1]　南风（south wind）：澳大利亚位于南半球，南风十分寒冷，类似于北半球的北风。

的生活状态。可是，换个语境，"生存"便显得陌生而恐怖。

早晨，大家卷起湿透的睡袋，她主动跟姐姐搭话。

"谢谢你。"

这回，竟然轮到贝丝对她态度冷淡，"算了，我真不懂你干吗怕他们。"

"怕谁？"

"他们所有人。爱丽丝，吉尔，丹尼尔。"

"我不是怕，我只是在乎他们的想法。贝丝，他们都是我的上司，而且也是你的上司。"

"那又如何？他们绝不比你强。"贝丝停下手中的动作，看着她，"我劝你，别当爱丽丝的跟屁虫。"

"什么意思？"

"没什么。但是，在她身边可要小心，不如去拍别人的马屁。"

"拜托，这叫作认真对待事业，你也应该学着点。"

"你才应该学着多点儿主见，不过是个破工作而已。"

布莉不再说话，因为她知道姐姐不会明白。

她们花了二十分钟收拾挂在树上的帆布，又花了一个小时决定接下来该怎么办。待在原地，还是继续前进。待在原地。继续前进。

爱丽丝想继续前进。找到营地，找到出路，找到办法。不，劳伦表示反对，待在高处比较安全。然而，高处的狂风也更加凶猛，她们的脸颊变得鲜红而麻木。蒙蒙细雨再次降临，面对劳伦的提议，即便是吉尔也不能耐心地点头了。她们蜷缩在一块帆布底下，努力用瓶子接住雨水。爱丽丝四处走动，在空中挥舞着手机。等到电量耗至百分之三十，吉尔命令她关掉手机。

她们应该待在原地，劳伦反复强调，但是爱丽丝打开了地图。她们纷纷聚拢，伸手指着沙沙作响的纸张，寻找地标。山脉、河流、斜坡，没有一样对得上号。她们甚至无法确定自己在哪座山峰。

北边，一条公路沿着地图边缘延伸。爱丽丝说，如果她们能披荆斩棘，靠近公路，就能走出去。劳伦差点儿哈哈大笑，穿过丛林太危险了。低体温症同样很危险，爱丽丝死死地盯着她，直到她移开视线。最后，寒冷战胜了一切，吉尔宣布投降。

"咱们去找找那条公路吧。"她把地图递给爱丽丝，稍作犹豫，接着把指南针塞给劳伦，"我知道你不同意，但是咱们必须出发，否则会全体陷入困境。"

她们分享了瓶子里收集的雨水，布莉得到的几滴甘霖让口渴变得更加严重。然后，她们开始前进，拼命忽略扭曲的肠胃和酸痛的四肢。

布莉盯着地面，机械地迈着脚步。走了将近三个小时，她忽然感到某个东西轻柔地落在靴子旁边。她停住了。一枚袖珍的鸟蛋躺在泥土上，外壳破碎，内核流淌，清澈而晶莹。布莉抬头仰望，树枝随风摇晃，一只棕色小鸟歪着脑袋向下俯瞰。布莉无法判断，它是否理解眼前的情况。鸟儿会心存思念，还是会彻底遗忘？

布莉听到姐姐从身后逐渐靠近，贝丝的烟肺呼哧作响。

多点儿主见，不过是个破工作而已。

然而，事情并不是这么简单。回到二十一岁，距离荣誉毕业仅剩四天，布莉发现自己怀孕了。她跟男朋友交往了十八个月，知道他近期在蒂芙尼的网站上悄悄地浏览戒指。听到她怀孕的消息，他沉默了整整十分钟，在学生公寓的厨房里来回踱步。布莉记得很清楚，她希望他可以坐下。终于，他坐下了，用掌心覆盖她的手背。

"你的付出怎么办？"他说，"你的实习怎么办？"四周后，他也要前往纽约实习，接着攻读法学硕士，"贝利坦尼特每年能招收几名大学毕业生呢？"

一名。贝利坦尼特每年只招收一名大学毕业生参加管理培训计划，他心知肚明。那年，名额属于布莉·麦肯齐。

"当时，你高兴得热泪盈眶。"毫无疑问，面对光明的前途，她曾经激动万分，此刻依然未变。他捧起她的手。

"这个消息真的很棒，真的。而且，我非常爱你。只是——"他的眼神中闪烁着恐惧，"时机不对。"

最后，她点了点头。第二天早上，他帮她预约了医生。

"有朝一日，我们的孩子肯定会感到骄傲。"他说了"我们"，她分明记得，"事业优先，你应该牢牢地把握机会。"

是的，她告诉过自己许多遍，之所以这么做，是为了她的事业，为了美妙的机会，绝不是为了他。幸好不是为了他，毕竟他在抵达纽约之后，就再也没联系过她。

布莉低头看着砸碎的小鸟蛋，树上的鸟妈妈已经消失了。她用靴子扫起枯叶，盖住破裂的蛋壳。除此之外，她想不到还能怎么做。

"等等，"前方飘来吉尔的声音，她拖着背包，"咱们休息一下。"

"在这儿？"爱丽丝环顾周围。丛林依然茂盛浓密，但是小径比先前稍显宽阔，而且不再频频从脚底消失了。

吉尔没有回答，而是径直放下背包，满脸通红，头发乱七八糟。她摸进外套的口袋，眼睛凝视着路边的树桩。

她不言不语地走上前去，一摊雨水汇集在树桩中央的凹陷处。布莉曾经亲眼见过，吉尔拒绝了一杯花草茶，就因为泡得太久。可是现在，她却把双手探进树桩，掬起雨水，贪婪地痛饮。她短暂地停住，取出嘴里的黑东西扔掉，然后重复刚才的动作。

布莉艰难地吞咽着唾沫，舌头突然变得肿胀而干燥。她迈向树桩，舀取雨水，不慎碰到吉尔的胳膊，宝贵的液体飞溅。她再次伸手，更加匆忙地抬起掌心，凑近唇边。雨水冰凉，混杂着泥土的味道，但是她并未放弃，而是继续尝试，跟四位同伴互相争夺。有人推开她，布莉立即反击，对手指的疼痛完全不在乎。她竭力挣扎，抢掠属于自己的战利品，呻吟与喝水的声音响亮地回荡在耳畔。她低垂着脑袋，决定奋斗到底。然而，她还没反应过来，树桩便彻底干涸了，指甲刮擦着潮湿的青苔。

她跌跌撞撞地后退，口中沾满沙砾，觉得头晕目眩，仿佛意外地跨过了一条无形的界线。恐怕不只是她，大家都感受到了，震惊和羞愧深深地烙印在每张脸庞上。雨水在空空的胃里翻滚，她咬住嘴唇，竭力抑制呕吐的冲动。她们一个接一个地离开树桩，躲避着彼此的视线。布莉坐在背包上，看着吉尔脱掉靴子，褪去袜子，脚后跟鲜血淋漓。旁边，劳伦正在不厌其烦地检查指南针，但愿她能从中得到启示。

打火机闪烁，淡淡的烟雾弥漫。

"拜托，你非得现在抽烟吗？"爱丽丝说。

"对啊，否则怎么称得上是烟瘾呢？"贝丝没有抬头，但是布莉察觉到不安的情绪在小组中扩散。

"太恶心了，赶紧灭掉。"

布莉几乎闻不到烟味儿。

"灭掉。"爱丽丝重复道。

贝丝盯着爱丽丝，长长地吐出一口气，缭绕的烟雾仿佛在发出得意扬扬的嘲笑。爱丽丝猛然抓住香烟盒，甩动胳膊，用力扔向远处。

"喂！"贝丝迅速跳起来。

爱丽丝也挺直腰板，"休息时间结束，咱们走吧。"

贝丝置若罔闻，头也不回地转过身去，踏入高高的草丛，消失在树林中。

"我们可不等你。"爱丽丝高喊，却并未得到任何回应，只能听见水滴敲打着叶子，天空又开始下雨了，"天哪，真受不了。吉尔，咱们走，让她自己追上。"

布莉不由得怒火中烧，看到吉尔摇头，才稍微平息。

"我们不会扔下任何人，爱丽丝。"吉尔的语气透着陌生的尖锐，"所以，你最好找到她，并且诚恳地道歉。"

"你在开玩笑吧？"

"我非常认真。"

"但是——"爱丽丝刚开口，厚重的枝叶背后就响起咋咋呼呼的叫嚷。

"嘿！"贝丝的声音显得十分沉闷，似乎距离很远，"这里有东西。"

第十四章

　　早晨的天空阴沉灰暗，福克敲响了搭档的房门。她已经收拾好行李，正在等待。他们拎着背包，走向停车场，小心翼翼地踩在积水的路面上。

　　"局里怎么说？"福克伸手到挡风玻璃边，清理雨刷底下的枯叶。

　　"还是老一套。"卡门无须多言，他知道谈话的内容肯定跟前天晚上一模一样。拿到合同。拿到合同。她提起背包，放进后备箱里，"你告诉金警长咱们要走了吗？"

　　福克点了点头。昨晚，离开卡门以后，他便给金警长留言。过了一个小时，金警长打到房间的固定电话上，他们交换了最新消息，可惜两边的情况都令人非常沮丧。调查过程毫无进展，搜救行动寸步难行。

　　"现在失去希望了吗？"福克说。

　　"不算彻底绝望，"金警长说，"但是希望渺茫，感觉越来越像大海捞针。"

　　"你们准备寻找多久？"

　　"我们会坚持寻找，直到没有意义为止。"金警长说，他并未指出明确的时间，"但是，如果依然无法发现蛛丝马迹，我们只能减少人力投入。不过，请你保密。"

　　此刻，沐浴着晨曦，福克看到搜救队的伙计陆陆续续地爬进面包车，脸上的表情依旧凝重。他把自己的背包放在卡门的背包旁边，跟她一起朝旅馆走去。

服务台后面又换了不同的护林员值班，他趴在桌子上，指挥着坐在游客专用古董电脑跟前的女人。

"试试重新登录。"护林员说。

"我试过两次了，根本不行！"

福克认出对方是劳伦，她听起来快哭了。他们在服务台放下叮当作响的钥匙，劳伦应声抬头。

"你们要退房，返回墨尔本吗？"她迅速起身，"能不能带上我？求求你们，我必须回家。今天早晨，我一直在努力寻找搭车的机会。"

在明亮的阳光中，她面容憔悴，眼睛通红。不知是由于缺乏睡眠，还是由于彻夜哭泣，恐怕二者皆有。

"金警长同意你离开了？"

"对，他说我可以离开。"她跑向门口，"别扔下我，求求你们。我去拿包，五分钟。"

他还没来得及回答，她就消失了。福克注意到服务台上放着一摞崭新的传单，醒目的黑体写着"失踪"二字，下方是爱丽丝·拉塞尔的员工照以及关键线索与具体描述，底部印着伊恩·蔡斯在明镜瀑布小径起点拍摄的合照。

福克静静地凝视。吉尔·贝利站在中央，爱丽丝和劳伦站在她的左边，布莉站在她的右边，贝丝跟女子小组的其他成员拉开了半步的距离。蔡斯的手机屏幕太小，而在传单上，能够分辨出更多的细节。虽然大家都在微笑，但是仔细观察之下，她们的表情却稍显勉强。他叹了口气，折好传单，放进外套的兜里。

卡门借用护林员的对讲机，刚刚确认完劳伦所说的情况属实，劳伦便回来了。她站在门口，抓着脏兮兮的背包。福克恍然大悟，那应该就是她带去参加野外拓展活动的背包。

"真的非常感谢。"她跟随他们穿过停车场，钻进汽车的后座。她系上安全带，坐得笔直，手指紧紧地抓住大腿，似乎十分渴望离开。

"家里还好吗？"福克发动引擎，顺便问道。

"我不知道，"劳伦眉心紧蹙，"你们都有孩子吗？"

福克和卡门摇了摇头。

"嗯，好吧。每当你背过身去，总会冒出各种麻烦。"她简单地总结，好像这样就能解释一切。福克耐心地等待，可是她却不再多说。

汽车经过林区边界的标牌，径直驶入袖珍的小镇。加油站的灯光在前方闪烁，福克检查了一下燃油表，转动方向盘，靠近路边。收银台后面仍旧是先前见过的男人。

"所以，他们还没找到她。"看到福克进屋，他立即开口。语气平稳，并非疑问句，而是陈述句。

"是啊。"福克第一次正眼瞧他。毛线帽挡住了他的头发，但是眉毛和胡须的颜色都很深。

"找到与她相关的东西了吗？背包？栖身之处？"男人问道，福克摇了摇头，"那大概是件好事。"他继续说，"只要找到失踪者的物品或者待过的地方，接着便会发现尸体，无一例外。在丛林中，没有装备就无法生存。目前看来，我估计他们很可能永远都找不到她。"

"但愿你说得不对。"福克说。

"恐怕我所料不错。"男人望着窗外，卡门和劳伦站在寒风中，交叉双臂，"你还打算沿着这条路回来吗？"

"不知道，"福克说，"如果他们找到她的话，也许吧。"

"既然如此，希望能早日见到你，伙计。"

男人的语气充满永别的意味，仿佛在宣布葬礼的结束。

福克回到车上。离开林区和小镇十公里以后，他才发现自己严重超速，然而卡门和劳伦却始终沉默不语，毫无异议。吉若兰山脉在后视镜中渐渐远去，劳伦轻轻地晃动身体。

"据说，他们认为我们找到的小屋属于马汀·科瓦克，"她说，"你们知道吗？"

福克瞥向后视镜。她呆呆地盯着窗外，下意识地啃咬指甲。

"谁告诉你的？"

"吉尔。她是听搜救人员说的。"

"眼下仅仅是猜测而已，尚未得到证实。"

劳伦抽出拇指，疼得龇牙咧嘴。甲床在流血，深色的液体缓缓渗透，犹如黑色的半月。她低下头，放声大哭。

卡门扭头递给她纸巾，"暂时停车，呼吸一下新鲜空气，好吗？"

福克把车停在硬路肩[1]上，前后两个方向都空空荡荡。田野终于代替了森林，他想起驶入山中的情景。短短两日的光阴，却显得无比漫长。等到明天，爱丽丝就在野外逗留整整一周了。我们会坚持寻找，直到没有意义为止。

福克下车，去后备箱给劳伦拿水。他们三个站在路边，她对着瓶子啜饮。

"对不起。"劳伦舔了舔苍白而干裂的嘴唇，"爱丽丝还在丛林中，我却独自走了，感觉很糟糕。"

"如果需要帮忙，他们肯定会通知你。"福克说。

"我明白，而且我也知道——"她挤出淡淡的微笑，"我也知道，换成爱丽丝，她也会选择同样的方式。可是，我依然不好受。"她又喝了一口水，颤抖的手腕慢慢恢复平稳，"我的丈夫打来电话，说女儿的学校正在联系家长。某个学生的照片被散布到网上，内容好像比较露骨。"

"不是你女儿的照片吧？"卡门问。

---

[1] 硬路肩（hard shoulder）：指与行车道相邻并具有一定强度路面结构的辅道，具有保护和支撑路面结构的作用，并供故障车临时停靠以及急救车辆通行等。

"不，不是丽贝卡。她绝对不会做出那样的事情。但是——抱歉，谢谢——"劳伦接过卡门提供的纸巾，擦了擦眼睛，"但是，去年她也遇上过类似的麻烦。不是色情露骨的照片，而是遭到霸凌的照片。其他女生偷拍她在运动后换衣服、在食堂里吃午餐的愚蠢画面，用手机互相发送，上传到社交媒体，鼓励男校的学生撰写评论。丽贝卡——"劳伦稍作停顿，"那段时间，她非常痛苦。"

"太过分了。"卡门说。

"是啊，我们也非常痛苦。想想每年缴纳的巨额学费，简直令人难以置信。学校写信告诉我们，他们惩罚了几个犯错的女生，并且召开了关于尊重的集会。"劳伦抹去泪水，"对不起，我听到这种问题再次发生，突然就想起了当初的一切。"

"十几岁的女生常常任性妄为，"卡门说，"至今我都记得清清楚楚。即便在没有网络的年代，学校生活也已经够艰难了。"

"现在，孩子们的世界跟过去截然不同，"劳伦说，"我真不知道该怎么办。删除她的账号？没收她的手机？瞧瞧她的反应，我还不如要求她自断双手呢。"她喝完水，又擦了擦眼睛，勉强露出微笑，"抱歉，我只想赶紧回家。"

他们钻进车里，福克发动引擎，劳伦枕着窗户。最后，从呼吸声来判断，她应该睡着了。劳伦蜷缩着身体，就像一具脆弱的空壳，仿佛丛林吸走了她的灵魂。

福克和卡门轮流开车、打盹，挡风玻璃上的雨点越变越少，丛林和乌云渐渐消失。收音机里响起轻柔的噪声，电台一个接一个地出现了。

"哎呀，"卡门惊呼，她的手机嗡嗡振动，"总算有信号了。"

她窝在副驾驶座上，浏览收到的信息。

"杰米在家里等你吗？"话音刚落，福克便纳闷自己为何要多管闲事。

"嗯。其实，他去参加培训了，过几天才回来。"她无意识地摆弄着订婚戒指，福克不禁想起昨天晚上，她的长腿在床上伸展。他清了清嗓子，瞥向后视镜。劳伦还在熟睡，前额的皱纹清晰可见。

"她似乎很高兴回家。"他说。

"是啊，"卡门扭头看向后座，"如果我经历了这样一场噩梦，肯定也想回家。"

"你参加过团建活动吗？"

"没有，谢天谢地。你呢？"

福克摇了摇头，"或许在私营企业中更常见吧。"

"杰米参加过几次。"

"在运动饮料公司？"

"拜托，那可是个综合性的生活方式品牌，"卡门微微一笑，"对，他们特别喜欢组织团建活动。"

"他进行过远足露营吗？"

"好像没有，他们主要是通过各种极限运动来增强集体凝聚力。不过，有一回，他和一个小组曾经被派到废弃的仓库去，给厕所贴瓷砖。"

"真的假的？"福克哈哈大笑，"他们很了解贴瓷砖的技术吗？"

"他们才不懂呢。而且，他们相当确定，隔天，另一个小组要把贴好的瓷砖再统统拆下来。结果，整个过程非常混乱，搞得人仰马翻、鸡飞狗跳。至今，他还不愿跟其中一名小组成员说话。"

福克扬起嘴角，眼睛盯着前方的路面，"你们的婚礼准备得怎么样？"

"还行吧。日子快到了，好多琐碎的事情根本顾不上。不过，起码我们找到了主持仪式的神父，杰米也掌握了登场的方式，所以婚礼将如期举行。"她转向福克，"对了，你也来参加吧。"

"什么？不，我只是问问而已，不是在试探。"千真万确，他都不记得上次参加婚礼是哪年了。

"我知道，可是你应该来。肯定很棒，至少不会空手而归嘛，我有几个单身的朋友可以介绍给你。"

"地点在悉尼。"

"坐飞机才一个小时。"

"只剩下三周了，现在重新安排座位表难道不麻烦吗？"

"你也见过我的未婚夫，毫不夸张地说，我必须得在寄给他家的请柬中明确地写上'请不要穿牛仔裤出席'。你觉得我们会准备具体的座位表吗？"她忍住哈欠，"总之，等我把婚礼的详细信息发给你，好好考虑一下吧。"

后座响起窸窣的动静，福克看向后视镜。劳伦已经醒了，惊讶地瞪着眼睛，环顾周围，仿佛忘了自己身在何处。瞧见窗外穿梭的车辆，她似乎非常困惑。福克能够理解，他在山里仅仅待了两天，便觉得恍如隔世。他和卡门交换位置，两人都陷入了沉思，城市越来越近，无线电台低声播放。整点新闻开始了，福克随手调高音量，紧接着却深感后悔。

首先是头条新闻。播报员宣称，警方正在调查臭名昭著的马汀·科瓦克与失踪的墨尔本登山客爱丽丝·拉塞尔最后现身的小屋之间的潜在联系。

对于调查细节的泄露，福克并不感到意外。参与搜救行动的人员数量众多，内部消息的传出不过是时间问题。他扭头迎上劳伦的目光，她显得惊慌失措。

"你想让我关掉它吗？"

她摇了摇头，播报员简明扼要地复述着二十多年前轰动媒体的案件。三名女性受害者，第四名始终下落不明。然后，金警长的声音充斥着车厢，强调科瓦克案件早就彻底侦破，保证警方正在竭尽全力，同时呼吁去过吉若兰山脉的知情人士提供相关信息。终于，头条新闻结束，播报员继续报道其他新闻。

福克跟卡门迅速地对视了一眼。新闻里并未提到科瓦克的儿子，看来金警长还是设法隐瞒了关键的线索。

劳伦指挥他们开到一片枝繁叶茂的郊区，房产经纪人总喜欢将这种地方形容为"潜力无限"。汽车缓缓停住，旁边的房子显然得到过精心的呵护，但是近期好像疏于管理。门前的草坪需要修剪，栅栏外面残留着崭新的涂鸦。

"谢谢你们。"劳伦解开安全带，如释重负的欣慰清清楚楚地写在脸上，"如果有爱丽丝的任何消息，他们都会通知我，对吗？"

"当然，"福克说，"希望你的女儿一切都好。"

"但愿如此。"她的表情变得非常严肃，语气似乎充满怀疑。他们看着劳伦拎起背包，走进屋里。

卡门转向福克，"好吧，现在怎么办？咱们去找丹尼尔·贝利之前，应该跟他说一声吗？或者干脆给他来个惊喜？"

福克思索片刻，"还是跟他说一声吧。事关爱丽丝的搜救行动，他肯定愿意表现出配合的姿态，不必因为突袭而让他产生抵触情绪。"

卡门掏出手机，打给贝利坦尼特公司。过了一会儿，她皱着眉头挂断电话，"他不在办公室。"

"真的吗？"

"秘书坚称，由于个人原因，他得休假几天。"

"在员工失踪的情况下？"

"吉尔确实说过，他回来是为了处理家事。"

"我知道，我还以为只是托词而已。"福克说，"也许咱们可以去他家看看？"

卡门发动引擎，然后稍作停顿，若有所思，"其实，这里跟爱丽丝家相距不远，倘若运气好，说不定能找到拿着备用钥匙的邻居呢。"

他盯着卡门，"而且，咱们需要的文件副本就乖乖地躺在爱丽丝家的桌子上？"

"万一成真，岂不完美？"

拿到合同。拿到合同。福克的微笑渐渐褪去，"好吧，咱们去碰碰运气。"

二十分钟后，卡门驾车拐过街角，驶入一条林荫大道，接着放缓速度。他们从未去家里拜访过爱丽丝，福克好奇地观察着附近的环境。整片社区洋溢着奢侈的宁静，人行道和栅栏纤尘不染，路边停靠的车辆寥寥无几，在太阳底下闪闪发亮。福克猜测，多数车辆大概都安全地锁在车库里，盖着防护罩。跟前两天笼罩在头顶的原始森林相比，公共绿化带上整齐排列的树木就像批量生产的塑料模特。

卡门探头张望，朝着反光的邮筒眯起眼睛，"天哪，他们为什么不能在房子上写清门牌号码？"

"不知道，可能是想防止闲杂人等打扰吧。"忽然，前方的动静吸引了福克的视线。"嘿，快瞧。"

他指着道路尽头的一栋奶油色房子，卡门循着他的目光看过去，诧异地瞪大了眼睛。一个身影低着头，大步走出私人车道，手腕轻轻抖动，停在路上的黑色宝马立即解锁，发出轻微的嘀嘀声。丹尼尔·贝利。

"不会吧。"卡门喃喃自语。他穿着牛仔裤和休闲衬衣，抬手捋过棕色的头发，打开车门。他钻进驾驶座，发动引擎，离开路边。当他们抵达那栋房子时，宝马车已经绕过街角，消失不见了。卡门悄悄地跟在后面，直到宝马车驶入一条川流不息的主干道。

"我不太想追了。"她说，福克点了点头。

"我同意。虽然不知道他在做什么，但是不像逃跑的样子。"

于是，卡门便掉头，把车停在奶油色的房子外面，"不过，我估计咱们找到爱丽丝的家了。"

她关掉引擎，他们一起下车。此刻，福克才注意到，城市的空气似乎掺杂着淡淡的烟雾，每一次呼吸都侵袭着肺部。他站在人行道上，观察着两层的房子，登山靴踩着水泥地，感觉异常坚硬。院子里的草坪宽敞而平整，前门泛着蔚蓝的色泽，厚厚的脚踏垫印着"欢迎"的字样。

福克能够闻到冬日玫瑰凋谢的腐烂气味，听到远处传来车水马龙的喧闹声响。在爱丽丝·拉塞尔家的二楼，透过干净的窗户，他望见五个白色的指尖压在玻璃上，金色的头发飘过，一张目瞪口呆的脸庞俯瞰着街道。

第三天：周六下午

"这里有东西。"

贝丝的声音十分沉闷。片刻之后，伴随着树叶晃动和枯枝断裂的动静，她重新出现，奋力突破张牙舞爪的灌木丛。

"那边有个躲雨的地方。"

吉尔朝着贝丝指的方向张望，但是丛林的屏障太过厚重，她只能看到密密层层的树干。

"什么样的地方？"吉尔歪着脖子，向前迈了一步，磨破的左脚立即发出抗议。

"像是一栋小屋，大家都来看看吧。"

贝丝又走了。冷雨的拍打变得更加迫切，布莉毫无预警地踏入高高的野草中，追随着姐姐的脚步。

"等等——"吉尔开口制止，却太迟了，她们的身影已经彻底消失。她转向爱丽丝和劳伦，"走吧，咱们不能分头行动。"

趁着其他成员尚未来得及争辩，吉尔赶紧拐下小径，钻进丛林。锋利的树枝钩住衣服，必须拼命抬腿才能前行，她勉强瞧见双胞胎的外套在视野中若隐若现。终于，她们停住了，吉尔气喘吁吁地跟了过去。

矮矮的小屋盘踞在狭窄的空地上，生硬的几何线条跟柔和的丛林轮廓形成了鲜明的对比。两扇缺少玻璃的黑色窗户透过腐烂的木框向外凝视，就像黯然失色的眼珠，破破烂烂的木门耷拉在铰链上。吉尔粗略地观察了一下，虽然墙体变形，但是至少有屋顶。

贝丝靠近小屋，把脑袋探向窗户，兜帽浸满雨水，闪闪发光。

"屋子是空的，"她回头喊道，"我要进去了。"

她拽开摇摇欲坠的木门，被阴影吞没。吉尔还没说话，布莉便跟着姐姐进去了。

吉尔孤零零地站着，呼吸声在耳畔激荡。突然，贝丝的脸庞出现在窗户中。

"这儿很干燥，"她招呼道，"进来瞧瞧吧。"

吉尔穿过高高的野草，走向小屋。在门口，她感到头皮发麻，很想转身离开，却无处可去。周围除了丛林，还是丛林。她深深地吸气，跨过门槛。

里面十分幽暗，过了片刻，吉尔的眼睛才渐渐适应。她听到头顶传来噼噼啪啪的声音，起码铁皮屋顶能够发挥作用。她小心翼翼地迈步，松动的地板在脚下嘎吱作响。劳伦出现在门口，抖落外套上的雨水。爱丽丝在后方徘徊，默默地观察情况。

吉尔四下环顾，发现房间空空荡荡，形状非常古怪，只有一张快要散架的桌子贴着墙壁。白色的蜘蛛网挂在边边角角，地板的小洞里躺着枯枝落叶搭建的鸟巢。一个金属茶杯放在桌子上，她试探着拿起来，暴露出残留在尘土中的圆环痕迹。

廉价的胶合板钉在一起，勉强将屋子分割成两个房间。双胞胎站在隔壁的房间里，静静地盯着某样东西。吉尔好奇地走进去，紧接着却后悔莫及。

一张床垫倚在墙上，布满绿色的霉斑，中央染着大片深色的污渍，完全遮盖了印花图案，难以分辨最初的颜色。

"我不喜欢这里。"说话声响起，吉尔吓了一跳，爱丽丝站在她身后，直勾勾地盯着床垫，"咱们应该继续前进。"

双胞胎齐刷刷地扭过头来，面无表情。吉尔瞧见她们在瑟瑟发抖，恍然意识到自己也在浑身打战。一旦意识到，便再也控制不住。

"等等，"贝丝抱紧双臂，"咱们先考虑一下。这里很干燥，而且比较温暖，总比在外面整晚游荡更加安全吧。"

"是吗？"爱丽丝毫不掩饰地盯着床垫。

"当然。人们经常在野外冻死，爱丽丝。"贝丝态度强硬地说，"咱们没有帐篷，没有食物，需要遮风挡雨的地方。不要因为这栋小屋是我发现的就忙着表示反对，行吗？"

"我之所以表示反对，是因为这栋小屋很恐怖。"

她们俩双双转向吉尔，她立刻感到筋疲力尽。

"吉尔，拜托，"爱丽丝说，"咱们不了解情况，谁都可能把它当作基地来使用，根本不清楚——"

吉尔觉得指尖仿佛能触碰到飘浮的灰尘。

"它似乎很少被使用。"她刻意避免看向床垫。

"可是没人知道咱们的下落，"爱丽丝说，"咱们必须回去——"

"怎么回去？"

"找到那条公路！往北方走，跟先前商量的一样。咱们无法永远待在这里。"

"不是永远，只是待到——"

"待到什么时候？等搜救队发现咱们，也许都过去好几周了，总不能坐以待毙吧。"

吉尔的肩膀生疼，登山包的背带摩擦出两条火辣辣的伤痕，身上的每层衣服都湿透了，脚后跟还在流血。她听着雨水敲击屋顶的动静，明白自己再也不愿淋雨了，"贝丝说得对，咱们应该留下。"

"不会吧？"爱丽丝目瞪口呆。

贝丝的脸上浮现出胜利的喜悦，"千真万确。"

"没人问你。"爱丽丝转向劳伦,"帮帮我,咱们肯定可以走出丛林。"

劳伦抬手摸了摸前额,脏兮兮的创可贴再次脱落,"我也觉得咱们应该留下,至少今晚应该留下。"

爱丽丝无言地转向布莉,布莉稍作犹豫,接着微微颔首,眼睛凝视着地板。

爱丽丝显得难以置信。

"天哪,"她连连摇头,"行,我会留下。"

"很好。"吉尔扔掉背包。

"不过雨停以后,我就要离开。"

"爱丽丝!"尽管天气寒冷,但是吉尔感到一阵愤怒的火焰从疼痛的肩膀蔓延至磨破的脚底,"为何你非得固执己见?我已经说过很多遍了,不许单独行动。你必须待在这里,直到大家都同意离开为止。"

爱丽丝瞥向小屋的入口,悬在铰链上的木门晃晃悠悠地敞开,投下冬日的光线。她深深地吸气,准备说话,却忍住了。她慢慢地闭上嘴巴,粉色的舌尖在两排雪白的牙齿之间清晰可见。

"明白吗?"吉尔说,血液冲击着颅骨,脑袋隐隐作痛。

爱丽丝耸了耸肩。她没有回答,也无须回答,轻蔑的表情已经说明了一切。*你无法阻止我。*

吉尔看着爱丽丝,然后望向敞开的木门和外面的丛林,心中暗自思忖。*真的吗?*

第十五章

福克敲响爱丽丝·拉塞尔家的蓝色前门，回声传入房子深处。他们耐心地等待，屋里非常安静，却不像是无人居住。他意识到自己在不知不觉间屏住了呼吸。

刚才，浮现在玻璃上的脸庞转瞬即逝。他用胳膊肘推了推卡门，可惜当她抬头仰望时，窗户早就恢复了空白。楼上有个女人，他解释道。

他们继续敲门，卡门歪着脑袋。

"听见了吗？"她轻声低语，"你说得对，屋里确实有人。我守住前门，你去后门看看。"

"好。"

福克绕向房子的侧面，遇到一扇紧锁的高大铁门。于是，他拽过附近的轮式垃圾桶，爬上去，翻过铁门，心中暗自庆幸，还好穿着登山服。卡门依然在锲而不舍地敲着前门，他沿着铺砌的小径走进漂亮的大花园。蔚蓝的人工温泉池，精致的木地板露台，爬满围墙的常春藤。整个花园都洋溢着与世隔绝的气氛，犹如世外桃源。

房子的后面几乎全是落地窗，宽敞的厨房一览无余。干干净净的玻璃高度反光，他差点儿没瞧见屋里的金发女人。她站在通往走廊的门口，纹丝不动，背对着他。福克听见搭档重新敲门，女人吓了一跳。而且，她似乎察觉到了他的存在，因为她突然转身，发现他站在花园里，立即放声尖叫，熟悉的脸庞充满震惊。

爱丽丝。

刹那间，一阵欣慰之感在体内翻涌，令福克头晕目眩。肾上腺素飞快攀升，然后伴随着隐隐的刺痛，又迅速降低。他眨了眨眼睛，混乱的思维逐渐理清头绪。

虽然女人的面容十分熟悉，可是他并不认识她。更何况，她根本称不上是"女人"，他心想，喉咙中不禁发出懊恼的叹息。她仅仅是个少女而已，透过厨房的窗户，目光恐惧地盯着他。她不是爱丽丝。很像，但不是。

在爱丽丝的女儿再次尖叫之前，福克赶紧掏出警官证，伸直手臂，举给她看。

"我是警察，别害怕。"他隔着窗户高喊，拼命回忆少女的名字，"玛格特？我们正在协助寻找你妈妈的搜救行动。"

玛格特·拉塞尔朝玻璃迈出半步，哭红的双眼凝视着警徽。

"你要干什么？"她的声音微微颤抖，却莫名地令人烦恼不安。福克恍然大悟，她的声音跟爱丽丝颇为相似。

"我们可以跟你谈谈吗？"福克说，"我的同事就在前门，她是一名女警察，先让她进屋，怎么样？"

玛格特犹豫不决，仔细地端详着警徽，然后点了点头，消失在走廊里。福克静静地等待。过了一会儿，她带着卡门出现。玛格特打开后门，放他进屋。福克踏入厨房，终于能够好好地观察她。跟爱丽丝一样，她非常漂亮，但是五官也透着难以言喻的犀利，显得轮廓分明。他知道，玛格特是个十六岁的姑娘，但是从样式简单的牛仔裤、穿着袜子的脚丫和不施粉黛的脸庞来看，她似乎年纪很小。

"你不是应该跟爸爸住在一起吗？"他说。

玛格特耸了耸肩膀，垂下视线，"我想回家。"她拿着手机，反复翻动，仿佛它是排忧串珠[1]。

"你回来多久了？"

"今天早上才来。"

"你不能独自待在这里，"福克说，"你爸爸知道吗？"

"他在工作。"泪水涌入她的眼眶，却并未落下，"你们找到我妈妈了吗？"

"还没有。但是他们正在努力。"

"让他们再努力。"她的声音剧烈颤抖，卡门领她走向厨房的凳子。

"坐下吧。杯子在哪儿？我给你倒点儿水。"

玛格特指了指橱柜，仍旧摆弄着手机。

福克拽过一个凳子，坐在她的对面，"玛格特，你认识先前敲门的那个男人吗？"

"丹尼尔？当然认识。"她的语气透着担忧，"他是乔尔的爸爸。"

"谁是乔尔？"

"我的前男友。"她特别强调了"前男友"的第一个字。

"你跟丹尼尔·贝利交谈了吗？他说过自己为何要来吗？"

"没有，我不愿意理他，我知道他想做什么。"

"他想做什么？"

"他要找乔尔。"

"你确定吗？"福克说，"跟你妈妈无关？"

"我妈妈？"玛格特诧异地盯着他，仿佛他是个傻瓜，"我妈妈不在家，她失踪了。"

"我明白。但是，你怎么知道丹尼尔的来意呢？"

---

[1] 排忧串珠（worry bead）：一串可以用单手或双手把玩的珠子，用来打发时间或排遣忧虑，起源于希腊和塞浦路斯文化。

"我怎么不知道？"玛格特发出窒息般的古怪笑声，"全是因为乔尔干的好事，他在网上可忙坏了。"她紧紧地握住手机，皮肤变得煞白。接着，她深深地吸了一口气，把手机递给福克，"你们还是自己看吧，反正别人都看过了。"

屏幕上的玛格特显得年纪更大，浓妆艳抹，披散着闪亮的长发，牛仔裤也不见了。尽管光线昏暗，照片却非常清晰。学校说得没错，福克心想，确实很露骨。

玛格特低头凝视着屏幕，脸上布满泪痕，眼圈通红。

"照片是什么时候被传到网上的？"福克说。

"应该是昨天中午，除了照片，还有两条视频。"她用力地眨去泪水，"到现在为止，浏览量已经上千了。"

卡门把一杯水放在玛格特面前，"你觉得是乔尔·贝利干的？"

"他是唯一拥有这些东西的人。至少曾经是。"

"照片里的另一个人就是他？"

"他觉得拍下来很好玩，但是他向我保证删掉了，我还特意检查过他的手机，他肯定是偷偷地保存了。"她开始语无伦次地叙述，"照片和视频都是去年拍的，在我们分手之前，只是为了——"她的嘴角抽搐了一下，"为了好玩，起码最初是为了好玩。分手以后，我们就不再联系了，可是上周他突然给我发短信，让我拍几张类似的照片传给他。"

"你告诉过任何人吗？比如你妈妈？"卡门问。

"没有。"玛格特的眼神闪烁着难以置信的光芒，"我怎么可能到处乱讲！我让乔尔滚蛋，但是他不停地发短信，说我必须拍新照片，否则他就把旧照片拿给朋友看。我以为他是在虚张声势，"她摇了摇头，"他明明向我保证过。"

玛格特用掌心托住腮，泪水终于潸然而下，肩膀轻轻起伏，沉默的时间越来越长。

"可是，他撒谎了。"她重新开口，声音变得含糊不清，"现在，照片和视频统统挂在网上，每个人都看到了。"

她捂住脸庞，号啕大哭，卡门温柔地抚摩着她的后背。福克记下了玛格特手机屏幕上的网站，将相关信息发送给网络安全部的同事。

这是未经许可上传的照片和视频，他写道。当事者年仅十六岁，请尽量帮忙删除。

他并不抱太大的希望。也许他们可以删掉原始网站上的照片和视频，但是如果已经被大家转载分享，那就难以控制了。他忽然想起一句老话：覆水难收。

过了许久，玛格特擤了擤鼻涕，擦干眼泪。

"我真的很想跟妈妈说话。"她喃喃地嘟囔。

"我知道。"福克说，"此刻，大家正在寻找她。但是，玛格特，你不能独自待在这里。我们需要给你爸爸打电话，让他来接你。"

玛格特连连摇头，"不，拜托，求求你不要给我爸爸打电话。"

"可是我们——"

"求你了，我不想见他，今晚我不能跟他待在一起。"

"玛格特——"

"不。"

"为什么？"

玛格特伸出手，牢牢地抓住福克的手腕，令他大为吃惊。她直视着他的眼睛，一字一句地解释。

"听着，我不能去爸爸家，因为我无法面对他。你明白吗？"

钟表的嘀嗒声在寂静的厨房里回荡。每个人都看到了。他点了点头，"我明白。"

他们承诺会另找地方让玛格特留宿，她才勉强同意收拾过夜的行李。

"我还能去哪儿？"她问。这的确是个难题。他们小心翼翼地打听她愿意接触的亲朋好友，可是她却摇了摇头，"我不想见任何人。"

"或许能联系紧急寄养机构，"福克轻轻地说，他们正站在走廊里，玛格特总算答应去打包几样日常用品，她的哭声从卧室飘下楼梯，"但是我觉得不应该把她托付给陌生人，毕竟她眼下的状态不好。"

卡门攥着手机，她一直在努力联系玛格特的父亲。"劳伦家怎么样？"最后，她说，"只待一个晚上，至少她了解照片的事情。"

"可以试试。"福克说。

"行。"卡门望向二楼，"你给劳伦打电话，我去跟玛格特谈谈，看她是否知道爱丽丝保管机密文件的地方。"

"现在？"

"对，就现在。这是咱们唯一的机会。"

拿到合同。拿到合同。

"好吧。"

卡门消失在楼梯的拐角处，福克掏出手机拨号，朝厨房走去。透过硕大的落地窗，他望见天色渐渐变暗，温泉池倒映着云朵。

他靠向厨房的料理台，举起手机，贴在耳畔。对面挂着一块软木制成的备忘板，钉满了各种各样的纸张：记录勤杂工电话号码的便条；爱丽丝手写的食谱，菜名好像叫作"藜麦能量球"；勤业女校颁奖典礼的邀请函，举办的时间定在上周日，恰巧是爱丽丝失踪当天；一双鞋子的收据；"精英探险"的宣传册，顶部潦草地写着野外拓展活动的起止日期。

福克凑近备忘板，宣传册的封面上印着"精英探险"的员工合照，他认出了站在后排的伊恩·蔡斯。蔡斯稍稍侧身，远离镜头，被右边的同事挡住了一部分。

听筒里的等待音依然在嘟嘟作响，厨房的墙壁上整齐地排列着相框，全是爱丽丝和女儿的照片，包括单人独照与双人合照。许多照片都是成对出现，仿佛母女俩是彼此的映象——爱丽丝和玛格特各自的婴儿照、第一天上学的纪念照、参加舞会的艺术照，抑或穿着比基尼躺在泳池边的休闲照。

耳畔的等待音停止了，线路接入劳伦的语音信箱。他暗暗抱怨，只好留言让她尽快打给自己。

福克挂断电话，细细地端详着眼前的照片，一张褪色的旧照吸引了他的视线。拍摄地点在野外，画面中的环境令人想起吉若兰山脉，爱丽丝身穿印着勤业女校标志的 T 恤和短裤，站在湍急的河流旁，昂首挺胸，手中握着船桨，脸上带着微笑。在她背后，一群头发潮湿、脸颊绯红的少女蹲在皮划艇附近。福克的目光投向排在队末的少女，不禁低声惊呼。竟然是劳伦。胖乎乎的外表完全看不出如今的憔悴面容，但是跟爱丽丝一样，她的五官依然很容易辨认，尤其是眼睛周围。这张照片肯定是三十年前的老古董了，他心想。她们俩的变化却都不大，真是难得。

手机在掌心里响亮地振动，吓了他一跳。他看向屏幕——劳伦——竭力把思绪拽回现实。

"怎么回事？"他刚接起电话，她便立即问道，"他们找到爱丽丝了吗？"

"没有。抱歉，跟爱丽丝无关，"福克恨不得踹自己一脚，他应该在留言中讲清楚才对，"问题是她的女儿。玛格特需要过夜的地方。"他简单地解释了网络上流传的照片。

通话陷入久久的沉默，福克甚至怀疑信号中断了。他对学校里的利益关系斗争可谓一窍不通，但是面对死寂般的沉默，他忍不住猜测，众位家长恐怕会迅速行动起来，命令自己的孩子远离玛格特。

"照片的事情让她情绪低落，"他补充道，"她妈妈的失踪更是雪上加霜。"

又一阵沉默，但是时间不长。

"带她过来吧，"劳伦重重地叹息，"天哪，这些姑娘真是一刻也不肯消停，早晚要惹出大麻烦。"

"谢谢。"福克挂断电话，踏上走廊。在楼梯对面，一扇房门开着。卡门坐在书桌前，盯着家用电脑。福克走进去，她抬起头。

"玛格特把密码告诉了我。"她轻声说，福克关上房门。

"有发现吗？"

卡门摇了摇头，"没有。不过，我是在盲目地搜索。如果爱丽丝真的在里面保存了重要的东西，她可以给文件起任何名称，并且放在任何路径之下。咱们必须获得许可，带走这台电脑，彻底检查其中的内容。"她叹了口气，看向福克，"劳伦怎么说？"

"她同意了，可是不太情愿。"

"为什么？因为那些照片？"

"不清楚，或许一定程度上是因为照片，但是也可能毫无关系。听她先前的意思，光是照顾自己的孩子，她已经忙得焦头烂额了。"

"嗯，确实。不过，就算她通过照片的事情来评价玛格特，她也不会是第一个，更不会是最后一个，等着瞧吧。"卡门瞥向紧闭的房门，压低声音，"千万别让玛格特知道我这么说。"

福克点了点头，"我去通知她后续的安排。"

玛格特的卧室开着门，她坐在桃红色的地毯上，呆呆地凝视着大腿上的手机，面前摊着空空如也的小行李箱。福克敲了敲门框，她吓了一跳。

"我们打算让你今晚待在劳伦·肖家里。"福克说，玛格特惊讶地抬起眼睛。

"真的吗？"

"只是今晚而已，她了解情况。"

"丽贝卡在家吗？"

"她的女儿？可能在家吧，怎么了？"

玛格特闷闷不乐地揪着行李箱的一角，"没什么，我很久没见过她们了。丽贝卡知道发生的事情吗？"

"她妈妈应该会告诉她。"

玛格特张口欲言，仿佛想提出异议，停顿了片刻，却又摇了摇头，"好吧。"

她说话的方式很奇怪。女儿的嘴巴，妈妈的声音。福克眨了眨眼睛，再次莫名地感到烦恼不安。

"就待一个晚上，"他指着行李箱，"带几样日常用品，我们开车送你过去。"

玛格特漫不经心地伸手，从地板上的衣服堆里抓起两个花哨的蕾丝文胸，然后仰头盯着他，目光闪烁。她在故意测试他。

他稳稳地直视着她的眼睛，面无表情。

"我们在厨房里等你。"说罢，福克离开甜腻的粉色房间，关上门，悄悄地松了口气。青春期的少女什么时候变得如此成熟了？以前也一样吗？或许吧，他心想，并非世界在改变，而是自己在成长，所以看待问题的眼光跟当初便截然不同了。其实，在十几岁的年纪上，许多事情似乎都仅止于单纯无害的玩乐。

第三天：周六下午

贝丝头一次因为雨停而感到沮丧。

起初，瓢泼大雨敲打着铁皮屋顶，声音非常嘈杂，很难进行交谈。五个女人分散在较大的房间里，寒风呼啸，吹进空洞的窗户。贝丝暗自承认，里面确实不比外面暖和多少，但是起码还算干燥，她很高兴留下。后来，坠落的水滴越来越少，沉重的寂静笼罩着小屋。

贝丝心情烦闷，如坐针毡，眼角的余光总是望见隔壁房间的床垫，"我要出去瞧瞧。"

"我跟你一起，"布莉说，"我想上厕所。"

劳伦立即动身，"我也想上厕所。"

外面的空气清新而潮湿。贝丝关闭小屋的木门，偶然听见爱丽丝在对吉尔悄悄讲话，不管内容如何，吉尔并未回答。

布莉指着狭窄的空地，"天啊，那是厕所吗？"

小小的棚子距离不远，顶篷腐朽，侧面漏风。

"别抱太大的期待，"劳伦说，"估计就是在地上挖了个坑。"

布莉小心翼翼地穿过草丛，走向摇摇欲坠的棚子。她往里瞥了一眼，尖叫着缩回脑袋。姐妹俩迎上彼此的视线，然后开怀大笑。贝丝已经很长时间没体验过这种喜悦了，恐怕有数年之久。

"噢，根本不行。"布莉喊道。

"很脏吗？"

"全是蜘蛛。你千万不要过来，保证后悔莫及，我还是去丛林里解决吧。"

她转身钻进树木之间，劳伦勉强挤出微笑，朝着相反的方向离去，剩下贝丝独自一人。光线正在逐渐减弱，天空泛着深深的灰色。

此刻，贝丝才发现，她们能够误打误撞地找到这座小屋，真是非常幸运。树林中有两三处缺口，也许曾经是通往小屋的路径，但是隐藏得颇为巧妙，外人恐怕无法察觉。贝丝突然觉得紧张不安，她环顾四周，看不到其他同伴。群鸟在头顶叽叽喳喳地尖叫，高亢而迫切，可是等到她抬头仰望，它们却消失得无影无踪了。

贝丝伸手去兜里摸烟。她在水洼中捡到了爱丽丝扔掉的烟盒，经过污水的浸泡，香烟统统报废，但是她不愿让爱丽丝得意，因此什么都没说。

手指裹住烟盒，锋利的边角变得松松垮垮，尼古丁仿佛在疯狂地叫嚣。她打开烟盒，再次检查，依然无计可施。烟草的潮湿气味点燃了心中的火苗，近在咫尺却触不可及的感觉实在令人难以忍受。喉咙哽咽，泪水涌入眼眶。她多想摆脱束缚，不再沉溺于任何东西，无论是香烟、酒精还是毒品。

当年，贝丝意外流产的时候，甚至不知道自己怀孕了。她呆呆地坐在大学诊所的无菌室里，听着医生的安慰。在怀孕最初的十二周内，流产绝非罕见的现象。她刚刚怀孕，类似的情况在所难免。

贝丝机械地点了点头，小声地解释，她经常出去喝酒，包括大部分周末和少部分工作日。计算机科学专业的女生寥寥无几，班上的男生都很有趣。他们年轻、聪明，准备创造下一个互联网奇迹，成为百万富翁，到三十岁退休。不过在此之前，他们喜欢喝酒、跳舞、抽大麻，以及整晚地待在聚会上，跟贝丝调情。毕竟，二十岁的贝丝跟迷人的双胞胎妹妹还非常相像。贝丝很享受那样的生活，如今想想，或许太享受了。

在无菌室的明亮灯光下，她坦白了自己的一切罪恶。医生连连摇头。就算戒烟戒酒、生活规律，可能也无济于事。可能？几乎。但不是绝对？几乎无济于事。说完，医生递给她一份孕期知识手册。

她攥着小册子，离开诊所，心想反正这是最好的结局。她把孕期知识手册丢进路边的垃圾桶里，决定忘掉痛苦，彻底告别烦恼。无须告诉别人，布莉肯定不会理解。没关系，先前她都不知道自己怀孕，现在何苦为了流产而伤心呢？她打算直接回学生公寓，可是又觉得冷清的房间稍显孤独。于是，她搭上公车，前往酒吧，去见班上的男生。一杯酒，几杯酒；一支烟，几支烟。她不必拒绝酒精或尼古丁，因为拒绝的理由已经荡然无存。第二天早上，她头痛欲裂，唇干舌燥，但是完全不在乎。宿醉的好处就是剥夺思考的空间。

眼下，贝丝望着浓密的丛林，紧紧地握住湿漉漉的烟盒。她知道大家陷入了困境，她们都知道。但是，只要能抽烟，贝丝就觉得自己跟文明社会之间还是藕断丝连。然而，爱丽丝却毁掉了仅剩的希望。贝丝愤怒地闭上双眼，将烟盒投向丛林。等到她睁开眼睛，烟盒早就不见了，不知落在何处。冷风拂过空地，贝丝瑟瑟发抖，脚边的枯枝落叶都沾满雨水，大概很难充当合适的木柴。她想起第一天晚上，劳伦到处寻找干燥的引火物。贝丝挠了挠失去烟盒的掌心，回头看向小屋，发现它微微倾斜，铁皮屋顶的两侧长度不同。突出的部分可能不足以保持屋檐下的地面干燥，但是值得一试。

贝丝朝小屋走去，听到里面传来交谈的声音。

"我说了，不行。"吉尔的语速很快，似乎透着焦虑。

"我没有请求你的允许。"

"你别忘了自己的身份。"

"吉尔，你睁大眼睛好好看看，咱们不是在工作。"

片刻停顿，"我永远都在工作。"

贝丝向前迈了一步，靠近小屋。突然，鞋底的地面消失了，她重重地摔倒，掌心撑在泥土上，脚踝弯曲。她低下头，看到面前的东西，胸中的呻吟化作凄厉的尖叫。

刺耳的高音划破空气，吓得鸟儿纷纷噤声。小屋陷入一片死寂，两张脸庞出现在窗口。贝丝慌慌张张地爬向旁边，扭伤的脚踝阵阵抽痛，背后响起匆忙的脚步声。

"你还好吗？"劳伦率先抵达，布莉紧随其后。窗口的脸庞消失了，吉尔和爱丽丝跑到外面。贝丝挣扎着站起来，刚才摔倒的地方原本堆着厚厚的树叶，此刻却出现了一个浅浅的土坑。

"那里有东西。"贝丝的声音十分沙哑。

"什么东西？"爱丽丝说。

"我不知道。"

爱丽丝不耐烦地走上前去，用靴子扫过土坑，清理覆盖的树叶。五个女人集体探头凑近，接着几乎同时向后倒退，只有爱丽丝还站在原地，居高临下地盯着土坑。小小的黄色物体，粘着斑驳的污泥，即便是普通人也能一眼认出。骨头。

"这是什么？"布莉喃喃低语，"不会是一个小孩吧。"

贝丝握住妹妹的手，感觉竟然非常陌生。见布莉并未挣脱，她不禁松了口气。

爱丽丝再次用靴子扫过土坑，拨开更多的树叶。贝丝注意到，跟先前相比，她的动作稍显迟疑。爱丽丝的脚尖踹到了坚硬的东西，她绷紧肩膀，慢慢地弯腰捡起，面色凝重，然后却发出如释重负的叹息。

"哎呀，"她说，"放心吧，不过是一条狗罢了。"

她举起一副腐烂的小十字架，两根歪歪扭扭的木头被钉在一起，中央刻着字母，由于年代久远而变得模模糊糊，难以辨认，似乎是个名字：布奇。

"你怎么确定是一条狗？"贝丝的声音听上去好像不属于自己。

"你会给孩子起名叫布奇吗？"爱丽丝瞥向贝丝，"好吧，也许你会。无论如何，这应该不是人类。"她用脚尖指着部分暴露的头骨，贝丝仔细观察，确实有点儿像狗。她暗暗猜测它的死因，却不敢问出口。

"它为什么没被埋好？"她换了个话题。

爱丽丝蹲在坟墓旁，"土壤似乎流失了，看起来很浅。"

贝丝渴望抽烟。她用目光搜索丛林，密密层层的树木跟几分钟前并无两样，可是她却感到毛骨悚然，仿佛有人在偷偷地监视着她们。她拼命转移注意力，盯着飞舞的落叶，盯着小屋，盯着空地——

"那是什么？"

贝丝抬起手，越过简陋的坟墓，越过孤独的大狗，直指前方。其他成员纷纷循着她的视线望去，爱丽丝缓缓起身。

在小屋的外墙边，地面向下凹陷，弧度极为柔和，差点儿无法察觉。丛生的野草滴着露珠，随风摇摆，色调跟周围的野草截然不同。贝丝立刻反应过来，植物的差异说明土壤曾经被翻动过。这回，没有十字架了。

"它的范围更大，"布莉好像快哭了，"为什么？"

"它的范围不大，没什么。"贝丝竭力平息着混乱的思绪。浅坑仅仅是自然导致的地面下沉而已，可能是由于土壤侵蚀或者土壤移动，也可能是某种特殊的科学现象。况且，她对植物再生的知识懂多少？完全不懂，纯属瞎猜。

爱丽丝依然攥着木制十字架，脸上的表情非常古怪。

"我不是想制造麻烦，"她说，语气十分压抑，"但是，马汀·科瓦克的狗叫什么名字？"

贝丝倒抽一口冷气，"别开玩笑——"

"我没有——不，贝丝，闭嘴，我没有——大家想想，你们记得吗？二十年前，案件发生的时候，他养过一条狗，用来引诱登山客——"

"闭嘴！够了！"吉尔的嗓音异常尖锐。

"可是——"爱丽丝转向劳伦，"你肯定记得，对吗？当初，咱们还在上学，新闻里总是反复地播报。那条狗叫什么名字？是不是叫布奇？"

劳伦凝视着爱丽丝，仿佛从未见过她，"我不记得了。也许他确实养过狗，但是很多人都养狗。我不记得了。"她脸色煞白。

贝丝仍旧握着妹妹的手，忽然发觉一滴温热的泪水落在腕上。她面朝爱丽丝，强烈的情绪涌上心头。她告诉自己，那是愤恨，绝非恐惧。

"卑鄙无耻的贱人，你怎么敢随意欺骗大家？故意把每个同伴都吓得要命，就因为你不能如愿以偿！你应该感到羞愧！"

"我没有！我——"

"你有！"

震耳欲聋的吼叫回荡在丛林中。

"他养过一条狗。"爱丽丝的声音很平静，"我们必须离开。"

贝丝颤抖着喘息，怒火在胸中熊熊燃烧。在说话之前，她深深地吸气。

"放屁！那都是二十年前的事情了。而且，再过一个小时，天就黑了。吉尔？你已经认可了，不是吗？在夜里到处乱走会死人的。"

"贝丝说得对——"劳伦刚开口，爱丽丝便打断了她。

"没人问你，劳伦！你明明能帮助我们走出去，结果却怕得不敢尝试。既然如此，干脆别插手！"

"爱丽丝！不要吵了。"吉尔的视线在狗骨头和丛林之间游移，显得犹豫不决、左右为难。"好吧。"最后，她说，"听着，我也不是很想留下。不过，虚幻的鬼故事害不了人，野外的危险却实实在在。"

爱丽丝摇了摇头，"真的吗？你真的打算待在这里？"

"对。"吉尔的脸颊涨得通红，潮湿的发丝贴在头皮上，闪亮的银丝若隐若现，"我知道你不同意，爱丽丝，但是请你保持沉默。我不愿再听你说话了。"

两个女人面对面地站着，嘴唇铁青，剑拔弩张。看不见的动物从茂盛的灌木中掠过，她们吓了一跳，吉尔向后退去。

"到此为止。都愣着干吗？赶快生火。"

桉树轻轻摇晃，她们四处寻找木柴，听到细微的响动便惊慌失措，直到夜幕完全降临。爱丽丝始终不曾帮忙。

第十六章

到了车里，玛格特·拉塞尔基本一言不发。

她坐在后排，低头盯着手机，福克和卡门再次驾车去往劳伦家。她全神贯注地观看网络上流传的视频，鼻尖跟屏幕挨得很近，少男少女亲热的声音飘向前座，福克和卡门迅速地对视了一眼。等到放完两遍以后，卡门温和地提议做点儿别的事情。然而，玛格特却关掉了声音，继续观看。

"我们会通知负责搜救的警官，告诉他们今晚你待在劳伦家，方便及时传达消息。"卡门说。

"谢谢。"她喃喃地嘟囔。

"学校方面也许想跟你谈谈，不过他们应该有劳伦的联系方式。如果你不愿意去学校，可以让劳伦的女儿帮你收拾储物柜里的东西。"

"但是——"玛格特抬起头，显得颇为惊讶，"丽贝卡已经不上学了。"

"是吗？"福克瞥向后视镜。

"对。六个月前，她就停课了。"

"彻底停课？"

"当然，"玛格特说，"你见过她吗？"

"没有。"

"噢，好吧。她很久不来学校了。她遭到了同学的嘲笑，其实不算严重，只是几张愚蠢的照片而已。不过，可能她觉得——"话音戛然而止，她重新低头盯着屏幕，紧紧地抿起嘴唇，并未说完心中的想法。

劳伦正在大敞的前门旁等待，他们把车停在她家外面。

"请进。"她说，他们沿着私人车道前行。瞧见玛格特布满泪痕的面庞，劳伦伸出手，仿佛要触碰孩子的脸颊。在最后一刻，她忍住了。

"抱歉，我都忘了——"她欲言又止，但是福克知道她想说什么。*我都忘了你跟爱丽丝如此相像。*劳伦清了清嗓子，"玛格特，你还好吗？发生这种事情，我真的很难过。"

"谢谢。"玛格特凝视着劳伦额头上的伤疤，直到她用颤抖的手指盖住。

"走吧，行李给我就行，我带你去参观一下卧室。"劳伦看向福克和卡门，"起居室在走廊尽头，我马上就来。"

"丽贝卡在家吗？"劳伦带着玛格特离开，福克听到玛格特询问劳伦。

"我觉得她应该在睡觉。"

出乎意料，起居室里竟然杂乱无章。半空的咖啡杯放在边桌上和沙发旁，摊开的杂志横七竖八。脚下铺着深色的毛绒地毯，处处可见镶嵌在相框中的照片，绝大多数是劳伦和一名小姑娘——显然是她的女儿，偶尔也会冒出小型家庭婚礼和一个陌生的男人——大概是劳伦的新丈夫、丽贝卡的继父。福克惊讶地发现，多年来，劳伦的身材时胖时瘦，随着季节更替而不断变化。但是，眼神中的紧张与焦虑却始终未变。在每张照片里，她都面带微笑，却毫无喜悦之情。

丽贝卡没有十二三岁以后的照片，最近的照片似乎是她穿着校服的样子，标题写着"九年级"。她是一位可爱的姑娘，外表素雅，脸蛋圆润，笑容十分羞涩，留着闪耀的棕色长发。

"我希望妈妈能把那张照片收起来。"背后响起说话的声音，福克转过身去，竭力压抑着内心的波动。现在，他明白玛格特的意思了。*你见过她吗？*

大大的瞳孔深陷在颅骨中，面无血色，眼窝紫青，脉络清晰的血管泛着蓝光，苍白如纸的皮肤隐隐透亮。即便隔着一段距离，也能分辨出脸庞和脖颈底下的嶙峋瘦骨，令人大为震惊。癌症，福克立即想到。父亲去世以前，也是这副弱不禁风的模样。但是紧接着，他又否认了脑海中的念头。丽贝卡的异常状态不像是客观病痛的折磨，倒像是自暴自弃的结果。

"你好，丽贝卡。"他说，"我们是警察。"

"你们找到玛格特的妈妈了吗？"

"还没有。"

"噢，"面前的姑娘如此纤细，好像悬浮在空中，"太糟糕了。我曾经在丛林中迷路过，感觉非常可怕。"

"群星校区？"卡门说，丽贝卡的表情颇为诧异。

"对，你听说过那个地方？但是，我跟玛格特的妈妈情况不同。我走丢了，找不到小组的其他同伴。"她稍作停顿，"或者，严格地讲，是她们故意抛下了我。大约两个小时以后，她们觉得无聊，便回来找我了。"

丽贝卡的手里摆弄着某样东西，十指飞快地移动，她望向空空荡荡的走廊，"玛格特怎么会想要待在这里？"

"是我们提议的，"卡门说，"她不太愿意去爸爸家。"

"噢，可能是因为照片的事情吧，我也遇到过同样的问题。不是色情照片，"她赶紧补充道，"都是吃饭之类的照片。"

她的语气似乎很惭愧，手指的动作变得更加迅捷，福克瞧见她正在将银色和红色的绳子编织在一起。

丽贝卡瞥向门口，压低声音，"你们看过玛格特的照片了吗？"

"玛格特给我们看了几张，"卡门说，"你呢？"

"大家都看过了。"她淡淡地说，没有幸灾乐祸的得意，只有陈述事实的平静，双手继续忙碌。

"你在做什么？"福克说。

"噢，"丽贝卡发出尴尬的笑声，"没什么，很傻的。"她举起一条彩色手链，银色和红色的绳子交织成复杂的图案。

"友谊手链[1]？"卡门说。

丽贝卡扮了个鬼脸，"差不多吧。但不是为了送人，而是为了减压。心理咨询师告诉我，每当感到情绪紧张或者产生自残的冲动，都必须通过制作手链来转移注意力。"

"好精致。"卡门凑上前去，细细观察。

丽贝卡将松散的绳子打成结，递给她，"拿着吧，我还有很多。"

她朝咖啡桌上的盒子点头示意，里面装满了银红相间的手链，数不胜数。难以想象丽贝卡耗费了多少时间，用脆弱的指尖赶走那些可怕的念头。

"谢谢，"卡门说着，把手链放进兜里，"我喜欢你编的图案。"

丽贝卡仿佛心满意足，瘦削的脸颊向里凹陷，露出羞涩的微笑，"这是我自己设计的。"

"真的非常漂亮。"

"什么非常漂亮？"劳伦出现在门口，跟羸弱的女儿相比，她的颀长身形瞬间显得十分高大。

"我们在说新设计的手链，妈妈也有一条。"

丽贝卡盯着劳伦的手腕。左腕戴着手表，右腕却裸露在外，皮肤上残留着细细的红色勒痕。丽贝卡的笑容渐渐凝固。

劳伦低下头，大惊失色，"亲爱的，对不起。我不小心在野外弄丢了手链，本来想告诉你的。"

"没关系。"

"不，都是我的错，我真的很喜欢——"

"不要紧。"

"对不起。"

---

[1] 友谊手链（friendship bracelet）：一种手工制作的装饰性手链，兴起于20世纪70年代的美国。学生们经常将其作为友谊的象征，赠送给朋友。

"妈妈,"丽贝卡尖锐地说,"不必在意,没关系。反正家里多得是。"

劳伦瞥向桌上敞开的盒子,福克可以肯定,她十分厌恶里面的东西。察觉玛格特来到起居室,劳伦连忙抬头,几乎如释重负。玛格特的眼圈依然通红,但是泪水已经干了。

"嗨,玛格特。"丽贝卡好像有点儿窘迫,她伸出胳膊,盖上了装满手链的盒子。

屋里弥漫着古怪的气氛。

"你看过那些照片了吗?"玛格特似乎无法直视丽贝卡的眼睛,她的目光飘向房间的角落。

丽贝卡稍作犹豫,"没有。"

玛格特发出短促的苦笑,"嗯,好吧,那你就是唯一没看过的人了。"

劳伦拍了拍手掌。

"行啦,姑娘们,去厨房瞧瞧,商量一下晚餐想吃什么——你们俩都去,丽贝卡,拜托——"

"我不饿。"

"我不是在跟你讨论。不,听着,今晚不能——"

"可是——"

"天哪,丽贝卡!"劳伦恐怕并未料到自己的声音会如此响亮,她闭上嘴,深深地吸气,"抱歉。别争了,去吧。"

丽贝卡叛逆地瞪了劳伦一眼,转身离开起居室,玛格特紧随其后。劳伦静静地等待,直到她们的脚步声消失在走廊里。

"我会帮助玛格特好好安顿,尽量让她不要接触网络。"

"谢谢。"卡门说,他们走向前门,"负责联络的警官已经通知了玛格特的父亲,如果她能恢复冷静,明天早上他就可以来接她。"

"没关系,不用着急。这是我能为爱丽丝做的唯一一件事情。"劳伦跟着他们走上私人车道,她扭头盯着窗户,厨房里一片沉寂,"虽然日子过得不容易,但是起码我回家了。"

第三天：周六晚上

她们总算生起了篝火。

在小屋外面的空地上，微弱的光焰轻轻摇晃，几乎无法散发真正的热量。劳伦站在旁边，感觉比过去的两天稍微好一点儿。尽管远远称不上"温暖"，但是毕竟好一点儿。

引燃篝火耗费了一个多小时的工夫。劳伦背对刮风的方向，握着贝丝的打火机，靠近潮湿的引火物，手指麻木不堪。二十分钟后，爱丽丝松开交叉的胳膊，走过来帮忙。显然，寒冷战胜了愤怒。吉尔和双胞胎退回小屋里，爱丽丝清了清嗓子。

"刚才，对不起。"她说得模模糊糊，难以分辨。爱丽丝很少道歉，偶尔开口认错也表现得十分勉强。

"没关系，大家都累了。"劳伦打起精神，准备迎接反驳，然而爱丽丝却默默地摆弄着木柴。她心不在焉地把树枝分成几堆，又推倒重新排列。

"劳伦，丽贝卡还好吗？"

莫名其妙的问题凭空出现，劳伦措手不及，她诧异地眨了眨眼睛。

"什么？"

"去年不是发生了照片之类的事情嘛，我只是想知道，她过得怎么样。"

照片之类的事情。形容得轻描淡写，好像无关紧要。"她很好。"最后，劳伦说。

"是吗？"爱丽丝似乎非常好奇，"她打算回学校了吗？"

"不。"劳伦捡起打火机，"我不知道。"她专注于眼前的任务，不愿跟爱丽丝谈论自己的孩子。毕竟，爱丽丝的女儿健康漂亮、多才多艺，可以参加颁奖典礼，而且拥有大好前程。

劳伦依然记得第一次见到玛格特·拉塞尔的情景，时间是十六年前，地点是母婴医疗中心的预防接种门诊。毕业以后，那仅仅是劳伦第二次跟爱丽丝产生交集，却立即认出了她。爱丽丝推着昂贵的婴儿车走向接待台，穿着牛仔裤，头发干净整齐，腰肢纤细如初。宝宝躺在粉红色的褟褓中，安安静静，不哭不闹。她微笑着跟护士聊天，显得骄傲而幸福，神采奕奕。劳伦偷偷地溜进走廊，躲在洗手间里，盯着隔间门上贴的避孕广告，丽贝卡声嘶力竭地尖叫。当初，劳伦不想跟爱丽丝·拉塞尔比女儿，如今更加不想。

"你为什么会问起她？"劳伦拼命集中精力，按下打火机的开关。

"我早就应该问了。"

对，确实如此，劳伦心想。但是她一言不发，再次尝试点火。

"我觉得——"爱丽丝欲言又止，继续摆弄着引火物，双眸低垂，"玛格特——"

"嘿，成功啦！"劳伦松了口气，明亮的火苗瞬间绽放，色彩艳丽。她用手掌护住小小的火焰，慢慢添柴。终于，篝火形成规模，夜幕也完全降临。

吉尔和双胞胎走出小屋，脸上带着欣慰的表情。全体成员站成一圈，簇拥着篝火。劳伦瞥向爱丽丝，无论她先前想说什么，都随着隐匿的白日消失了。大家盯着篝火，片刻之后，她们陆陆续续地铺展防水帆布，席地而坐。

劳伦感到湿气渐渐脱离衣服，橙色的火光映着同伴的面庞，她回忆起露营的第一天晚上。营地、红酒、男子小组，以及食物。蓦然回首，恍如隔世，仿佛一切都发生在别人身上。

"他们多久会发现咱们迷路了？"布莉的声音打破了寂静。

吉尔呆呆地盯着火焰，"但愿不久。"

"也许已经展开搜救了，他们可能知道咱们没抵达第二片营地。"

"他们不知道。"爱丽丝的声音划破空气，她指着上方，"根本听不见搜救直升机的动静，没人在寻找咱们。"

沉默笼罩着空地，木柴噼啪作响。劳伦希望爱丽丝说错了，但是她无力争辩。她想坐在原地，盯着火焰，直到有人从树林中冒出来——直到搜救人员从树林中冒出来——她连忙纠正自己，却太迟了，可怕的念头牢牢地扎根，她忍不住放眼环顾四周。

距离最近的桉树和灌木泛着热烈的红色，火焰晃动，制造出扭曲的幻影，远处一片虚无。她摇了摇头，觉得很荒唐。然而，她还是不敢看向地上的大坑。其实，如果把它当作土壤流失的结果，倒也不算恐怖。可是，一个细若蚊蝇的声音在心中喃喃低语，爱丽丝说得对，确实没有直升机。

劳伦做了几次深呼吸，收回目光，望向天空。她调整视线，惊讶地眨着眼睛。乌云散去，璀璨闪耀的繁星点缀着漆黑如墨的夜幕，数年不曾见过的美景就像灿烂的奇迹，令人窒息。

"各位，抬头。"

其他同伴纷纷后仰，伸手挡住微弱的火光。

前几天晚上也是这样吗？劳伦暗暗思忖。她只记得沉重的云层，但是大概自己并未留心观察。

"谁认识星座？"爱丽丝用胳膊肘撑地，凝视着星河。

"显然，那是南十字星，"布莉指着夜空，"每年此时，偶尔能瞧见室女座的主要恒星。人马座的位置比较低，接近地平线，从这里看不到。"

她发现大家都盯着自己，于是耸了耸肩，"男人们总喜欢带我看星星，他们觉得很浪漫，而且很新颖。其实，浪漫还算说得过去，但是非常俗套。"

劳伦不禁露出微笑。

"真是壮观，"吉尔说，"怪不得人们曾经相信未来都写在星座中。"

爱丽丝笑了，"现在也有人相信。"

"我猜，你应该不信吧。"

"嗯，我不信。我认为未来掌握在自己手中。"

"我也这么认为，"吉尔说，"不过有时候，又会产生怀疑。我生来就要为贝利坦尼特服务，遵从别人的命令进入商界，按照别人的期待与弟弟共事，"她叹了口气，"每天，我都在为了生意、为了家族而奔波，捍卫父亲取得的成就，因为我必须如此，别无选择。"

"吉尔，你可以选择，"爱丽丝的声音透着劳伦不曾听过的情绪，"我们都可以选择。"

"我知道，但是有时候，双手仿佛——"吉尔朝篝火中扔了某样东西，烈焰发出噼噼怒吼，"不由自主。"

在黑暗中，劳伦难以分辨吉尔的眼中是否含着泪水，她从未想过吉尔不愿意留在贝利坦尼特。忽然，她察觉自己正在目不转睛地盯着吉尔，于是赶紧移开视线。

"我明白你的意思，"劳伦觉得应该主动表示赞同，"人人都觉得不由自主，也许——"丽贝卡的模样浮现在脑海中。她严格控制吃进肚子的食物，却无法摆脱疾病的控制。不管得到多少拥抱、遭到多少威胁，不管参加多少次心理咨询、编织多少条友谊手链，统统无济于事。劳伦用指尖抚摩腕上的细绳，"也许我们难以左右命运，也许生来就注定了前进的道路。"

"但是，人们可以改变。"今晚，贝丝第一次开口，"比如我，变坏过，也变好过。"她倾身向前，将一根长长的野草伸进篝火中，点燃叶尖，"无论如何，星座显示命运的说法纯属胡扯。我和布莉不仅是同一个星座，而且出生的时间只相差三分钟。由此可见，星座跟命运毫无关系。"

大家都笑了。事后回想起来，那是最后一次。

她们静静地坐着，或仰望星空，或凝视篝火。肚子咕咕作响，却无人发表意见。她们设法让雨水灌进瓶子，然而食物早就吃光了。一阵凛冽的寒风吹过，烈焰疯狂地跳跃，黑暗中的丛林沙沙作响。

"咱们接下来会怎么样？"布莉小声问。

劳伦等待同伴安慰她。咱们会平平安安。可是，周围鸦雀无声。

"咱们会没事吗？"布莉再次尝试。

"当然，"贝丝开口了，"明天下午，他们就会开始寻找咱们。"

"如果他们找不到呢？"

"他们肯定能找到。"

"万一他们找不到呢？"布莉瞪大眼睛，"万一爱丽丝说得对呢？别管什么选择不选择、自主不自主，万一都是瞎话呢？万一咱们根本没有选择的余地，万一咱们命中注定必须待在这里，在孤独和害怕中煎熬，却永远都不能得救，那该怎么办？"

大家沉默不语。头顶，繁星俯瞰着丛林，冰冷而遥远的光芒包裹着地球。

"布莉，待在这里绝不是命中注定的结局，"隔着篝火，爱丽丝勉强挤出短促的笑声，"除非有人以前做过非常严重的坏事。"

真是滑稽，劳伦心想，在昏暗的光线下，每张脸庞都浮现出隐隐约约的愧疚。

第十七章

"刚才的情况真叫人郁闷。"卡门说。

"哪一部分？"

"全部。"

卡门和福克坐在劳伦家外面的车子里。天色已黑，路灯照耀，挡风玻璃上的雨滴泛着橙色的光泽。

"在爱丽丝家，我都不知道该如何安慰玛格特。"卡门叹了口气，"她说得对，照片都传出去了，还能怎么办？又不能统统收回来。丽贝卡也是，十几岁的小姑娘瘦得皮包着骨头，难怪劳伦会提心吊胆。"

福克想起弱不禁风的少女和装满手链的盒子，那些绳子究竟系着多少烦恼和忧伤？他不禁摇了摇头。

"现在呢？"他看了看表，虽然感觉很晚，但是时间尚早。

卡门浏览手机收到的信息，"局里同意咱们去家里拜访丹尼尔·贝利，估计他应该在。不过，上级要求小心行事。"

"金玉良言，"福克发动引擎，"还说别的话了吗？"

"老一套。"卡门瞥向路边，脸上带着淡淡的微笑。拿到合同。她靠向椅背，"说不定他的儿子已经回家了。"

"也许吧。"福克答道，心里却表示怀疑。他见过丹尼尔·贝利从爱丽丝家离开的样子——步履匆忙、表情凝重，恐怕乔尔·贝利正藏得严严实实。

贝利家的豪宅隐蔽在花纹繁复的铁门和浓密茂盛的树篱后面，站在街道上，基本看不清。

"我们是为了爱丽丝·拉塞尔的案子而来。"福克冲着对讲机说。监控摄像头闪烁着红光，铁门无声地敞开，露出一条平坦的私人车道，两旁种满了日本樱花，犹如修剪整齐的玩具。

贝利亲自应门，他惊讶地盯着福克和卡门，然后皱起眉头，试图辨认他们，"咱们以前见过？"并非陈述句，而是疑问句。

"昨天，在林区旅馆，跟伊恩·蔡斯一起。"

"噢，对。"贝利的眼睛充满血丝，仅仅一日之隔，他竟然变得苍老异常，"找到爱丽丝了吗？他们说过，如果找到她，会联系我。"

"不，还没找到，"福克说，"但是我们想跟你谈谈。"

"又谈？谈什么？"

"首先，谈谈几小时前，你为何去敲爱丽丝·拉塞尔的家门。"

贝利愣住了，"你们去过她家？"

"她依然下落不明，"卡门说，"你却到家里找她，看来是不愿放过任何一线希望。"

"当然。"贝利怒气冲冲地说，接着却陷入沉默。他抬手揉了揉眼睛，将房门大敞，后退一步，"抱歉，请进吧。"

他们跟着他穿过纤尘不染的走廊，进入宽敞而奢华的日光室。真皮沙发摆在闪闪发亮的木地板上，温暖的火焰在壁炉中燃烧。屋里干净得就像展厅，福克竭力压抑着脱鞋的冲动。贝利示意他们坐下。

一张精美的全家福挂在壁炉上方，贝利笑容灿烂，身边站着一位漂亮的棕发女人，手里搂着一名少年的肩膀，肯定是乔尔·贝利。乔尔皮肤光洁，牙齿雪白，衬衫熨烫得毫无褶皱，跟玛格特·拉塞尔手机屏幕上的模样判若两人。

贝利循着他的视线看向照片，"我去拉塞尔家是想找我的儿子。他不在，至少我认为他不在，所以我走了。"

"你是否尝试过跟玛格特说话？"卡门问。

"她在家，对吧？我就觉得她应该在家，但是她不肯开门。"他抬起头，"你们跟她聊过吗？她知道乔尔在哪里吗？"

福克摇了摇头，门口忽然传来动静。

"乔尔怎么了？找到他了吗？"一个声音说。

全家福中的棕发女人正站在面前注视着他们，焦虑也令她显得十分憔悴，跟丈夫一样。她穿得颇为考究，耳垂和脖颈都戴着璀璨的黄金首饰，但是眼里却噙着泪水。

"这是我的妻子米歇尔，"贝利介绍道，然后向妻子解释，"刚才在说我去玛格特·拉塞尔家找乔尔了。"

"为什么？他不可能跟她在一起。"米歇尔紧紧地抿着嘴唇，似乎难以置信，"他根本不屑于跟她产生瓜葛。"

"反正他不在那儿，"贝利说，"大概躲在某个朋友家里吧。"

"你告诫玛格特不许骚扰他了吗？如果她胆敢继续用照片或视频轰炸他，我要亲自报警。"

福克清了清嗓子，"我认为玛格特不会再发送任何信息了，对于个人隐私被散播到网上的结果，她非常烦恼。"

"难道乔尔就不烦恼吗？他才是最烦恼的，他都不好意思面对我们了。乔尔完全不想受到丑闻的牵连。"

"但是，"卡门说，"他想让玛格特拍摄照片。"

"不，他不想。"她的语气干脆而强硬，"我的儿子永远不会这么做，你明白吗？"

贝利试图开口说话，但是他的妻子却挥手表示制止。

"就算发生过误会——"米歇尔的目光投向壁炉上方的全家福，"就算他们曾经打情骂俏，就算玛格特曲解了他的意思，她为什么要给他发送那种下流的东西？她不懂得自尊自爱吗？既然她不愿意让照片和视频在网上流传，当初就不应该表现得像个贱货！"

话音未落，贝利便一跃而起，把妻子领出房间。他离开了几分钟，福克能够模模糊糊地听到坚定深沉的低声劝说和歇斯底里的高声答复。片刻之后，他重新露面，好像变得更加心慌意乱。

"对不起，她太激动了。"他叹了口气，"照片和视频都是她发现的。我们给起居室配过一台崭新的平板电脑，不知为何，乔尔的手机居然跟平板电脑同步了存储内容，可能是他在下载软件的过程中不小心弄错了。手机的相册副本保存在平板电脑中，米歇尔看到了一切，于是赶紧打电话找我。当时我正在路上，准备去参加那个该死的野外拓展活动，接到电话立即掉头返回。乔尔跟几个朋友在家里玩，我让他们统统离开，命令他删除照片和视频，并且严肃地教育了他。"

"因此你才会迟到？"福克说，贝利点了点头。

"原本，我打算不参加了，但是根本来不及取消活动。如果老板私自退出，看上去实在不像样，而且——"他稍作犹豫，"我觉得应该提醒爱丽丝。"

福克瞧见卡门挑起眉毛。

"即便在删掉照片和视频的情况下？"她说。

"我认为这件事情很重要。"他的声音透着隐隐的挣扎。

"那你提醒她了吗？"

"嗯。露营的第一天晚上，我们去了女子小组的营地。在开车前往吉若兰的途中，我尝试过联系她，但是电话打不通。我好不容易赶到林区旅馆，女子小组却早就出发了。"

福克记起他们自己的经历，一旦靠近吉若兰山脉，手机便会彻底失去信号。

"可是，何必着急呢？"他问，"你也讲过，照片和视频都被删除了，就算非得告诉她，为什么不能等到活动结束再说呢？"

"听着，就个人而言，我巴不得抹去照片和视频，并且守口如瓶，让麻烦到此为止。但是——"他望向妻子先前站过的位置，"米歇尔——比较生气。她知道玛格特·拉塞尔的电话号码，我担心她无法控制自己的情绪。我不希望爱丽丝熬过三天的露营生活以后，还收到一大堆玛格特抱怨米歇尔的短信，而事先却一无所知。倘若真是那样，爱丽丝肯定会提出投诉。"

福克和卡门注视着他。

"所以，你告诉爱丽丝什么了？"福克说。

"我推测她大概不想让别人知道，于是我便带她走到营地边缘，单独交谈。"他勉强挤出苦笑，"说实话，是我不想让别人知道。我告诉她，乔尔有几张玛格特的照片，但是已经删除了。"

"爱丽丝作何反应？"

"起初，她并不相信，抑或不愿相信。"他再次瞥向妻子站过的位置，"逃避恐怕是人之常情。她坚称玛格特不会做出那种事，但是，当我表示自己亲眼见过照片时，她的态度改变了。她慢慢接受现实，询问我是否把照片给其他人看过，又问我是否打算把照片给其他人看。我说没有，绝对不会。她显得非常迷茫，其实我也一样。"他低头盯着双手。

福克想起吉尔·贝利，不禁眉心紧蹙。家事。

"你告诉你姐姐了吗？"

"在野外拓展活动中？"贝利摇了摇头，"仅仅说了一部分。我告诉她，我之所以迟到，是因为我们发现乔尔的手机里存了几张不雅的照片，但是并未提到玛格特。我觉得，是否承认玛格特与此相关，必须由身为母亲的爱丽丝来决定。"他叹了口气，"活动结束以后，爱丽丝失踪了，我只好对吉尔和盘托出。"

"她的反应如何？"

"她十分恼火。她说，我应该在露营的第一天晚上把整件事情都告诉她。也许我确实应该早点儿坦白。"

卡门靠向椅背，"照片和视频是怎么泄露出去的？据玛格特说，从昨天开始，它们就在网上流传了。"

"我实在不清楚。昨天，我一接到米歇尔的消息，便迅速赶了回来。她是听另一位妈妈说的。"他摇了摇头，"无论如何，我认为罪魁祸首不会是乔尔。我跟他聊了很久，谈到尊重，谈到隐私，他真的都听进去了。"

福克心想，此刻的丹尼尔·贝利跟他的妻子很像。

"当米歇尔发现那些文件时，乔尔正跟几个朋友在一起，"贝利继续说，"我估计，趁着混乱，很可能有人偷偷地拷贝了照片和视频。"他翻转自己的手机，"我只希望乔尔能乖乖地接电话，好让我们理清事情的来龙去脉。"

寂静笼罩着日光室，壁炉中的柴火噼啪作响。

"在咱们上次的交谈中，你为什么没提到这些？"福克说。

"我想尊重两个孩子的隐私，不想让情况变得更加糟糕。"

福克仔细地观察，贝利头一次避开了他的视线。应该不只如此，肯定还有其他原因。福克回想起玛格特站在厨房里的样子，稚嫩而孤独。

"照片里的玛格特多大？"

贝利眨了眨眼睛，福克明白，他猜对了。

"如果调查照片和视频拍摄的日期，是否会发现她当时年仅十五岁？"

贝利摇了摇头，"我不知道。"

福克可以肯定，贝利心知肚明，"你的儿子现在多大？"

贝利沉默了许久，"他十八岁，但是刚刚过完生日。他们俩谈恋爱的时候，他才十七岁。"

"但是现在他已经年满十八岁了，"卡门倾身向前，"从法律上讲，他是一个涉嫌散播幼女[1]色情照片和视频的成年人。但愿你们能请到优秀的律师。"

贝利坐在炉火边的昂贵沙发上，抬起眼睛看着全家福中微笑的儿子，表情凝重地点了点头。

"不劳费心。"

---

[1] 幼女（girl under the age of consent）：在澳大利亚，指不满十六岁的女孩。澳大利亚法律规定，十六岁是具备性自主能力的最低年龄，幼女色情照片和视频属于儿童色情物品。墨尔本位于维多利亚州，该州法律规定，成年人制作和散播儿童色情物品将被判处十年以下有期徒刑，拥有儿童色情物品将被判处五年以下有期徒刑。

第三天：周六晚上

爱丽丝不见了，大家却毫无察觉。

布莉呆呆地凝视着火焰，不知过了多长时间，才恍然意识到空地上只剩下四个人。她环顾四周，几乎什么也看不清。小屋的正面映着橙色的光芒，边角的轮廓投下锋利的阴影，外围的一切都笼罩在夜幕中。

"爱丽丝呢？"

劳伦抬起头，"好像在上厕所吧。"

对面，吉尔眉心紧蹙，"已经过去很久了，不是吗？"

"是吗？我不清楚。"

布莉也不清楚，在丛林里，时间流逝的速度显得截然不同。她继续盯着火焰看了几分钟，抑或几十分钟，直到吉尔再次开口。

"说真的，她去哪儿了？不会走得太远，找不到回来的路吧？"吉尔挺直腰板，放声高喊，"爱丽丝！"

她们竖起耳朵，布莉听到后方的远处传来树叶晃动和枯枝断裂的声音。肯定是负鼠，她告诉自己。除此之外，一片寂静。

"也许她没听到，"吉尔说，然后小心翼翼地提出，"她的背包还在，对吗？"布莉起身去查看。在小屋里，她只能勉强分辨五个背包的轮廓，却无法认出爱丽丝的背包，为了保险起见，她反复清点。五个，总共五个。

她正要离开，侧窗外面的动静忽然吸引了视线。她走到空洞的木框跟前，瞧见一道身影正在丛林边缘行走。爱丽丝。

她在做什么？很难讲。然后，微弱的亮光跃入眼帘。布莉轻轻地叹息，重返篝火旁。

"爱丽丝在那儿，"布莉伸手指着，"她在检查手机。"

"她的背包还在屋里？"吉尔说。

"对。"

"你能去带她回来吗？"吉尔眯起眼睛，"拜托，我不想让任何成员在黑暗中走丢。"

枝叶沙沙作响，布莉警惕地张望。真的是仓鼠，她安慰自己。"好。"

踏出篝火的范围，视野变得更加昏暗。布莉踉踉跄跄地踩在凹凸不平的土地上，无论睁眼还是闭眼，光焰的余像都在面前跳跃。她深深地呼吸，停下脚步，静静等待。视野渐渐清晰起来，她看清了丛林边缘移动的身影。

"爱丽丝！"

爱丽丝吓了一跳，赶紧应声扭头，掌心里的手机泛着淡淡的亮光。

"嘿，"布莉说，"你没听见我们叫你吗？"

"没有，对不起。什么时候？"

布莉越走越近，发现爱丽丝的表情非常奇怪，她的眼中仿佛含着泪水。

"就是刚才。你还好吗？"

"嗯，有一瞬间，我以为——我以为搜到信号了。"

"天哪，真的吗？"布莉差点儿夺过手机，幸亏及时忍住了，"你打通电话了吗？"

"没有，信号立马就消失了，再也找不到了。"爱丽丝低下头，"我不知道，或许是我产生了幻觉。"

"我能瞧瞧吗？"布莉伸出手，爱丽丝却站在原地不动。

"什么都没有，可能是我的想象罢了。"

在屏幕上，布莉瞥见了一个名字。玛格特。最后拨出的号码。她犹豫不决，这是爱丽丝的手机，然而此刻她们都在同一条船上，规则自然要改变。布莉吸了口气。"咱们应该只用手机拨打 000。"

"我知道。"

"我明白你不好受，每个成员都想家，都思念家人，我完全可以理解，但是——"

"布莉，我知道。电话根本打不通。"

"即便是尝试拨号也会耗费电量，咱们不清楚多久才能——"

"够了，我都知道！"她的眼里确实闪烁着泪花，"我不过是想跟她谈谈，仅此而已。"

"好吧。"布莉抬手抚摩着爱丽丝的后背，感觉很尴尬。她这才意识到，她们从未有过超越握手的亲密接触。

"我知道她长大了，"爱丽丝用袖子擦了擦眼睛，"但她始终是我的孩子，你不会明白的。"

是啊，布莉心想，她不会明白。脑海中浮现出摔碎的鸟蛋，掌心僵在爱丽丝的背上。

"别告诉其他人，"爱丽丝看着她，"拜托。"

"她们肯定想了解信号的事情。"

"没有信号，我看错了。"

"不过——"

"说出去，只会让她们产生无谓的期待，企图给亲朋好友打电话。你讲得对，咱们要节约电量。"布莉沉默不语。

"好吗？"

她的手从爱丽丝的背上滑下来，爱丽丝连忙抓住，十指紧扣，她感到关节隐隐作痛。"布莉，拜托，你很聪明，绝对能听懂我的意思。"

久久的停顿过后，"嗯。"

"好姑娘，谢谢你。这样对大家都好。"

布莉点了点头，爱丽丝松开双手。

第十八章

站在高大的豪宅跟前，丹尼尔·贝利显得十分渺小。汽车渐渐离去，福克透过后视镜注视着他，保卫庭院的铁门无声地敞开放行。

"不知道乔尔·贝利打算什么时候回家，面对现实。"福克说，汽车沿着干净的街道行驶。

"大概等到他需要让妈妈洗衣服的时候吧。我敢打赌，米歇尔肯定是有求必应，欣然帮忙。"卡门的肚子咕咕直叫，甚至盖过了发动机的噪声，"你想吃点儿东西吗？杰米临走之前，不会在家里留下任何食物。"她盯着窗外，汽车经过一排外表不事张扬的商店，"我对附近不太熟悉，不过这里的餐厅恐怕贵得要死。"

福克思索了片刻，暗暗权衡内心的想法究竟算好主意还是坏主意。

"你可以来我家。"他尚未决定，话语便脱口而出，"我做饭。"他意识到自己正在屏住呼吸，赶紧喘了口气。

"做什么？"

他在脑海里浏览着橱柜和冰箱，"番茄肉酱？"

卡门在黑暗中点了点头，也许还面带微笑。

"去你家吃番茄肉酱，"绝对面带微笑，他听得出来，"我怎么可能拒绝？出发！"

他打开转向灯。三十分钟后，汽车停在圣基尔达公寓外面。海湾中波涛汹涌，雪白的浪花在月光下闪烁。福克掏出钥匙，打开房门，"请进。"

灯光亮起，屋里冷冷清清，先前用登山靴换掉的运动鞋依然躺在玄关上。过了几天呢？才不到三天，却恍如隔世。

卡门跟着他踏进公寓，泰然自若地四处打量。福克在起居室里转了一圈，打开大大小小的台灯，地暖恢复工作，温度几乎立即上升。整个房间都刷成了朴素的原白，唯一的斑斓色彩源自靠墙摆放的书架。除此之外，一张立在角落中的桌子和一个面朝电视机的沙发便是仅有的家具。多了一个人，空间似乎变小了，福克心想，但是并不拥挤。他试着回忆上次在家里招待客人的情景，发现已经过去很久了。

没等福克邀请，卡门便大大方方地走向早餐台，坐在了高脚凳上，前后分别是简洁的厨房和生活的区域。"好可爱。"她从早餐台上拿起压着信封的两个手工娃娃，"礼物？还是奇怪的收藏？"

福克笑了，"礼物。我本想这周寄出去，但是始终没空。都是送给朋友家孩子的礼物。"

"是吗？"她捏起信封，"你说的朋友不是本地人吧？"

"不是，其中一个朋友在我的故乡基瓦拉镇，"他打开橱柜，专心致志地盯着里面的东西，躲避着她的目光，"另一个朋友去世了。"

"噢，抱歉。"

"不要紧。"他竭力表现得若无其事，"他的女儿过得很好，也在基瓦拉镇。这是迟到的生日礼物，我必须等着店家把孩子的姓名绣完。"他指着娃娃裙子上的文字。伊娃·拉科。夏洛特·汉德勒。听说，两个小姑娘都在茁壮成长。他并未亲自去探望，此刻突然感到十分愧疚，"这个礼物还行吗？"

"非常漂亮，亚伦。她们肯定会喜欢的。"卡门小心翼翼地将娃娃放回信封上，福克继续在橱柜中东翻西找。

"你想喝酒吗？"他掏出一瓶葡萄酒，悄悄地抹去灰尘。即便与人相伴，他也喝得不多，独自在家更是滴酒不沾，"红酒行吗？我记得有白葡萄酒，可是……"

"红酒很好，谢谢。来，我开吧。"卡门说着，伸手接过瓶子和两个玻璃杯，"你住的地方真不错，干净整洁。我家的屋子乱七八糟，如果朋友要去拜访，必须提前两周通知，否则根本见不得人。不过，恕我直言，根据装修风格判断，你倒是挺像清心寡欲的僧侣。"

"大家都这么说。"他探头从旁边的橱柜中拎出两个硕大的罐子，又从冰箱里拿出肉馅，放进微波炉里解冻。卡门给两个杯子倒上红酒。

"我一向不耐烦等待醒酒的过程，"她跟他碰杯，"干杯。"

"干杯。"

他在平底锅里放入油、洋葱和大蒜，伴随着咝咝作响的动静，打开一罐西红柿。她目不转睛地盯着他，脸上似笑非笑。

"怎么了？"他说，

"没事。"她啜饮了一口红酒，越过玻璃杯的边缘，注视着他，"看到如此简朴的单身公寓，我还以为你肯定要用现成的酱料。"

"别期待太高，一会儿尝了再说。"

"嗯，但是闻上去特别棒。我都不知道你会做饭。"

他微微一笑，"谬赞谬赞，不过是对付几样小菜而已。其实，做饭跟弹钢琴很相似，仅仅练习五首像样的曲子，就能让人们觉得你非常擅长。"

"所以，番茄肉酱是你的招牌菜喽？"

"招牌菜之一，不多不少，还有四道。"

"我告诉你，就算只会做五道菜，也比某些男人多会了四道，"她报以微笑，跳下高脚凳，"我可以打开电视吗？"

没等他回答，卡门便抓起遥控器。虽然音量很低，但是透过眼角的余光，福克能够望见屏幕。不久，新闻节目开始报道案件的最新进展，字幕在底部滚动。

墨尔本登山客的失踪引发公众的极度恐慌。

画面上出现了一组照片——爱丽丝·拉塞尔的单人照、女子小组出发前拍摄的合照、马汀·科瓦克的单人照、四名受害者的旧照，最后是吉若兰山脉的航拍镜头，连绵起伏的棕色和绿色，一直延伸至遥远的地平线。

"提到科瓦克的儿子了吗？"福克高声询问，卡门摇了摇头。

"没有，基本都是推测。"

她关掉电视，朝书架走去，"藏书丰富嘛。"

"如果你愿意，可以随便借，别客气。"他喜欢广泛阅读，主要是小说，无论是荣获大奖的经典文学，还是平凡易懂的通俗故事，统统收入囊中。他熟练地翻炒着食材，诱人的香气飘满房间。卡门研究着书架，指尖扫过书脊，偶尔端详一下书名。忽然，她停住了，从两本小说之间抽出两张薄薄的东西。

"这是你爸爸吗？"

福克愣在炉子跟前，不用看也知道她指的是什么。他卖力地搅动着冒泡的开水，片刻之后，才转过身去。卡门举着一张照片，拿着一张照片。

"对，是他。"福克用抹布擦干双手，隔着早餐台接过她举起的照片。由于没有相框，他谨慎地捏着边缘。

"他叫什么名字？"

"艾瑞克。"

葬礼结束以后，一位护士将这张照片打印出来，夹在慰问卡里送给了福克，可是他从未好好看过。画面中，他紧挨着瘦骨嶙峋的老人。父亲坐在轮椅上，面容憔悴而苍白。他们俩都在微笑，却颇为笨拙，仿佛仅仅是按照摄影师的命令行事。

卡门盯着自己发现的另一张照片，"这张真好，什么时候拍的？"她举起照片。

"不清楚，很久了。"

瞧见第二张照片，福克艰难地吞咽。画面不太清晰，镜头比较模糊，但是他们的微笑却发自内心。他大概三岁左右，跨坐在父亲的肩膀上，手掌搂着艾瑞克的脸颊，下巴抵着父亲的头发。

福克认出，他们正沿着屋后牧场外围的小径散步，父亲指向远方。福克曾经拼命地回忆，究竟是什么吸引了他们的视线，却怎么也想不起来了。不管是什么，眼中的景象令他们开怀大笑。不知是因为自然天气的缘故，还是因为冲洗胶卷的问题，整个场面都笼罩在金色的光芒中，犹如无尽的夏日。福克始终没见过这张照片，直到他从医院带回父亲的背包，倒空里面的东西，才发现了它。他甚至不知道它的存在，更不知道父亲把它带在身边。人生难免遗憾，福克也有想要改变的过去，而他最大的愿望，就是父亲在世的时候能给他看看这张照片。

面对父亲的死亡、葬礼和遗物，福克十分迷茫，他把装满地图的背包塞进衣柜深处，又把照片夹在两本心爱的书籍中间，打算将来再决定该如何处置。于是，它们就一直埋藏在黑暗里，无人问津。

"你跟他长得很像。"卡门低着头，鼻尖贴近照片，"不过医院的那张不太像。"

"当时他已经病入膏肓，不久之后便去世了。以前，我们确实长得很像。"

"嗯，从你童年的这张照片就能看出来。"

"是啊。"她说得对，画面中的男人跟现在的福克几乎一模一样。

"即便你们的关系并非总是亲密无间，你也肯定会想他吧。"

"当然，我很想他，他是我爸爸。"

"可是你没把照片挂起来。"

"毕竟我对室内装修一窍不通。"他想开个玩笑蒙混过去，但是她却面无表情地盯着他。

"后悔并不丢人。"

"后悔什么？"

"错过了靠近他的机会。"

他沉默不语。

"在失去父亲或母亲以后，孩子经常会产生类似的感觉。"

"我知道。"

"自责也是人之常情。"

"卡门，谢谢你，我知道。"福克放下手中的木勺，注视着她。

"好吧，我就是随口说说，免得你不知道。"

他忍不住露出淡淡的微笑，"你受过专业的心理学训练吗？"

"天赋而已。"她的笑容渐渐褪去，"但是，这种疏远的结局实在可惜。以前，你们似乎非常幸福。"

"嗯。不过，他一向性格孤僻，不爱交际。"

卡门看着他，"有点儿像你？"

"不，比我严重多了。他总是跟大家保持距离，就算是熟悉的亲朋好友也不例外。而且他很少说话，难以揣测他的想法。"

"是吗？"

"对，于是他就变得离群索居——"

"好吧。"

"——无法向任何人敞开心扉。"

"天哪，亚伦，你听不出来吗？"

他勉强挤出微笑，"我明白，听上去的确很像，但其实截然不同。倘若我们真的一样，肯定会相处得更好，尤其是在搬到城市以后。我们需要彼此，最初的几年十分煎熬。我思念农场，思念过去的生活，但是他却毫不理解。"

卡门歪着脑袋，"说不定他完全理解，因为他自己也深有同感，所以才会邀请你在周末一起去爬山。"

福克停住炒菜的动作，扭头看向她。

"别用那种眼神盯着我，"她说，"我没见过他，肯定不如你了解情况。我只是认为大部分父母都会替孩子着想。"她耸了耸肩，"你瞧瞧丹尼尔和米歇尔对待乔尔的态度，这个臭小子的行为被相机拍得一清二楚，他们还要千方百计地维护他。据说，就连变态的马汀·科瓦克在临终前两年也茶不思饭不想，整日担心失踪的儿子呢。"

福克继续炒菜，思索要如何回答。近几天，父亲在他心目中的印象正在慢慢改变。"或许吧。"终于，他说，"我当然希望我们能解决问题，我也知道自己应该更加努力。但是，爸爸好像根本不愿意妥协。"

"还是那句话，我不了解具体情况。不过，你把他最后的照片夹在两本平装书之间，我觉得你也没妥协。"她站起身来，将照片放回原位，"别生气。我保证，从现在开始，不再多管闲事。"

"嗯，反正晚餐做好了。"

"太棒了，至少食物可以让我稍微安静一会儿。"她冲着他微笑，直到他也报以微笑。

福克盛了两盘意大利面，浇上浓郁的酱汁，端到角落里的小桌子上。

"简直是美味佳肴，"迫不及待地吃完第一口，卡门说，"谢谢。"她狼吞虎咽地消灭了盘子里的四分之一，才靠向椅背，用纸巾擦了擦嘴巴，"你想谈谈爱丽丝·拉塞尔的事情吗？"

"不是很想，"他说，"你呢？"

卡门摇了摇头，"聊点儿别的吧。"她举起杯子啜饮红酒，"比如你的女朋友是什么时候搬出去的？"

福克诧异地抬起脑袋，叉子悬在半空中，"你怎么知道？"

卡门笑了，"我怎么知道？亚伦，我有眼睛，自己会看。"她指着沙发旁边的巨大空隙，那里曾经放过一个扶手椅，"除非这是最夸张的极简主义公寓，否则就是你没换掉她留下的家具。"

他耸了耸肩，"她是四年前离开的。"

"四年！"卡门放下杯子，"我还以为你要说四个月。我也不讲究家具摆设，但是，四年！拜托，你在等什么？需要我开车带你去宜家吗？"

他笑了，"不用，我懒得动弹。毕竟，我一次只能坐一张沙发。"

"我明白。可问题是，一旦你邀请客人来家里，他们就得坐在别的地方，感觉真的非常奇怪。你没有扶手椅，但是有——"她指着落满灰尘的木头物件，"——那个玩意儿。那到底是什么东西？"

"杂志架。"

"上面没有杂志。"

"嗯，我不太看杂志。"

"所以，她带走了扶手椅，却留下了杂志架。"

"差不多。"

"难以置信。"卡门故作震惊地摇了摇头，"好吧，如果你需要表明自己分手后过得更好，证据就在房间的角落里，一个没有杂志的杂志架。她叫什么名字？"

"蕾切尔。"

"问题出在哪里？"

福克盯着面前的盘子，他很少让自己沉浸在那段往事中。偶尔回忆起她，记得最清楚的是她以前微笑的样子。当时，他们刚刚相遇，一切都还显得十分新鲜，"天长日久，感情变淡了，她就搬出去了。其实都是我的错。"

"嗯，估计也是你的错。干杯。"她举起酒杯。

"什么？"福克差点儿笑出声来，"你好像不应该这样说吧。"

卡门看着他，"抱歉，不过你已经长大了，肯定经受得住。我只是想说，你是个很好的男人，亚伦。善于倾听，懂得照顾同伴，并且宽容体谅。倘若你把她逼到主动离开的地步，恐怕是你故意而为。"

他正要反驳，却欲言又止。难道果真如此吗？

"她没有做错任何事情，"最后，他说，"是我给不了她想要的东西。"

"比如？"

"她想让我少工作，多说话，多休假，努力跟爸爸好好相处。大概还想结婚吧，我不知道。"

"你思念她吗？"

福克摇了摇头。"已经不了。"他诚恳地说，"但是有时候，我觉得自己当初应该听取她的建议。"

"或许现在还来得及。"

"对于她而言来不及了，她结婚了。"

"听上去，如果你们在一起，可能对你有些好处。"卡门说着，伸出手，越过桌子，轻轻地触碰他的手，直视着他的眼睛，"但是你不必太过自责，她并不适合你。"

"是吗？"

"是的。亚伦·福克，你的灵魂伴侣绝不会拥有一个杂志架。"

"平心而论，她把杂志架留下了。"

卡门笑了，"从那以后，你没再跟别人交往吗？"

福克并未立即回答。六个月前，在故乡，有一个相识多年的旧友。曾经是活泼的少女，如今是孩子的母亲。"近期尝试过。"

"结果失败了？"

"她——"他稍作犹豫。*格雷琴。*如何描述她呢？湛蓝的眼睛，金色的头发，悲伤的秘密。"她很复杂。"

他的思绪飘得非常遥远，差点儿错过了手机的振动。他慢吞吞地抬起胳膊，从桌上抓起手机，振动却消失了。

卡门的手机立刻响起，铃声尖锐而急迫。她连忙在包里翻找，掏出手机。福克解锁自己的手机，检查未接来电。他们的视线离开屏幕，看向彼此。"金警长？"他说。

她点了点头，按下接听键，将手机举到耳畔。房间陷入沉寂，但是福克仿佛依然能听到铃声在回荡，犹如隐隐约约却持续不断的警钟。

卡门迎上他的目光，用口型提示，"他们找到了小屋。"

福克感到肾上腺素飞快地攀升，"爱丽丝呢？"

她耐心地等待电话里的消息，然后干脆地摇了摇头。

仍旧下落不明。

第三天：周六晚上

瓢泼大雨突然降临，遮蔽了漫天繁星，扑灭了红色篝火，熊熊烈焰化作冒烟的灰烬。她们退回小屋里，找到自己的背包和物品，划定个人的专属领地。密密麻麻的水滴敲打着铁皮屋顶，嘈杂的巨响令空间显得十分狭窄，先前的同伴情谊荡然无存。吉尔瑟瑟发抖。黑暗与寒冷，不知哪个更加糟糕。外面传来树枝折断的声音，她吓得魂飞魄散，立即断定黑暗更加糟糕。显然，其他成员也产生了类似的想法，经过窸窸窣窣的摸索，地板上的手电筒亮了。光线摇曳，照耀着纷乱的浮尘。

"咱们应该节约用电。"爱丽丝说。

大家沉默不语，爱丽丝烦躁地伸出胳膊。"咱们应该节约用电。"

咔嗒。一片漆黑。

"手机有信号吗？"吉尔说。

衣服摩擦的动静，微弱闪烁的屏幕。吉尔屏住呼吸。

"没有。"

"电量还剩多少？"

"百分之十五。"

"关机。"

屏幕消失了。"也许雨停以后能搜到信号。"

吉尔并不清楚天气对信号的影响，但是她牢牢地抓住这个念头，就像抓住救命稻草。也许雨停以后能搜到信号。是的，她选择相信。对面，另一个手电筒打开了，非常明亮。吉尔认出那是贝丝的工业用手电筒。

"你聋了吗？"爱丽丝说，"咱们需要节约手电筒的电池。"

"为什么？"贝丝的声音从角落里飘来，"明天他们便会展开搜救，今晚是最后一晚。"

爱丽丝发出冷笑，"如果你认为他们明天就能找到咱们，那纯粹是痴心妄想。咱们远远偏离了原定的路线，刚开始，他们根本不会搜索这片区域。除非咱们自己走出去，否则他们绝不可能明天就找到。"

片刻之后，手电筒关闭。黑暗重新笼罩小屋，贝丝悄悄地嘟囔。

"有话要说？"爱丽丝严厉地质问。无人回答。

吉尔试着考虑眼下的情况，脑袋隐隐作痛。她不喜欢这座小屋——完全不喜欢——但是起码它可以遮风挡雨。她不愿意走进丛林，承受树木的压迫，忍耐枝条的刮擦，瞪大眼睛盯着若隐若现的小径。可是，透过眼角的余光，她能够瞥见发霉的印花床垫和恐怖的深色污迹。想到离开，她觉得恶心；思及留下，又感到恐惧。她发现自己正在颤抖，难以确定是由于饥饿还是低温。她竭力稳住身体，深深地吸气。

"咱们翻翻背包吧。"她的嗓音听上去十分陌生。

"为了什么？"她无法分辨是谁在说话。

"食物。咱们都很饿，坐着干等也无济于事。每个人都检查一下背包、口袋，仔细找找，肯定还有燕麦卷或者花生之类的东西。"

"之前检查过了。"

"再检查一遍。"

吉尔屏住呼吸，听到拉链滑动，布料沙沙作响。

"爱丽丝，至少现在能用手电筒吧？"不等爱丽丝出声，贝丝便打开自己的手电筒。幸好，爱丽丝并未争辩，吉尔不禁悄悄地感谢神明。拜托，让大家找到些许食物吧，她心想，一边搜索着自己的背包，一边期待着胜利的欢呼。忽然，她察觉有人渐渐走近。

"咱们应该检查贝丝的背包。"耳畔响起爱丽丝的低语。

"嘿！"手电筒的光束从墙上弹开，"我都听见了，爱丽丝。我的背包里没有食物。"

"昨天你也这样说。"

贝丝挥动手电筒，径直照向爱丽丝的脸庞。

"怎么？"爱丽丝皱起眉头，却毫不闪躲，"难道不是吗？昨天晚上，你也撒谎说自己没有食物，可结果呢？"

贝丝沉重地喘息，"反正今晚没有。"

"既然没有，那你肯定不会介意让我们检查吧。"爱丽丝向前迈步，拽走贝丝的背包。

"喂！"

"爱丽丝！"布莉插嘴道，"别欺负她，她什么都没有。"

爱丽丝对姐妹俩的抗议置若罔闻，她打开背包，在里面东翻西找。贝丝出手抢夺，用力太猛，拉扯到爱丽丝的胳膊。

"天哪！干什么？"爱丽丝抚摩着肩膀。

在手电筒的灯光下，贝丝的瞳孔显得幽暗而深邃，"你说干什么？我已经受够你了。"

"算你走运，正好我懒得管了。明早天一亮，我便会离开。谁想跟着，都可以来。其他人就留在这儿听天由命吧。"

吉尔头痛欲裂，她清了清嗓子，喉咙里的声音似乎非常怪异。

"我说过，咱们必须集体行动，不能分道扬镳。"

"我也说过，吉尔，"爱丽丝转向她，"我根本不在乎你怎么想，我一定要离开。"

吉尔拼命呼吸，却感到胸闷气短，仿佛肺里空空荡荡。她无奈地摇了摇头。从始至终，她一直在祈祷，希望事态别发展到这个地步。

"你不能带走手机。"

第十九章

天还未亮，福克便驾车来到卡门的公寓外面。七小时前，她离开他家，城市沉浸在无边的夜幕中。此刻，黑暗依然笼罩着世界。她站在人行道上，准备出发。钻进车里以后，她很少讲话，昨晚他们已经讨论了许多。

"搜救队是怎么找到小屋的？"卡门挂断金警长的电话，福克立即询问。

"似乎是接到了线人的情报。他没有详细解释，具体情况要等咱们上山以后再说。"

福克打电话通知局里，听筒中一片沉默。

他们认为爱丽丝还活着吗？不知道。如果他们能找到幸存的爱丽丝，她也许会口不择言地泄露机密。确实。你们最好赶紧上山，别忘了合同的事情。明白。

他和卡门仍旧轮流开车。跟上次一样，公路基本空空荡荡，两旁掠过熟悉的牧场。然而，旅途却显得格外漫长。

最后，汽车终于驶入吉若兰的范围之内，福克望见加油站的标牌在闪烁，于是转动方向盘，靠近路边。只要找到失踪者的物品或者待过的地方，接着便会发现尸体，无一例外。他走进屋里，发现收银台后面站着一个女人，不禁诧异地眨了眨眼睛。

"另一个伙计呢？"福克递上信用卡。

"史蒂夫？他请病假了。"

"什么时候？"

"今天早上。"

"他哪儿不舒服？"

女人莫名其妙地看着他，"我怎么知道？"她把信用卡还给他，转过脸去，表情很不耐烦。又是个傻乎乎的城里人。

福克收好信用卡，回到车上，感觉女人的视线始终追随着自己。监控摄像头瞪着硕大的独眼，冷漠地俯瞰着前院。

假如先前的林区旅馆算是忙碌，那么如今便是超负荷运转。遍地都是身穿反光背心的搜救人员和新闻媒体的车辆，他们根本无处停靠。

福克在入口放下卡门，她跑进旅馆，他努力寻找空位。金警长说过，他会在服务台留下指示。福克驾车慢吞吞地沿着停车场边缘行驶，结果只能采取并列停放的方式，挨着一辆护林员的面包车。

他下车等待。寒风凛冽，温度比印象中还要低，他不由地拽上外套的拉链。隔着停车场，远离喧闹的人群，繁茂的枝叶簇拥着孤零零的明镜瀑布小径。

"你好。"

福克听到背后响起说话声，赶紧转过身去。转瞬之间，他差点儿认不出面前的女人，她变得截然不同。

"布莉，你出院了。"

"对，昨晚刚刚出院。谢天谢地，我需要呼吸新鲜空气。"黑色的头发盘在帽子底下，脸颊冻得微微发红。她显得很漂亮，福克心想。

"你的胳膊怎么样？"

"还行，谢谢。稍微有点儿疼。"她盯着从袖子里冒出的绷带，"其实，我更担心其他事情。今天下午，我和贝丝要离开吉若兰，我跟墨尔本的专科医生约好了明早见面。不过……"布莉看着几位搜救人员钻进面包车，她拂去眼角的发丝，裂开的指甲已经修剪得整整齐齐。

"那座小屋真的属于马汀·科瓦克吗？"她毫不掩饰语气中的恐惧。

"我不清楚。"福克诚恳地说，"他们应该会展开调查。"

布莉开始啃咬指甲，"既然小屋已经找到了，接下来的打算呢？"

"我估计，他们要把搜救重点转移到小屋周围的区域，寻找爱丽丝的踪迹。"

布莉沉默了许久，"我知道科瓦克的案子过去很多年了，但是还有别人知道那座小屋的存在，并且向警方提供情报，对吗？我听一名搜救人员说，他们就是这样才找到小屋的。"

"我了解的程度跟你差不多。"

"如果有人知道小屋，当初也可能有人知道我们在那儿。"

"不一定吧。"

"但是，丛林中的树木密密层层，什么都看不到。你没经历过，不明白那种感觉。"

"嗯，"他承认道，"确实。"

他们目送着搜救队的面包车离开。

"总之，"片刻以后，布莉说，"我过来是想要跟你们道谢。"

"为什么？"

"因为你们愿意公平地对待贝丝。她说，她向你们坦白了自己正在接受假释考核的情况。大家听到这种事情，经常会形成先入为主的偏见，把她往坏处想。"

"不用谢。她还好吗？上回交谈的过程中，她似乎闷闷不乐。"

布莉盯着他，"什么时候？"

"前天晚上。我瞧见她在旅馆外面看雨。"

"噢，她没提过。"布莉皱起眉头，"她喝酒了吗？"

福克犹豫了一下，布莉眉心紧蹙。

"算了，我也觉得她恐怕忍不住。最近她的压力很大，我早就料到了。"

"我想只是一次而已。"福克说。

布莉摇了摇头，"只是一次，一次和十次有区别吗？她必须滴酒不沾，彻底戒掉才行。不过，贝丝向来如此。她想变好，却总是事与愿违——"话音戛然而止，布莉的视线越过他，径直望向旅馆。门前的台阶上，一个身影站在听力所及的范围之外，静静地注视着他们。不合身的外套，乱糟糟的黑发。贝丝。他暗自思忖，不知她在那里待了多久。

福克举手表示问候，贝丝稍作迟疑，接着举手回应。即便隔着一段距离，他也能看到她面带微笑。

布莉轻轻地晃动身体，"我得走了，非常感谢你们。"

福克背靠汽车，看着布莉穿过停车场。贝丝站在旅馆的门阶上，同样用目光追随着布莉，直到妹妹走近，她才挪动脚步。

第三天：周六晚上

布莉听到自己的呼吸声在耳中激荡，爱丽丝紧紧地贴着墙壁。

吉尔伸出胳膊，"给我手机。"

"不，"

"手机在哪儿？在你的包里吗？让我看看。"

"不。"

"这不是请求。"吉尔探身向前，抓住爱丽丝的背包。

"喂！"爱丽丝试图往回拽，然而背包却脱离了她的指尖。

"爱丽丝,你可以滚蛋,"吉尔将手臂插进背包,接着又不耐烦地叹气,把里面的物品统统倾倒在地上，"反正是你主动要离开，就算死在荒郊野岭，也是活该。但是，你不能带走手机。"

"天哪。"爱丽丝弯下腰，捡起散落的物品。吉尔东翻西找。潮湿的衣服，指南针，水瓶。没有手机。

"不在包里。"

"肯定在她的外套里。"贝丝的声音突然响起，布莉吓了一跳。

爱丽丝蜷缩在墙角，搂着自己的物品，显得走投无路。吉尔举起手电筒，照耀着她的眼睛，"在你的外套里吗？别逼我动手。"

爱丽丝皱起眉头，转过脸去，"不许碰我。"

"最后一次机会，交出手机。"

爱丽丝沉默不语，贝丝猛然冲向她，牢牢地攫住外套。

"爱丽丝，少说废话。先前你觉得我偷藏食物，不是非要搜查我的行李吗——"

布莉竭力拉住姐姐，爱丽丝蠕动着发出尖叫。

"放开我！"

贝丝摸索着爱丽丝的口袋，心满意足地掏出战利品，高举在空中。手机。她用另一只手推开爱丽丝。

爱丽丝踉踉跄跄地倒退了几步，然后扑上前去，争夺手机。两人扭打在一起，拼命挣扎，不慎撞到桌子，发出巨大的动静。手电筒掉落在地上，房间陷入黑暗之中，充斥着混乱的喘息声和嘈杂的争吵声。

"那是我的——"

"松手——"

布莉大喊，"停下！"她不确定自己在对谁说话。某样沉重的东西滚到脚边，她捡起来，轻轻晃动，手电筒重新亮起，令人头晕目眩。她慌慌张张地将光束对准噪声的来源。

爱丽丝和贝丝互相纠缠，布莉几乎无法分清她们的四肢，直到其中一人抬起胳膊。布莉想出言制止，却为时已晚。阴影划过墙壁，贝丝的手掌迅速而有力地向下挥舞，与爱丽丝的脸颊接触，清脆的声响仿佛撼动了整个房间。

第二十章

卡门走出旅馆，手里拿着一张地图，上面标着硕大的红叉。

"咱们要去这儿，"她说，他们回到车里，"至少得步行四十分钟。林北公路是距离最近的入口。"

福克研究着地图。十字符号隐藏在丛林深处，往北数十里，有一条通行车辆的公路穿过绿色区域。

卡门系好安全带，"金警长在现场，玛格特·拉塞尔也来了。"

"她不是孤身一人吧？"福克说。

"不是，我在旅馆里见到劳伦了。今早，负责联络的警官带她们俩一起上山。玛格特还是拒绝见父亲，所以他准备单独开车上山。"

汽车驶出停车场，福克瞥见一道身影站在旅馆门口目送着他们。应该是双胞胎姐妹中的一个，光线太暗，无法认出究竟是谁。

寒风呼啸，汽车在乡间小道上行驶。卡门保持沉默，偶尔说话，也只是指示方向。小道越来越狭窄，最后，他们沿着一条铺砌粗糙的公路不停地颠簸，终于看到了成群结队的警官和搜救人员。

空气中弥漫着复杂的情绪，混合着忧虑与欣慰。搜救行动总算取得了突破性进展，可惜并非大家想要的结果。刚下车，福克便捕捉到一抹耀眼的红色。伊恩·蔡斯穿着"精英探险"的抓绒外套，在护林员队伍的外围徘徊，既不加入，也不离开。他瞧见福克和卡门，简单地点了点头，表示问候，接着径直走向他们。

"嘿，有什么新消息吗？你们来这儿，是不是因为找到她了？"他目光闪烁，频频眺望丛林。

福克看向卡门，"据我们所知，还没有。"

"可是，他们找到了小屋，"蔡斯的视线依然在游移，"她的尸体很可能就在附近。"

"除非她还活着。"

蔡斯飞快地眨眼，脸上露出尴尬的表情，"对，当然。但愿她平安无事。"

福克知道，爱丽丝生还的希望极为渺茫，蔡斯的反应也是情有可原。

旅馆的警官已经提前用对讲机通知了金警长。此刻，他正在丛林边缘等待，脸色苍白，皮肤底下却涌动着肾上腺素的暗流。发现他们靠近，他挥了挥手，然后低头盯着他们的登山靴，满意地颔首。

"很好，你们需要靴子。走吧。"

他在前面带路，钻进丛林，福克和卡门紧随其后。不到一分钟，喧嚣嘈杂的世界便彻底消失了，厚重的寂静压迫着他们。黄色的警用胶带在树上飘扬，引领着正确的方向。脚下的小径若隐若现，几乎全靠搜救人员踩踏的鞋印才能分辨。

"你们是怎么找到小屋的？"福克说。

虽然周围没有别人，但金警长还是压低声音。

"巴尔温[1] 的一名囚犯打来电话提供情报，他加入过飞车党，身负数罪，显然受够了监狱的生活。他从新闻上听到我们要寻找小屋，于是便打算充分利用机会，争取获得减刑。他声称手下的小弟曾经跟塞姆·科瓦克做过几桩毒品交易。"

---

[1]　巴尔温（Barwon）：澳大利亚的一个男子监狱，位于莱拉镇，靠近维多利亚州的吉朗市。

"噢，是吗？"

"他说，塞姆喜欢炫耀老爹的事迹，经常吹嘘自己知道警方不了解的情况。塞姆带他们来过两次。"金警长朝轮廓模糊的小径点头示意，"他并不确定具体位置，不过他记得林北公路和两三处地标——比如前方有个峡谷——所以我们能够缩小范围。另外，他似乎还掌握着少量的筹码，眼下正在跟律师商定讨价还价的方案。"

"你们相信他认识科瓦克吗？"卡门说，"万一是他误打误撞，碰巧发现了小屋，却用花言巧语来掩饰真相呢？"

"我们相信他，"金警长叹了口气，稍作停顿，"我们在小屋附近挖出了人体残骸。"

福克沉默了片刻，"谁？"

"这是个难题。"

"不是爱丽丝？"

"不是，"金警长摇了摇头，"绝对不是，年代太过久远。那里还有几样特别的东西——你们可以亲自去看看——但是没有爱丽丝的踪迹。"

"天啊，"卡门说，"那里到底发生过什么事情？"

看不见的笑翠鸟在丛林中尖声鸣叫。

"这也是个难题。"

第三天：周六晚上

贝丝听见自己的右手打在爱丽丝的脸颊上,紧接着便感到阵阵刺痛。清脆的声音仿佛回荡在屋里,火辣辣的掌心十分灼热。

转瞬之间,贝丝觉得她们正踩在悬崖边缘,尚且有路可退。道歉,握手,回去以后向人力资源部提交报告。然而,窗外寒风呼啸,爱丽丝的喉咙深处酝酿着低沉的怒吼,她们摇摇晃晃地跌倒在地,房间的各个角落都响起了惊恐的喊叫。

爱丽丝抓住贝丝的头发,把她的脑袋向下拽。她失去平衡,肩膀狠狠地砸在木板上,身体的重量挤压着肺部,令她喘不过气来。一双手将她推向地面,并用力地按着她,粗糙的沙砾摩擦着脸颊,潮湿的恶臭充满了口腔。

爱丽丝。只能是爱丽丝。近在咫尺,贝丝甚至能闻到微弱的汗味儿,内心不禁暗自惊讶,爱丽丝从来都不像是会出汗的女人。贝丝试图反击,但是胳膊却被固定成非常别扭的角度。她拼命挣扎,想要抓住爱丽丝的衣服,指尖从昂贵的防水布料上划过。

此刻,又一双手摸索着把她和爱丽丝分开。布莉。

"放开她!"布莉高呼。

贝丝并不确定布莉在跟谁说话。她使劲扭动,渴望摆脱束缚。突然,布莉也失去平衡，摔向她们。三人抱在一起，滚作一团，猛地碰在了桌子腿上。桌子贴着地板滑行，发出尖锐的声响。伴随着震耳欲聋的巨响，房间对面传来疼痛的哀号。贝丝努力坐直，却被人扯着头发拉了回去。脑壳撞向地面，胃里的酸液不停地翻涌。她眼冒金星，渐渐失去了力气。

第二十一章

走得越远，道路的轮廓就越发模糊。一小时后，道路与溪水交叉，几乎彻底消失，接着又重新出现，通往陡峭的斜坡，旁边就是金警长先前提到的峡谷。密密层层的树木开始迷惑福克的眼睛，每当看到黄色的警用胶带，心中便涌上强烈的感激之情。如果独自沿着小径行走，恐怕随时都会迷失方向。

终于，福克望见搜救人员的橙色身影分散在周围的丛林中，不禁感到如释重负，肯定快到了。果然，树木渐渐变得稀疏，他们进入了一片狭窄的空地。

越过重重警戒线，荒凉的小屋坐落在中央，身穿反光背心的警官在附近忙碌着。

孤零零的小屋隐藏在繁茂的枝叶之间，显得十分寂寞。从空洞的窗户到耷拉的木门，处处都散发着绝望的气息。同伴的呼吸近在咫尺，颤抖的树木沙沙作响。寒风呼啸，小屋在呻吟。

福克缓缓地转了一圈，四面八方的丛林压迫着空地，搜救人员的橙色衣服偶尔闪过。只要角度不对，就无法看见小屋。女子小组能找到这里，不知是幸运还是倒霉。

两名警官守在小屋侧面，相距不远，脚边覆盖着稍稍凹陷的塑料薄膜，瞧不清底下的东西是什么。

福克盯着金警长，"劳伦说过，她们发现了狗的残骸。"

"对，就是它。"金警长指着近处较小的塑料薄膜，叹了口气，"但另一个却不是。负责现场勘查的技术队正在赶来的途中。"

塑料薄膜被风吹起一角，向上翻折，守卫的警官弯腰整理。福克瞥见浅浅的土坑，试着想象女子小组的感受。恐惧，无助，孤独，担忧。他怀疑任何猜测都不能跟残酷的现实相提并论。

他恍然意识到，自己总是认为，其余四个女人在察觉爱丽丝失踪后，很快便抛弃了她。然而此刻，他站在与世隔绝的小屋跟前，仿佛能听到脑海中响起疯狂的低语。赶紧离开，赶紧逃跑。他不禁摇了摇头。

卡门凝视着较大的塑料薄膜。

"他们始终没找到第四名受害者，莎拉·桑顿伯格。"她说。

"嗯，"金警长微微颔首，"始终没找到。"

"有什么初步的想法吗？"她朝塑料薄膜点头示意，"你肯定考虑过吧。"

金警长欲言又止，态度非常谨慎，"等到技术队完成勘查，情况会更加明朗。"他抬起小屋入口的警戒线，"来吧，我带你们去看看里面。"

他们钻过警戒线，摇摇欲坠的木门犹如一道狰狞的伤疤，微弱的腐臭混杂着桉树的浓郁气味。屋里颇为阴暗，几缕阳光照进窗户。福克站在房间中央，起初只能分辨出事物的轮廓，片刻之后才看清细节。曾经厚重的灰尘如今显示着外人干扰的痕迹，桌子歪歪扭扭地摆在墙边，周围落满枯枝碎叶。踏入隔壁的房间，他瞧见一张染着深色污渍的床垫。在漏风的窗户下方，脏兮兮的木地板渗透着乌黑的液体，好像是血迹。

第三天：周六晚上

劳伦找不到手电筒，指甲刮蹭着肮脏的木地板。她听到"砰"的一声，伴随着刺耳的尖啸，桌子从对面滑行过来，锐利的桌角猛然撞上她的脸庞。

巨大的震惊挤压着肺部的空气，她仰面倒下，尾椎骨狠狠地砸向地板。她头晕目眩，躺在破窗下呻吟。前额的旧伤剧痛无比，她抬手触摸，指尖十分潮湿。她以为自己在流泪，可是眼睛周围的液体却太过浓稠。她恍然大悟，胃里的酸液阵阵翻涌。

劳伦吃力地擦干眼睛，然后甩了甩胳膊，鲜血洒落在地板上。透过窗户，只能看到厚厚的乌云，仿佛星星从不存在。

"救命！"有人厉声尖叫。她无法分辨究竟是谁，而且也不在乎。可是紧接着便传来可怕的闷响与凄惨的哀号，光束疯狂地跳跃，手电筒掠过地面，飞向墙壁，房间陷入黑暗之中。

劳伦挣扎着站起身来，踉踉跄跄地朝互相扭打的三人走去，伸出鲜血淋漓的双手，努力将她们拆散。旁边，吉尔也在做着同样的尝试。

劳伦把指甲嵌入温热的皮肤，拼命拉扯，让寒冷的夜风吹进纠缠的肢体之间。突然，一条胳膊高高举起，劳伦赶紧躲闪。挥舞的拳头击中了吉尔的下巴，打得牙齿咯咯作响。吉尔连连后退，哼哼唧唧地用手掌捂住嘴巴。

　　吉尔的撤出令抱团的三人失去了平衡，劳伦使劲拽了一下，她们终于分开了。屋里回荡着此起彼伏的喘息声，大家纷纷爬向属于各自的角落。

　　劳伦贴着墙壁，跌坐在地上。前额火烧火燎，右腕动弹不得。她抚摩着丽贝卡编织的手链，仔细地检查关节，好像并未肿起，只是比较酸痛。反正手链也松了，大概用不着摘下来。

　　她挺直腰板，脚跟碰到某样东西。她小心翼翼地摸索，发现是塑料的手电筒。她按下开关，却毫无反应，轻轻晃动，依然不见亮光。手电筒坏了。焦虑不安的情绪涌入胸中，她再也无法忍受片刻的黑暗。劳伦膝盖着地，匍匐前进，盲目地搜索着地面，直到手指握住一个金属的圆筒。她赶紧抓起来，感受着沉甸甸的重量，应该是贝丝的工业用手电筒。

　　劳伦哆哆嗦嗦地打开开关，光束冲破灰尘弥漫的空气，令人如释重负。她低头打量，瞧见自己的鲜血沾在靴子上，斑斑驳驳，窗边的地板上还留着一摊红色的痕迹。她恶心地转过脸去，缓慢地移动手电筒，照亮房间。

　　"大家还好吗？"

　　吉尔倚着粗糙的隔板，紧紧地钳住下巴，破裂的嘴唇肿胀不堪。面对黄色的光束，她皱起眉头，劳伦挪开手电筒，听到她吐了口唾沫。贝丝躺在附近的地板上，神情恍惚地抚摩着后脑勺。布莉背靠着墙壁，眼睛瞪得很大。

　　又过了一会儿，劳伦才找到爱丽丝。

　　她站在小屋门口，披头散发，满脸通红。三十年来，劳伦第一次看到爱丽丝·拉塞尔在哭泣。

第二十二章

福克盯着窗户底下的木板。

"现在知道地上的血迹属于谁吗?"

金警长摇了摇头, "还需要检查, 不过应该是近期的。"

"那个呢?"福克朝墙边的床垫点头示意, 透明的塑料薄膜紧紧包裹着, 但是布料上的污渍却清晰可见。

"据说很可能只是严重的霉菌," 金警长说, "尽管看上去很糟糕。"

"如果被困在这里, 大概会觉得非常恐怖。"

"是啊, 我能想象得到。"他叹了口气, "目前没有迹象表明爱丽丝的情况。女子小组的其他成员说她拿走了自己的背包, 好像确实如此, 所以起码她带着行李和装备。但是, 她似乎并未折返, 就算回来过, 也不曾给我们留下任何信息。"

福克环顾周围, 记起那条语音留言。*伤害她。*他从兜里掏出手机, 屏幕一片空白。

"你们能搜到信号吗?"

"不能。"金警长说。

福克在房间里轻轻踱步, 侧耳倾听小屋的呻吟。毫无疑问, 这是个阴森的地方, 但是至少有墙壁和屋顶。旅馆外面的夜晚已经显得非常可怕,不知爱丽丝要如何抵挡丛林中狂风骤雨的侵袭。

"接下来打算怎么办？"他说。

"我们准备彻底搜查附近的区域，但是难度很大。"金警长说，"刚才进来的时候，你们也看到了，四面八方的丛林全都一模一样。完成任务恐怕要花费数日的工夫，如果天气变差，进展会更加缓慢。"

"女子小组是从哪儿出去的？"卡门说，"跟咱们进来的路线相同吗？"

"不，咱们走的是捷径，跟她们的选择不同。屋子后面有一条通往北方的小道，必须穿过树林才能瞧见，不过一旦踏上去，就会发现小道的轮廓还算清晰。在到达这里之前，她们走的正是那条小道。如果爱丽丝要出去，估计会循着原路离开。"

福克拼命将注意力集中在金警长的话语上，但是脑海里的思绪却十分混乱。他始终抱着希望，认为找到小屋就能找到爱丽丝。也许她可以返回小屋，虽然感到惊慌、愤怒，却依然活着。此刻，潮湿的墙壁嘎吱作响。他想起密密层层的树木，想起小屋外面的坟墓，想起木地板上的血迹，感到爱丽丝·拉塞尔生还的最后一丝希望渐渐破灭。

屋里空空荡荡，无论爱丽丝发生了什么事，她都置身于荒郊野岭，无依无靠。透过寒风的呼啸和丛林的哀鸣，福克仿佛听到死亡的丧钟在远处敲响。

第三天：周六晚上

一番打斗之后，小屋变得十分寂静，只能听到急促的喘息声。在手电筒的灯光中，灰尘的颗粒缓慢地盘旋。吉尔用舌头试探着口腔，皮肉肿胀而柔软，右边的下牙轻轻晃动。这种感觉非常古怪，自从童年以来，她就再也没有体验过。转瞬间，她想起了孩子们小时候的模样，想起了牙仙[1]和硬币的传说，灼热的泪水涌入眼眶，喉咙哽咽难言。等到她离开丛林，一定要马上给孩子们打电话。

吉尔挪动身体，靴子碰到某样东西。手电筒。她弯腰捡起来，摸索着按下开关，却毫无反应。

"这个手电筒坏了。"模糊的话语透过鼓鼓囊囊的嘴唇飘出。

"这个也是。"双胞胎姐妹中的一人说道。

"咱们还剩下几个能用的手电筒？"吉尔询问。

"仅此一个。"黄色的光束闪过，劳伦把手电筒递给她。坚实的金属外壳压迫着掌心，吉尔认出它是贝丝的工业用手电筒。虽然笨重，却是露营的最佳选择。

---

[1] 牙仙（tooth fairy）：西方传说中的精灵。许多故事中说，小孩子把掉落的乳齿放在枕头底下，牙仙会趁他们睡觉的时候拿走，换成钱币。

"其他手电筒呢？"屋里鸦雀无声，她叹了口气，"见鬼。"

对面，爱丽丝抬手擦干眼睛。她的头发乱七八糟，脏兮兮的污渍印在脸颊上。她不再哭泣了。

吉尔等待她开口，也许是要求道歉，也许是威胁起诉。然而，爱丽丝却默默地坐下，将膝盖抱在胸前。蜷缩在门边，一动也不动。不知为何，吉尔觉得眼前的情况反倒令人更加紧张不安。

"爱丽丝？"布莉的嗓音从幽暗的角落里传来。

无人回答。

"爱丽丝，"布莉再次尝试，"贝丝还处于假释期间。"

依然无人响应。

"爱丽丝？你在听吗？"布莉耐心地静候，爱丽丝仍旧不予理睬，"我知道她打了你，但是倘若你采取法律措施，她肯定会陷入严重的麻烦。"

"所以呢？"爱丽丝终于说话了，嘴唇轻轻颤动，视线盯着地板。

"所以，别采取法律措施，行吗？求求你了。"布莉的语气中隐含着吉尔从未听过的某种情感，"我们的妈妈身体不好，上次贝丝入狱对她打击很大。"

爱丽丝一言不发。

"拜托，爱丽丝。"

"布莉，"爱丽丝的声音显得十分陌生，"不必求我。下个月的今天，如果你还能留在公司，就算走运了。"

"喂！"贝丝的叫喊响亮而愤怒，"不许威胁她。为了你，布莉整日都忙得焦头烂额，她没犯过任何错误。"

爱丽丝抬起头，清晰的话语划破黑暗，犹如锋利的玻璃，"闭嘴，肥猪。"

"爱丽丝，够了！"吉尔咆哮道，"现在大家的处境都很危险，管好你自己，注意言行，否则等到——"

"等到什么？"爱丽丝似乎非常好奇，"等到你的魔法救援队出现吗？"

吉尔张嘴欲答，惊恐突然涌上心头，她记起了手机。在混战之前，她把手机放进了外套的口袋。此刻，她慌慌张张地寻找。究竟在哪儿呢？手指握住了光滑的长方形轮廓，她感到如释重负，甚至有些头晕目眩。她掏出手机，检查屏幕，确信完好无损。

爱丽丝注视着她，"你明知道它属于我。"

吉尔置若罔闻，将手机装回兜里。

"接下来该怎么办？"布莉说。

吉尔悄悄地叹了口气，觉得筋疲力尽。衣服潮湿，肚子饥饿，下巴疼痛。而且，她还讨厌自己的身体——粘满脏兮兮的灰尘，散发着恶心的汗臭。她仿佛丧失了高高在上的地位。

"好吧，首先，"她竭力保持镇定，"咱们要冷静下来。然后，我希望每个人都拿出睡袋，停止争吵，把刚才的事情一笔勾销。起码暂时如此。咱们好好睡觉，等到明天早上头脑清醒以后，再制订计划。"

没人动弹。

"大家听话，拜托。"

吉尔弯下腰，打开背包，掏出睡袋。她察觉其他成员也在照做，不禁欣慰地松了口气。

"把你的睡袋铺在我旁边，爱丽丝。"吉尔说。

爱丽丝皱起眉头，却并未反驳。她在吉尔指示的位置摊开睡袋，钻了进去。只有布莉不嫌麻烦，特地到屋外用雨水刷牙。吉尔暗暗庆幸，还好爱丽丝没这么做，不然自己都无法决定是否要陪着她。

吉尔爬进睡袋，潮湿的布料贴着身体，令她难受得龇牙咧嘴。手机在口袋里，她感到犹豫不决，虽然不愿脱下外套，可是她知道穿着睡觉会很不舒服。昨天晚上，她曾经尝试过，兜帽纠缠着发丝，拉链刺痛着皮肤，倘若睡得太少，明天肯定会非常难熬。片刻之后，她尽量轻柔地褪去外套塞在脖子旁边。她觉得爱丽丝好像在盯着自己，但是仔细看看，却发现爱丽丝仰面躺在地上，呆呆地凝望着天花板。

她们都累坏了，吉尔明白。她们需要休息，然而房间里弥漫着诡异的气氛。脑袋抵着僵硬的地面，隐隐作痛，她听到身边的睡袋发出窸窸窣窣的动静。

"各位，赶快睡觉，"她厉声命令，"爱丽丝，如果你夜里要上厕所，就叫醒我。"

爱丽丝沉默不语。

吉尔扭头转向她，眼前一片漆黑，什么也瞧不清，"明白吗？"

"你好像不信任我，吉尔。"

吉尔懒得回答。她用掌心压住外套，隔着布料触碰到手机的边缘，然后闭上了眼睛。

第二十三章

踏出小屋，福克不觉松了口气。他和卡门跟着金警长走向空地，站在微弱的自然光线下眨着眼睛。

"女子小组出去的路线在那边。"金警长指着小屋后方，福克翘首张望。他看不到任何小径，只能瞥见密密层层的树木和若隐若现的橙色，搜救人员的身影似乎变幻莫测。

"我们正在尽力寻找蛛丝马迹，可是——"金警长并未说完，也不必说完。丛林浓密异常，这意味着行动缓慢，也意味着容易错过，还意味着许多消失的事物无法重新浮现。

福克能够听到众人在呼唤爱丽丝，然后等待回应。有些停顿显得十分短暂，马马虎虎，但是也无可厚非，毕竟已经过去四天了。一名搜救人员钻出树林，朝金警长招手示意。

"失陪一下。"说完，金警长便独自离开了。

福克和卡门面面相觑，警官脚边的塑料薄膜随风泛起涟漪。

"我希望那是莎拉·桑顿伯格，"卡门朝较大的薄膜点头，"她的父母曾经拼命地恳求科瓦克，想要得到女儿的消息，却始终一无所获。起码，她的家人可以举办葬礼了。"

福克也希望如此，否则，他不知道该期待什么。

他转身观察着小屋。最初盖成时，小屋也许很结实，可是现在却摇摇欲坠。根据木头的状况来判断，小屋的建造日期肯定早于马汀·科瓦克的年代。建造者是谁呢？难道是源于很久以前的林区项目吗？或者是热爱大自然的探险家避开松懈的法律条款，偷偷地修筑了周末度假的基地？他暗暗猜测，小屋是否一直都如此寂寞。

他迈上前去，检查房门，反复地开关了几次。铰链已腐朽得十分严重，几乎不会发出声响，木框轻轻松松地便放弃抵抗。

"基本没有噪声，完全可能不吵醒任何人就溜出来，或者悄悄地溜进去。"

卡门亲自动手试了试，"而且，小屋也没有朝着后方的窗户。待在房间里，她们无法看到她走向那条通往北边的小径。"

福克努力地回忆着四个女人的陈述，想象着事情的经过。她们说，醒来以后便发现爱丽丝不见了。如果她孤身离开，大概会偷偷地绕到小屋背面，消失在黑暗中。他想起语音留言的时间。凌晨 4:26。*伤害她*。无论爱丽丝·拉塞尔遭遇了什么意外，肯定都发生在幽暗的夜幕之下。

他瞥向空地，金警长仍旧在忙着谈话，小径就在屋后。"一起去看看？"他对卡门说。

他们穿过高高的野草，进入树林。每走几步，福克都回头观察。不久，屋子便隐匿得无影无踪了。他担心他们会错过小径，其实大可不必。小径十分显眼，虽然狭窄，却颇为坚实，底下的岩石能够避免路面在雨水的冲刷下变成模糊的污泥。

卡门站在小径中央，朝两头眺望。

"我觉得那边是北，"她抬手指着，双眉紧蹙，"肯定是。不过，真的很难分辨。"

福克回过身去，已经有点晕头转向，两侧的丛林简直一模一样。他仔细检查刚才的方向，瞧见搜救人员在背后忙碌，"嗯，你说得对。那边应该是北。"

他们沿着小径前进，路面比较宽敞，足以容纳两人并肩而行。

"在她们的处境中，"福克说，"你会怎么做？留下还是离开？"

"如果考虑被蛇咬伤的因素，我必须离开，除此之外别无选择。如果不存在受伤的麻烦，"卡门稍作思索，"可能会留下吧，我不知道。看到小屋的样子，虽然心里不愿意，但还是想待在原地，选择相信搜救队。你呢？"

福克也在对自己提出同样的问题。留下，不清楚何时甚至能否被找到；离开，不确定会碰到怎样的危险。他张开嘴，依然犹豫不决。忽然，他听到一个声音。

哔。

他立即停住，"什么？"

领先半步的卡门扭过头来，"嗯？"

福克并未回答，而是屏气凝神地竖起耳朵。寒风拂过树林，枝叶沙沙作响。难道是幻觉吗？

他盼着声音再次出现。尽管未能如愿，可是刚才的动静却深深地烙印在脑海中。短促，敏锐，无疑源于电子设备。他花了片刻工夫才反应过来，但也仅仅是片刻而已。他摸进口袋，知道自己想得没错。平常，他每天都会听到十几次类似的声响，由于太过熟悉，总会充耳不闻。然而，在丛林中，这个音调显得非常陌生，令他格外注意。

手机的屏幕泛着淡淡的亮光。一条短信。内容无关紧要，提示音才是举足轻重的情报。他搜到信号了。

福克举起手机给卡门看。信号很微弱，却显示得明明白白。他向前迈步，信号消失了；往后倒退，信号回来了；跨到路边，信号又消失了。只有一个神奇的立足点能够搜到信号，虽然并不稳定，但是足以传递语音留言的片段。

卡门撒腿狂奔，一头扎进树林，朝小屋跑去。福克站在原地，纹丝不动。信号若隐若现，他盯着屏幕，不敢挪开视线。过了一会儿，卡门带着气喘吁吁的金警长折返。金警长看向福克的手机屏幕，马上用对讲机召集搜救人员。他们着手搜索小径周围的区域，橙色的身影四下分散开来。

伤害地。

不到十五分钟，他们便发现了爱丽丝·拉塞尔的背包。

第四天：周日早晨

乌云散去，明亮的满月露出了脸庞。

爱丽丝·拉塞尔轻轻地关上身后的木门，金发笼罩在银色的光环中。伴随着"咔嗒"一声，腐烂的铰链发出微弱的呻吟。她僵在原地，侧耳倾听，单肩挎着背包，手上覆盖着某样东西。屋里一片沉寂，爱丽丝欣慰地松了口气，胸脯缓缓起伏。

她小心翼翼地放下背包，抖落悬挂在胳膊上的物品。一件防水外套。价格昂贵，尺码偏大，不属于她。爱丽丝拽开衣兜的拉链，掏出瘦长的设备，触碰按钮。屏幕闪烁，她微微一笑，把手机塞进牛仔裤的口袋里。她卷起防水外套，将它藏在旁边一棵倒下的大树后面。

爱丽丝背好登山包，打开手电筒，光束照亮眼前的土地。她悄悄地迈步，匆匆地绕过小屋，径直走向浓密的丛林，朝着通往北边的小径而去，并未回头张望。

身后，在空地的另一端，透过表皮斑驳的桉树，有人正看着她离开。

第二十四章

　　爱丽丝·拉塞尔的背包躺在一棵大树后面，距离小径仅仅十米之遥，隐藏在浓密的灌木丛中，原封不动。就像主人把它放下，打算临时离开，却再也没有回来。

　　金警长弯着腰，细细地端详背包，绕着它转圈，仿佛在表演精心设计的舞蹈。然后，他叹了口气，直起身体，封锁了周围的区域，亲自挑选继续参与搜救行动的队员，并且命令闲杂人等退出现场。

　　福克和卡门并未反驳，他们默默地沿着小径折返，循着黄色的警用胶带，跟着换班的搜救人员，朝林北公路前进。他们排成纵队行走，途中多次停住脚步，判断方向。福克暗自庆幸，还好树上贴着指示的标志。

　　福克在脑海里勾勒出刚才的画面。背包孤零零地躺在地上，跟野外的环境格格不入，可是似乎完好无损，令人百思不得其解。里面的东西可能不算昂贵，但是在丛林中，小小的防水布料就意味着生与死的差别，价值的判断标准恐怕截然不同。直觉告诉他，爱丽丝·拉塞尔不会心甘情愿地抛弃背包。福克不禁打了个寒战，显然与天气无关。

　　只要找到失踪者的物品或者待过的地方，接着便会发现尸体，无一例外。加油站伙计说过的话语在记忆中频频闪现。之前，每次去加油站，那个男人都站在收银台，可是今天却不见踪影。接着便会发现尸体，无一例外。福克轻轻地叹息。

"你在想什么？"卡门低声询问。

"就是觉得情况不妙，她居然没带任何装备。"

"是啊。我估计，他们很快就会找到她。"卡门凝视着浓密的枝叶，"除非她不在丛林里。"

他们不停地前进，树木逐渐变得稀疏，光线似乎更加明亮。迈出曲折的小径，终于重返林北公路。找到背包的消息不胫而走，搜救人员和众位警官聚集在路边，议论纷纷。福克环顾四周，察觉伊恩·蔡斯和"精英探险"的面包车不在了。寒风呼啸，福克裹紧外套，转向一名负责组织工作的警官。

"你看见伊恩·蔡斯了吗？"

警官扫视了一圈，神情恍惚，"抱歉，我没注意他离开了。如果有要紧事，你可以打电话找他。护林员的棚屋里备着应急的固定电话，开车十分钟就到了。"他指着公路。

福克摇了摇头，"没关系，谢谢。"

他和卡门走到自己的汽车跟前，她钻进驾驶座。

"先回旅馆？"她说。

"嗯。"

她发动引擎，热闹的场地在后视镜中越来越小，直到汽车转弯，便彻底消失了。绿色的树墙压迫着公路，完全无法捕捉深处的骚动与混乱，丛林把秘密藏得严严实实。

"小屋十分隐蔽，却并非无人知晓。"福克突然开口。

"不好意思，你说什么？"卡门全神贯注地盯着路面。

"我在思考布莉·麦肯齐讲过的话。既然提供情报的囚犯知道小屋的存在，难道别人就不会偶然发现吗？"

"你在怀疑谁？咱们那位'精英探险'的朋友？"

"也许吧，毕竟他经常在山里探险。"福克想起聚集的搜救队、警官和护林员，"不过，我觉得他不是唯一一个。"

汽车驶入旅馆的停车场，他们从后备箱里拿出行李，先前见过的护林员坐在接待台后面。

"听说搜救行动取得了进展？"他满怀期待地看着福克和卡门，然而他们只是点了点头，并未吐露消息。

通往公共厨房的大门敞着，透过缝隙，福克能够望见玛格特·拉塞尔。她坐在桌边无声地哭泣，捂着眼睛，双肩颤抖，两侧分别是吉尔·贝利和一名陌生的女子，大概是社区志愿者，劳伦在她们的背后徘徊。

福克扭头离开，他们可以晚点儿再跟玛格特交谈，现在恐怕不太合适。隔着旅馆的硕大前窗，他捕捉到停车场的动静。一个黑发的脑袋——不，两个。贝丝和布莉从客房的方向走来，她们正在激烈地争吵。福克听不清内容，但是看到她们停住脚步，给一辆面包车让路。侧面的车门印着"精英探险"的字样，应该是伊恩·蔡斯回来了。他用胳膊肘轻轻地推了推卡门，她转身张望。

护林员登记完入住信息，递给他们两把钥匙，"还是上次的房间。"

"谢谢。"福克接过钥匙，心不在焉地走向旅馆大门，看着蔡斯跳下面包车。他们即将走到门口，护林员忽然高声叫喊。

"嘿，等等。"他握着电话听筒，皱起眉头，"你们是警察，对吧？有人找。"

福克瞥向卡门，她耸了耸肩膀，表情惊讶。他们回到服务台，福克拿起电话，报上姓名。听筒里的声音非常微弱，不过能够分辨出是金警长。

"能听见我说话吗？"金警长的语气十分急迫。

"勉勉强强。"

"唉，我还在现场附近，用的是护林员棚屋里的固定电话，信号总是——"他的声音断掉了，"现在怎么样？"

"跟刚才差不多。"

"算了，不管了。听着，我马上回去，你身边有州局的警察吗？"

"没有。"接待区并无其他人，停车场也基本空空荡荡，大部分警官都去现场了，"只有我们俩。"

"好吧，伙计，我需要——"嘈杂的电流声传来。

"等等，我听不见了。"

"天哪，现在呢？"

"可以。"

"我们找到她了。"

听筒沙沙作响，福克急促地喘息。

"你听见了吗？"金警长低声说。

"听见了。她还活着吗？"在提问之前，福克已经猜到答案了，卡门僵立在身旁。

"不。"

然而，残酷的现实依然像一记重拳，击中了胸膛。

"听着，"金警长的话语断断续续，"我们会立刻出发，尽快开车回去，但是我需要你帮忙。除了你们之外，那里还有谁？"

福克环顾周围。卡门。服务台后面的护林员。厨房里的玛格特·拉塞尔、吉尔、劳伦和社区志愿者。停车场的双胞胎。正在锁车并打算离开的伊恩·蔡斯。他把名单告诉金警长，"怎么了？"

在电流声的干扰之下，金警长的声音显得十分遥远，"当我们发现她的尸体时，还找到了其他东西。"

第四天：周日早晨

月亮躲在一抹云彩背后，爱丽丝·拉塞尔绕向小屋侧面，投下漆黑的阴影。

隔着空地，旁观者从密密层层的桉树之间钻出来，笨拙地拽紧裤子的拉链。滚烫的尿液流淌在冰凉的泥土上，散发着淡淡的腥臭味儿。现在几点了？将近凌晨四点半，手表的数字闪闪发亮，小屋寂静无声。

"见鬼！"

旁观者犹豫片刻，然后同样绕向小屋侧面。云朵散去，长长的野草泛着银色的光芒，丛林筑成的高墙一动也不动，爱丽丝已经消失在视野中。

第二十五章

两个背包放在地上，紧挨着租赁汽车的轮胎，后备箱张着大口，双胞胎姐妹低声地争执，脑袋凑得很近。寒风吹起她们的头发，乌黑的丝缕互相纠缠。察觉福克和卡门靠近，她们齐刷刷地扭头，话音戛然而止。

"抱歉，姑娘们。"卡门尽量保持语气镇定，"请你们先返回旅馆。"

"为什么？"贝丝的目光在他们两个之间游移，脸色颇为古怪，像是惊讶，又像是其他情绪。

"金警长想跟你们谈谈。"

"但是，为什么？"贝丝再次说。

布莉默默地站在姐姐身边，瞪大眼睛盯着他们，缠着绷带的胳膊悬在胸前，另一只手扶着敞开的车门。

"布莉跟医生约好了，"贝丝说，"他们允许我们离开。"

"我明白，但是现在你们得留下，至少暂时如此。来吧，"卡门转向旅馆，"你们可以带上行李。"

双胞胎交换了一个难以读懂的眼神，极不情愿地拎起背包。布莉似乎花了很久才关闭车门，恋恋不舍地挪动脚步。他们朝旅馆走去，经过厨房的窗户，福克看到吉尔和劳伦正在向外张望，他避开了她们的视线。

卡门让休息厅里的几名搜救人员清场，然后领着双胞胎进去。

"请坐。"

福克和卡门并排坐在陈旧的沙发上，布莉稍作犹豫，蜷缩在对面的椅子里，闷闷不乐地拉扯着绷带。

贝丝依然站着不动，"你们能告诉我们究竟是怎么回事吗？"

"金警长会详细解释。"

"他什么时候来？"

"正在途中。"

贝丝望着窗外。停车场里，一名轮休的搜救人员把对讲机贴在耳畔。他仔细倾听，接着高声叫喊，招呼另外两名往车上装东西的搜救人员。他指着对讲机，福克猜测，消息应该传开了。

贝丝盯着他，"他们找到爱丽丝了，是吗？"

地板嘎吱作响，房间陷入沉寂。

"她死了吗？"

福克仍旧一言不发，贝丝瞥向妹妹，布莉表情凝重。

"在哪里？小屋附近吗？"贝丝说，"肯定是附近，他们没时间搜索太远的区域。所以，她一直都在那儿？"

"金警长会——"

"我明白，你说过了。但是，我在问你。拜托，"贝丝艰难地吞咽着唾沫，"我们有权了解真相。"

福克摇了摇头，"你们必须要等待，对不起。"

贝丝迈向关着的休息厅大门，停住脚步，猛然转身，"为什么劳伦和吉尔不在这儿？"

"贝丝，闭嘴。"布莉终于抬起眼睛，手指揪着绷带。

"为什么？这是个合情合理的问题。为什么只有我们在这儿？"

"说真的，贝丝，闭嘴。"布莉呵斥道，"等警长来了再说。"

福克回想起金警长在电话里的声音，虽然断断续续，却足以捕捉到关键的信息。

当我们发现她的尸体时，还找到了其他东西。

什么？

贝丝静静地站在原地，凝视着妹妹。

"为什么只有我们？"她重复道。

"别说了。"布莉僵坐在椅子上，手指还在拉扯绷带的线头。

贝丝眨了眨眼睛，"不是。"她的目光投向福克，"不是我们，不是我们两个。"

福克忍不住看向布莉，灰色的绷带包裹着感染的伤口。

当我们发现她的尸体时，还找到了其他东西。金警长的声音十分微弱。

什么？

在她身边的枯木里，藏着一条血淋淋的地毯蟒。

最后，布莉迎上姐姐的视线，"闭嘴，贝丝。别说话。"

"可是——"贝丝的语调在颤抖。

"你聋了吗？"

"可是——"贝丝支支吾吾地说，"到底怎么回事？你做了什么？"

布莉盯着贝丝，停下手上的动作，忘记了绷带的存在，"我做了什么？"她发出短促的苦笑，"得了吧。"

"什么意思？"

"你很清楚什么意思。"

"我不清楚。"

"是吗？好，贝丝。我的意思是，别站在警察面前问我做了什么，好像你一无所知。如果你真要这样，那咱们来聊聊你做了什么。"

"我？我什么都没做。"

"是吗？你要假装——"

"布莉，"福克开口制止，"我强烈建议你等到——"

"假装天真无辜吗？假装毫不相干吗？"

"什么毫不相干？"

"天哪，贝丝！你真要这样？当着他们的面，你真要指责我？"布莉朝福克和卡门挥手，"如果不是因为你，这一切根本就不会发生！"

"什么不会发生？"

"嘿——"福克和卡门试图打断，却无济于事。布莉跳起来，直视着双胞胎姐姐。

贝丝后退了一步，"听我说，我真的不明白你在讲什么。"

"放屁。"

"不，我确实不明白。"

"放屁，贝丝！我真不敢相信你居然这样做。"

"怎样做？"

"洗干净你的双手，把脏水往我的身上泼！既然如此，我干吗要帮你？还不如管好自己，说出真相。"

"什么真相？"

"她早就死了！"布莉瞪大眼睛，黑色的马尾辫在摇晃，"你明明知道！当我发现爱丽丝的时候，她已经死了！"

贝丝又后退了一步，看着妹妹，"布莉，我不——"

布莉发出失望的哀叹，立即转过身去，恳切地注视着福克和卡门。

"她在撒谎，千万别信。"布莉颤抖着指向姐姐，"拜托，求求你们，一定要让金警长知道——"

"布莉——"

"听着，当我发现爱丽丝的时候，"布莉急切地说，美丽的五官变得异常扭曲，泪水涌入眼眶，"她已经死了。时间是周日早晨，地点是那条小径。我动手转移了她的尸体，所以才会被蛇咬伤。但是仅此而已，我绝对没有伤害她。我发誓，这就是真相。"

"布莉——"卡门刚刚开口，便被布莉打断。

"她就歪在那儿，彻底失去了呼吸。我不知道该怎么办。我害怕别人会看见她，所以我抓住她往丛林里拖，只想先把她藏起来，等到——"

布莉欲言又止，她瞥向姐姐，贝丝用力地捏着椅背，指关节泛白。

"等到我能跟贝丝交谈为止。可是紧接着，我绊倒了，一条蛇出现在胳膊旁边。"

"布莉，你为什么要把她藏起来？"贝丝的眼中噙着泪水。

"天哪，你明知道为什么。"

"我不知道。"

"因为——"布莉的脸颊涨得通红，"因为——"她似乎无法说完，哆哆嗦嗦地朝姐姐伸手。

"因为什么？"

"因为你。我之所以那么做，都是为了你。"她握住姐姐的胳膊，"你不能再进监狱了，妈妈肯定会活不下去的。她从未告诉过你，但是上次的结果非常糟糕，她的病情恶化得很快。看到她伤心欲绝的样子，实在太可怕了，都是我的错——"

"不，布莉，上次进监狱是我的错，跟你无关。"

"不，就是我的错。"布莉更加使劲地攥紧贝丝的胳膊，"报警的人不是我的邻居，而是我。你走了以后，我气得要命，于是就打电话给警方，说你抢劫了我。我完全没料到情况会变得如此严重。"

"那不是你的错。"

"是我的错。"

"不，那是我的错。可是——"贝丝连连后退，挣脱了妹妹的束缚，"爱丽丝呢？布莉，你为什么要这样做？"

"你知道为什么。"布莉再次伸手，指尖划过空气，"你当然知道。因为你是我姐姐！我们是一家人。"

"可是你根本不信任我。"贝丝再次后退，"你真的认为我会杀人吗？"

窗外，一辆警车停在铺着碎石的地面上。金警长匆忙下车。

"我还能怎么认为？在你做了那些事情以后，我要如何信任你？"布莉痛哭流涕，脸上泪痕斑斑，"我无法相信你居然站在这里说谎。告诉他们！求求你，贝丝。为了我，告诉他们真相！"

"布莉——"贝丝的话音戛然而止。她张开嘴，又闭上了，沉默地转过身去，背对着妹妹。

布莉伸出没有受伤的左手，在空中胡乱挥舞，哭喊的声音在房间里回荡。金警长推开休息厅的大门。

"你这个满口谎言的贱人！我恨你，贝丝！我恨你！告诉他们真相！"布莉拼命地尖叫，泪如泉涌，"我所做的一切都是为了你！"

姐妹俩的脸庞由于忍受愤怒和遭到背叛而变得十分扭曲，福克从未见过这对双胞胎如此相像。

第四天：周日早晨

爱丽丝·拉塞尔呆呆地停住脚步。

她刚刚沿着通往北边的小径前进了一会儿，明亮的月色笼罩着她。小屋已经彻底消失，隐藏在浓密的丛林之中。

爱丽丝低垂着脑袋，背包放在地上，靠着一块巨大的岩石，她用左手捂住耳朵。即便相隔一段距离，也能借着屏幕的微弱蓝光看见，她的右手在颤抖。

第二十六章

双胞胎分别被两辆警车带走了。

福克和卡门在前廊上眺望，劳伦和吉尔站在接待区里，难以置信地张着嘴巴，直到金警长领她们走进休息厅。他说，接下来会有一名警官把她们依次叫到旅馆办公室，补充各自的证词。如果必要，她们还得去镇上的警察局接受询问。两人默默地点头，金警长驾车离去。

劳伦首先被叫到办公室，她脸色苍白地穿过房间，福克和卡门留在休息厅里陪伴吉尔。跟几天前相比，吉尔仿佛瘦了一圈。

"我对爱丽丝说过，就算她死在荒郊野岭，也是活该。"吉尔突然开口，呆呆地盯着篝火，"当时，我真的那样想。"

隔着休息厅的大门，他们能够听到玛格特·拉塞尔在撕心裂肺地哭喊。负责联络的警官试图安慰，却几乎插不上话。吉尔扭过头去，脸上的表情十分痛苦。

"你什么时候知道自己的侄子拿着玛格特的照片？"卡门说。

"很晚。"吉尔盯着双手，"周二，丹尼尔终于告诉我整件事情，因为照片已经在网上流传了。但是，他早就应该坦白。如果他在露营的第一天晚上实话实说，可能这一切都不会发生。爱丽丝要求离开，我肯定会同意。"

"那天晚上，丹尼尔对你讲了多少？"福克说。

"仅仅提到他的妻子发现乔尔有几张照片，所以他才迟到了。也许我应该把两件事联系起来，可我真的没想到会是玛格特的照片。"她连连摇头，"在我上学的年代里，情况截然不同。"

门外的哭声依然清晰可闻，吉尔叹了口气。

"我希望爱丽丝能亲口告诉我。如果我了解其中的原因，在露营的第二天早上，我自然会放她回去，毫无疑问。"吉尔似乎在努力让自己相信这种假设，"而且，乔尔是个愚蠢的臭小子，根本就不懂得道歉。他跟丹尼尔年轻的时候很像，总是予取予求、为所欲为，从不考虑后果。不过，孩子们无法理解，对吗？他们只是活在当下，完全意识不到此刻的行为会产生深远的影响，在多年以后依然挥之不去。"

她陷入沉默，颤抖的双手抓住膝盖。轻叩声响起，休息厅的大门敞开，劳伦朝屋里张望，面容憔悴，脸颊深凹。

"轮到你了。"她对吉尔说。

"他们问了什么？"

"跟以前一样，他们想知道究竟是怎么回事。"

"那你说了什么？"

"我告诉他们，我真不敢相信爱丽丝居然没有离开。"劳伦盯着吉尔，然后垂下眼睑，"我要上床睡觉了，太可怕了。"不等他们回答，她便径直后退，顺手带上了门。

吉尔呆呆地凝视着关闭的休息厅大门，过了许久，才发出沉重的叹息，站起身来。她打开门，迈向接待区，玛格特的哭喊在周围回荡。

第四天：周日早晨

爱丽丝几乎在冲着手机大喊大叫，紧贴屏幕的脸颊泛着淡淡的蓝光，急切的话语沿着小径飘远。

"喂，能听见我说话吗？见鬼！"尖锐的声音透着绝望。她挂断电话，低头检查手机，连续按下三个数字，再次尝试。000。

"喂，救命！有人吗？拜托，我们迷路了，能——"她闭上嘴，将手机从耳畔拿开，"该死！"

背部缓缓起伏，她深深地呼吸，重新触碰屏幕。这次的号码跟刚才截然不同，当她开口时，声音压得很低。

"福克警探，我是爱丽丝·拉塞尔，不知道你能否听见我说话。"她的语调轻轻颤抖，"如果你可以收到这条留言，我求你，明天请不要把文件交上去。我实在是走投无路了，丹尼尔·贝利或者他的儿子有一些照片，都是我女儿的照片。眼下我真的不能冒险惹恼他，抱歉。回去以后，我会详细解释。如果你们愿意帮忙拖延一下，我会竭尽全力拿到合同。对不起，但她是我的女儿。拜托，我绝不能做任何伤害她——"

身后传来窸窸窣窣的脚步声，黑暗中响起一个熟悉的嗓音。

"爱丽丝？"

第二十七章

福克和卡门孤零零地坐在休息厅里，基本不说话。玛格特·拉塞尔的啜泣声从门外飘进来，许久之后，突然彻底消失，只留下诡异的寂静。福克暗自思忖，不知她去哪儿了。

他们听到有辆车停在铺着碎石的地面上，卡门走向巨大的落地窗，"金警长回来了。"

"双胞胎呢？"

"不见踪影。"

他们在接待区跟金警长碰面，他的脸色比平常还要阴沉。

"局里的情况怎么样？"福克问。

金警长摇了摇头，"她们将会得到法律援助，但是眼下两人都坚持各自的说辞。布莉声称当她发现爱丽丝的时候，爱丽丝已经死了，而贝丝则声言毫不知情。"

"你相信她们吗？"

"天知道。无论如何，取证工作肯定非常艰难。墨尔本派出的法医小组正在现场忙碌，可是爱丽丝在风雨中躺了好几天，到处都是尘土、泥巴和垃圾。"

"她的背包里有什么特别的东西吗？"卡门说。

"比如贝利坦尼特的财务记录？"金警长勉强挤出淡淡的苦笑，"恐怕没有，抱歉。不过——"他在自己的背包里翻找，掏出一个优盘，"这是现场的照片。你们可以先看看，如果发现了需要的物品，等到法医小组下山以后，直接让他们出示就行。"

"谢谢。"福克接过优盘，"他们也在调查小屋旁边的坟墓吗？"

"嗯。"金警长稍作犹豫。

"怎么样？"卡门凝视着他，"能确定是莎拉吗？"

金警长摇了摇头，"不是莎拉。"

"为什么？"

"那是一具男性尸体。"

他们呆呆地盯着他，"谁？"福克说。

"一小时前，局里接到电话，"金警长说，"提供情报的飞车党囚犯终于敲定了满意的交易，他告诉律师，他认为土坑里的尸体就是塞姆·科瓦克本人。"

福克诧异地眨了眨眼睛，"塞姆·科瓦克？"

"对。他说，五年前，飞车党受雇于人，打算干掉塞姆·科瓦克。塞姆总是谈论自己跟老爹的关系，大概是企图借此融入帮派。可是，他们认为塞姆头脑不正常，难以托付大事。所以，一旦飞车党遇到条件更好的提议，便立即接受，趁机摆脱累赘。委托人要求尸体不能被找到，却不在乎动手的方式。他们只想让塞姆消失。"

"委托人是谁？"卡门说。

金警长瞥向窗外。风停了，丛林纹丝不动，显得颇为诡异。"对方始终通过中介来联系飞车党，但似乎是一对老夫妇。家境殷实，不怕花钱，可是言行古怪，十分反常。"

福克思来想去，答案似乎呼之欲出。

"难道是莎拉·桑顿伯格的父母？"面对他的疑问，金警长轻轻地耸了耸肩膀。

"现在下结论为时尚早，不过警方应该会首先联系他们。唉，真是可怜，二十年的悲伤与煎熬足以令人变得面目全非。"金警长摇了摇头，"该死的马汀·科瓦克，他毁了这个地方。原本，他可以让莎拉的父母获得些许安宁，说不定也能让自己避免心碎的结果。谁知道呢？你们有孩子吗？"

福克摇了摇头，记起莎拉·桑顿伯格的模样，记起报纸上的微笑。二十年的漫长岁月，她的父母该如何度过呢？

"我有两个儿子，"金警长说，"我一直都很同情桑顿伯格夫妇。坦白地讲，如果委托人确实是他们，我倒觉得无可厚非。"他叹了口气，"为了孩子，父母甘愿付出一切。"

旅馆深处再次传来玛格特·拉塞尔的哀号。

第四天：周日早晨

"爱丽丝？"

爱丽丝·拉塞尔吓得魂飞魄散，手忙脚乱地摸索着屏幕，结束通话，然后转过身去。发现别人出现在小径上，她不禁瞪大眼睛，向后倒退了一步。

"爱丽丝，你在跟谁说话？"

第二十八章

福克觉得十分泄气，从卡门脸上的表情来看，她恐怕深有同感。他们走向充当客房的木屋，寒风又起，刺痛眼睛，拉扯衣服。他们在走廊上停下脚步，福克摆弄着金警长提供的优盘。

"咱们要看看照片吗？"他说。

"最好看一下。"卡门显得无精打采，其实他们都不愿意见证爱丽丝·拉塞尔的丛林坟墓。搜救行动终于结束了，可惜结果却事与愿违。

福克打开房门，放下背包，掏出里面的物品，寻找笔记本电脑。卡门坐在床边，静静地观察。

"还带着你爸爸的地图呢。"她说，他把地图摆在她身旁的被单上。

"嗯，在家的时间太短，来不及好好收拾。"

"我也是。不过，既然找到了爱丽丝，咱们大概很快就得回去复命。他们仍旧需要合同——"卡门的声音似乎颇为沮丧，"总之——"她稍稍挪动，腾出空间，福克打开笔记本电脑，"先处理手头的事情吧。"

他们并排坐着，福克插入优盘，打开照片。

屏幕上出现了爱丽丝的背包。远景镜头显示，背包倚靠着树干底部，人工制成的布料与绿棕相间的森林海洋格格不入。特写镜头跟福克的第一印象基本相同。背包被雨水浸透，却原封未动，完好无损。它乖乖地立在地上，等待着永远不会归来的主人。福克和卡门磨磨蹭蹭，盯着从各个角度拍摄的背包照片，然而相册终将翻页。

茂密的枝叶笼罩着爱丽丝·拉塞尔的尸体，但是依然无法令其避免狂风骤雨的侵袭。她仰面躺在丛生的野草中，双腿伸直，胳膊耷拉在两侧，距离小径不超过二十米，可是却藏得非常隐蔽。

她的头发乱七八糟，松弛的皮肤包裹着高耸的颧骨。除此之外，她几乎像是睡着了。几乎。在警方赶到之前，野兽和鸟儿早就发现了她的尸体。

丛林冲刷着爱丽丝，犹如岸边的浪潮。枯枝、落叶和细小的垃圾粘在纠缠的发丝上和衣服的褶皱里，一个破旧的塑料包装袋似乎经历了长途跋涉，卡在腿部，动弹不得。

福克正准备调出下一张照片，突然愣住了。吸引注意力的究竟是什么？他反复地审视着画面，爱丽丝平卧在地上，浑身都散布着脏兮兮的碎屑。朦胧的念头困扰着思维，他试图捕捉，却无能为力。

福克回忆着自己和卡门认识的爱丽丝。精致优雅的口红和目中无人的表情已经消失得无影无踪，脆弱的躯体就像一副空虚的外壳，紧紧地贴着森林的地板，孤独而无助。福克希望玛格特·拉塞尔永远都不要看到这些照片。即便遭受死亡的折磨，爱丽丝的容貌依然跟女儿十分相像。

他们继续浏览，直到屏幕变得漆黑，相册到头了。"好吧，差不多跟设想的情况一样糟糕。"卡门闷闷不乐地说。

窗户嘎吱作响，她向后靠去，手掌压在地图上。她拿起第一张，小心翼翼地展开，端详着纵横交错的线条。

"你应该利用你爸爸的地图，多出去走走，"她的声音很忧伤，"起码让这桩悲剧留下一点美好。"

"是啊，我明白。"福克从中找到吉若兰山脉的地图。他平摊地图，用目光寻觅林北公路。狭窄的车道穿过一片模糊的丛林，周围毫无标记。他又推算出小屋的大致位置，然后是爱丽丝·拉塞尔死去的地方。

整片区域都没有铅笔的痕迹，没有父亲的话语和注释。福克并不清楚自己在期待什么，抑或希望什么，但无论如何，纸上一片空白，父亲从未去过那儿。

他叹了口气，开始研究明镜瀑布小径。铅笔的痕迹清晰可见，泛黄的纸页写着潦草的文字。夏季路线。注意落石。新鲜水源。父亲不停地修改着地图。比如一处瞭望点，起初标记作"关闭"，后来变成了"开放"，最终描述为"危险"。

福克盯着地图。不知为何，某种念头在意识深处闪烁，犹如小小的火苗。他刚想伸手去拿笔记本电脑，卡门便抬起眼睛。

"他很喜欢这个地方。"说着，她举起一张地图，"上面做了许多标记。"

福克立即认了出来，"那是我的故乡。"

"真的吗？哇，你说得没错，果然非常偏僻。"卡门仔细地观察地图，"所以，在搬家之前，你们父子俩经常到小镇附近远足，是吗？"

福克摇了摇头，"不，即便是他自己恐怕也很少远足。他天天干农活儿，大概根本就不缺新鲜空气。"

"可是，根据地图来看，你们明明去过，至少一次。"卡门递上基瓦拉镇的地图，指着艾瑞克·福克的笔迹。

跟亚伦一起。

文字写在一条平坦的夏日小径旁边，福克从未走完那条路，但是却知道它通往何处。小径围绕着草地的边缘，他曾经乐此不疲地在牧场里飞奔，而父亲则忙忙碌碌地工作。附近是父亲教他钓鱼的河畔，以及他们拍摄合照的篱笆，三岁的亚伦骑在父亲的肩膀上哈哈大笑，沐浴着灿烂的阳光。

跟亚伦一起。

"我们没有——"福克的眼睛干涩而灼热，"我们没有走过这条小径，没有一起走过。"

"可能他想要跟你一起走，其他地图上也写了。"卡门抽出几张地图，指着标记，然后又抽出更多的地图。

几乎在每张地图上，父亲都用越来越颤抖的手指，留下越来越模糊的笔迹：跟亚伦一起。跟亚伦一起。面对儿子的断然拒绝，他仍旧固执地挑选适合两人远足的路线，盼望着以后能够实现心中的愿望。

福克倚着床头板，察觉卡门在注视着自己，他摇了摇头，无法开口说话。

她轻柔地覆住他的手背，"亚伦，没关系，我相信他明白的。"

福克艰难地吞咽着唾沫，"我觉得他不明白。"

"他明白，"卡门微微一笑，"他当然明白。父母与孩子始终深爱着彼此，他肯定明白。"

福克看着地图，"他比我坦诚。"

"也许吧，但是你不必自责。父母对孩子的爱总是远远超过孩子对父母的爱。"

"嗯。"福克想起莎拉·桑顿伯格的父母，想起他们被迫跌入无底的深渊。金警长是怎么说的？为了孩子，父母甘愿付出一切。

隐隐约约的念头重新来袭，他眨了眨眼睛，究竟是什么？他努力思索，答案却虚无缥缈，难以捉摸。笔记本电脑放在卡门身边，稳稳地插着优盘。

"让我再看看。"福克拽过笔记本电脑，打开爱丽丝·拉塞尔的照片，认认真真地端详。画面中的细节令人颇为在意，却说不清具体原因。他凝视着灰黄的皮肤、耷拉的下巴和暴露的脸庞，爱丽丝的面容透着古怪的放松，甚至显得年轻了几岁。突然之间，窗外呼啸的寒风很像玛格特·拉塞尔的哭喊。他目不转睛地盯着照片。破裂的指甲，肮脏的掌心，纠缠的头发，零碎的垃圾。脑海中灵光乍现的火苗微微闪烁。福克停在最后一张照片上，凑近查看。破破烂烂的透明塑料袋卡在腿部，布满灰尘的食品包装纸挨着脑袋。他放大照片。

一条红银相间的绳子夹在外套的拉链中。

小小火苗轰然变成熊熊烈焰。此刻，他想的不是爱丽丝·拉塞尔或玛格特·拉塞尔，而是另一个女孩儿。身形瘦削，弱不禁风，不停地摆弄着红色和银色的细绳，编织出复杂的绳结。

扯断的手链。赤裸的右腕。少女眼中的忧愁。母亲脸上的愧疚。

第四天：周日早晨

"爱丽丝，"劳伦盯着面前的女人，"你在跟谁说话？"

"噢，天哪。"爱丽丝按住胸口，脸色煞白，"你吓死我了。"

"有信号吗？你打通电话了？"劳伦朝微微泛光的屏幕伸手，爱丽丝赶紧闪躲。

"信号很差，对方恐怕听不见。"

"快拨 000。"劳伦又一次伸手。

爱丽丝连连后退，"我试过了，总是断线。"

"见鬼，那你在跟谁说话？"

"只是一条语音留言而已，我觉得根本发不出去。"

"什么内容？"

"没什么，跟玛格特有关。"

劳伦静静地盯着爱丽丝，直到她迎上自己的目光。

"干吗？"爱丽丝大声说，"我已经试过 000 了。"

"信号和电量都很宝贵，咱们必须合理利用。"

"我知道，可是这件事情非常重要。"

"信不信由你，世界上还有比你那个臭丫头更重要的事情。"

爱丽丝沉默不语，握紧了手机。

"好吧。"劳伦深深地呼吸，"没有吵醒吉尔，你怎么拿到手机的？"

爱丽丝差点儿笑了，"昨天，就算外面电闪雷鸣，她也睡得安安稳稳。眼下不过是丢了件外套，她自然毫无反应。"

确实，劳伦暗暗思忖，吉尔比大家睡得都沉。她看向爱丽丝的另一只手，"你偷了贝丝的手电筒。"

"我需要它。"

"这是唯一还能照明的手电筒。"

"所以我才需要它。"爱丽丝避开她的视线，手电筒的灯光轻轻晃动，周围一片漆黑。

劳伦瞧见爱丽丝的背包倚在石头上，显然随时准备出发，她再次深呼吸，"爱丽丝，咱们必须告诉大家，她们肯定想知道信号的事情。放心，我不会泄露你要离开的秘密。"

爱丽丝默不作声，她把手机塞进牛仔裤的口袋里。

"爱丽丝，拜托，你不会真的想离开吧？"

爱丽丝弯下腰，拎起背包，搭在肩膀上。劳伦抓住她的手臂。

"让我走。"爱丽丝挣脱了劳伦的束缚。

"你独自上路并不安全，况且现在有信号了，搜救队可以借助信号找到咱们。"

"不可能，信号太微弱了。"

"总比没有强！爱丽丝，这是咱们最好的机会！"

"小点儿声，行吗？听着，我无法留在原地等待。"

"为什么？"

寂静笼罩着丛林。

"爱丽丝！"劳伦努力稳定情绪，心脏怦怦直跳，"即便可以离开，你打算怎么出去？"

"一路向北，就像咱们先前商量的那样。劳伦，你也明白，这个方法行得通，你之所以不愿承认，是因为你不敢尝试。"

"不，我之所以不肯同意，是因为风险很大，尤其是单独行动。你连指南针都没有，只能盲目地前进。"劳伦能够摸到自己衣兜里的塑料圆盘。

"既然你如此担忧，干脆把指南针给我。"

"不，"劳伦攥紧指南针，"你想都别想。"

"无所谓，我估计你也不会给我。反正咱们都知道，这条路通往北边。如果情况必要，可以选择其他手段来辨别方向，我在群星露营里就做到了。"

该死的群星露营。劳伦感到胸腔在挤压，血液涌入大脑。三十年前，她们站在偏僻的丛林中，距离很近，跟此刻完全相同。该死的信任挑战。蒙着双眼的劳伦苦苦思念家人，内心非常悲伤，直到被爱丽丝牢牢地握住胳膊，才如释重负地松了口气，耳畔响起坚定的话语。

"我帮你，走吧。"

"谢谢。"

爱丽丝在前面带路，劳伦紧随其后。身边回荡着嘈杂的脚步声和咯咯的窃笑声。然后，爱丽丝的嗓音重新浮现，悄悄地发出警告："当心。"

爱丽丝的手掌突然抬起，消失得无影无踪。劳伦伸出双臂，晕头转向。脚底绊到某样东西，她猛然下坠，胃酸阵阵翻涌，恶心不已。远处隐隐传来欢呼。

落地的瞬间，手腕摔断了，不过她很庆幸，汹涌的泪水总算找到了借口。她摘掉眼罩，周围空无一人，只有茂盛浓密的枝叶和逐渐变暗的天空。四小时以后，同学们终于回来找她，爱丽丝开怀大笑。

"我告诉过你要当心。"

第二十九章

福克盯着夹在爱丽丝·拉塞尔外套拉链中的银红细绳，然后把电脑屏幕转向卡门，她惊讶地眨了眨眼睛。

"糟糕。"她手忙脚乱地摸索着衣兜，掏出丽贝卡编织的友谊手链，银色的丝线在灯光下闪闪发亮。

"劳伦确实说过，她不小心弄丢了手链。可是，在丛林里，她果真戴着手链吗？"

福克赶紧翻看自己的口袋，找到先前从服务台拿来的寻人传单。他展开皱皱巴巴的纸张，忽略爱丽丝的员工照，关注女子小组的最后合照。

她们站在明镜瀑布小径的起点，爱丽丝面带微笑，搂着劳伦的腰部，而劳伦的胳膊则环住爱丽丝的后背。福克凑近观察，才发现劳伦的掌心悬在爱丽丝的肩头，并未实际接触，在袖子的边缘，一条银红相间的手链缠绕着右腕。

卡门已经抓起固定电话的听筒，正在打给金警长。她静候片刻，接着摇了摇头。无人接听。她立即联系旅馆的服务台，确认客房号码。福克穿上外套，两人悄悄地出门，沿着走廊前进。黄昏的太阳落向浓密的树林后方，黑暗从东边偷偷潜入。

他们到达劳伦的房间外面，福克抬手敲门。他们耐心地等待，却毫无动静。他再次敲门，并且试探着转动把手，房门忽然敞开，屋里空空荡荡，他看向卡门。

"可能在旅馆大厅？"她说。

福克稍作犹豫，视线越过她，望着明镜瀑布小径的入口，木制标牌在昏暗的暮色中模模糊糊。卡门捕捉到他的目光，读懂了他的心思，表情变得十分警惕。

"你赶紧去瞧瞧，"她说，"我先找金警长，马上就来。"

"好。"

福克迅速穿过铺着碎石的车道，踏上泥泞的小径，速度稍稍放缓。周围空无一人，但是路面的鞋印清晰可见，他钻进丛林。

他猜得对吗？他不知道。忽然，他想起了那个骨瘦如柴的少女和她母亲光秃秃的手腕。

为了孩子，父母甘愿付出一切。

福克的脚步越来越快，伴随着明镜瀑布的轰鸣，他开始狂奔。

第四天：周日早晨

"我能够找到出去的道路，我在群星露营里就做到了。"

劳伦盯着爱丽丝，"你在群星露营里做过的事情可不少。"

"噢，天哪，劳伦。不会吧，我已经为当年的胡闹向你说过很多次'对不起'了。"爱丽丝转过身去，"听着，我非常抱歉，但是我必须离开。"

劳伦伸手拽住爱丽丝的外套。

"你不能带走手机。"

"这是我的手机。"爱丽丝推开她，劳伦步履蹒跚地倒退。周围环绕着高高的树影，爱丽丝再次转身，她感到怒火中烧。

"不要离开。"爱丽丝并未回头，劳伦踉踉跄跄地冲上前去，抓紧爱丽丝的背包，使劲往后拉扯，"不要离开我们。"

"拜托，别表现得如此可悲，行吗？"

"呸！"劳伦咬牙切齿，内心充满了愤愤不平的情绪，"不许那样跟我说话。"

"好吧。"爱丽丝轻蔑地挥手，"如果你愿意，可以跟我来。否则就留下，或者等到你明白搜救队不会出现以后，再动身离开。随便你，反正我得走了。"

她试图挣脱束缚，可是劳伦却坚决不肯松手。

"不要，"十指隐隐作痛，她觉得头晕目眩，"爱丽丝，仅此一次，想想别人，不要只考虑自己。"

"没错！我之所以急着赶回去，不是为了自己，而是为了玛格特。听着，现在发生了某些事情，并且——"

"并且上帝禁止金贵的玛格特遇到任何麻烦，"劳伦打断了爱丽丝的话语，然后哈哈大笑，诡异的笑声在夜幕中回荡，"我真不知道谁更自私，究竟是你还是她。"

"你说什么？"

"别装作听不懂的样子，她跟你一样恶毒。你假惺惺地为当年和现在的言行道歉，结果却教出了跟你完全相同的女儿。你想让她追随你的脚步吗？恭喜，你成功了。"

爱丽丝冷冷一笑，"噢，真的吗？闭嘴吧，劳伦，以后你就知道了。"

丛林安静了片刻，"什么——"劳伦张口欲言，话语却蒸发得无影无踪。

"算了，你——"爱丽丝压低声音，"你不要再指责玛格特了，她没有犯过任何错误。"

"是吗？"

爱丽丝陷入了沉默。

劳伦凝视着她，"爱丽丝，你明明知道她参与了。"

"参与什么？丽贝卡的事情？你很清楚，那个问题已经解决了。需要对照片负责的女生都被勒令停课了。"

"遭到处罚的女生仅仅是一部分。你以为我不知道吗？她们都属于玛格特的小团体，毫无疑问，她也参与了，而且很可能就是罪魁祸首。"

"如果真是那样，学校肯定会说的。"

"是吗？他们会说吗？爱丽丝，你每年要给学校捐献几位数的额外款项？你得花多少钱才能让玛格特蒙混过关呢？"

爱丽丝一言不发，丛林沙沙作响。

"果然，我猜对了。"劳伦剧烈颤抖，几乎无法呼吸。

"嘿，我一直在努力帮助你，劳伦。当你离职的时候，难道我没有推荐你到贝利坦尼特工作吗？当你缺席的时候，难道我没有替你开脱吗？你好好想想，最近，我为你掩饰过多少次？"

"因为你觉得愧疚。"

"因为我们是朋友！"

劳伦看着她，"不，我们不是。"

爱丽丝停顿了片刻，"好吧，我知道，咱们俩都非常烦恼，这几天确实十分煎熬。我也明白，丽贝卡的事情让你很难受。"

"你不明白，你根本无法想象。"

"劳伦，我明白。"爱丽丝的眼睛在月光下闪闪发亮，她艰难地开口，"实际上，现在有几张玛格特的照片——"

"所以呢？"

"所以我必须回去——"

"镜头拍摄的对象成了你的女儿，我就应该表示同情吗？"

"噢，天哪，劳伦，拜托。在那些愚蠢的照片流传之前，你的女儿已经过得很痛苦了——"

"不，她没有——"

"她有！她当然有！"爱丽丝的声音变得十分急切，"你想为丽贝卡的问题寻找源头，为什么不审视一下自己？你真的看不出她的问题从何而来吗？"

劳伦听到血液在耳中流淌，爱丽丝站得很近，但她的话语却显得微弱而遥远。

"你不懂？"爱丽丝盯着她，"需要我提醒吗？整整十六年，她看着你被呼来喝去，任凭别人随意践踏。你过得不开心，反反复复地增肥、减肥，天天情绪低落。我可以打赌，你从未教过她要勇于面对困难、奋起反抗。你总是奇怪，为什么会遭到不公平的待遇，其实全是你自找的，在学校里如此，如今依然如此。在你的帮助下，我们完全可以走出丛林，可是你太害怕了，甚至不敢相信自己。"

"我没有！"

"你有。你是个懦弱的——"

"我不是！"

"如果你察觉不到自己对女儿造成的伤害，那么你比我想象的还要糟糕，说实话，我早就觉得你是个失败的母亲了。"

劳伦的脑袋嗡嗡作响，她几乎无法分辨说话的声音。

"不，爱丽丝。我已经变了，而你却跟从前一样。在学校里，你就是个贱人，如今更是变本加厉。"

爱丽丝笑了，"不要自欺欺人了，你根本没变。懦弱是你的本性，永远都不会改变。"

"丽贝卡——"强烈的愧疚感涌入咽喉，劳伦差点儿窒息，她拼命地吞咽，"她的问题非常复杂。"

"你到底给心理咨询师交了多少钱，才能如此蒙蔽自己的眼睛？"爱丽丝嗤之以鼻，"世界原本就是这样，并不复杂。你以为我没发现玛格特是个狡猾的臭丫头吗？你以为我不知道她咄咄逼人、喜欢撒谎吗？我不是瞎子，我看得清清楚楚。"

爱丽丝凑近劳伦，脸颊涨得通红。虽然天气寒冷，她却满头大汗，发丝粘在前额上，眼中噙着泪水。

"而且，她做了某些愚蠢的事情，极其愚蠢。但是，至少我可以承认。我愿意高举双手，承认自己的错误。劳伦，你花费了数千澳元，不就是想知道你的女儿为什么会生病、绝食、悲伤吗？"两人的脸颊挨得很近，呼出的雾气混合在一起，"省下钱，买面镜子吧。是你造就了她。你觉得我的女儿很像我吗？你的女儿才是跟你一模一样。"

第三十章

　　脚下的小径泥泞而潮湿，福克拼命地奔跑，胸脯剧烈地起伏，张牙舞爪的树枝刮擦着身上的衣服。瀑布的隆隆巨响越来越近，他气喘吁吁地冲出丛林，汗珠已经变得冰凉，黏黏糊糊地贴着皮肤。

　　巨大的水帘奔腾而下，他停住脚步，四处张望，眯起眼睛迎上渐渐消逝的阳光。周围空无一人。他不禁低声抱怨，看来他猜错了。抑或太迟了，一个微弱的声音在脑海中低语。

　　他踏上木桥，向前迈步，然后呆呆地僵在原地。

　　她坐在明镜瀑布顶端的岩石上，背景十分斑驳，几乎看不清人影。她低垂着脑袋，双腿耷拉在悬崖边缘，俯瞰着雪白的浪花坠入底部的池塘。

　　劳伦瑟瑟发抖，显得孤独而悲伤。

第四天：周日早晨

你的女儿才是跟你一模一样。

残酷的话语回荡在夜色中，劳伦恶狠狠地扑向爱丽丝。突如其来的举动令她自己都大吃一惊，两个女人猛然相撞，她们脚步踉跄，拼命地挥舞胳膊，胡乱抓挠，劳伦感到尖锐的指甲从胳膊上划过，右腕隐隐作痛。

"贱人！"劳伦的喉咙灼热而紧绷，声音十分沉闷。她们扭打在一起，向后倒去，重重地摔向路边的岩石。

冲击的巨响引起空气的共鸣，劳伦倒在地上，肺部陡然变得空空荡荡。她挣扎着翻滚，僵硬的路面摩擦着后背，心脏怦怦直跳。

身旁，爱丽丝轻轻地呻吟，一条手臂压着劳伦。她们的距离很近，劳伦甚至能隔着衣服感受到暖暖的体温，爱丽丝的背包掉在侧面。

"滚开，"劳伦用力推她，"浑蛋。"

爱丽丝一言不发。她静静地躺着，四肢松弛。

劳伦坐起来，努力地深呼吸。肾上腺素急速下降，寒风吹拂，她瑟瑟发抖。爱丽丝依然平卧在小径上，盯着天空，眼皮颤抖，嘴唇微微张开。她再次发出呻吟，抬手摸向后脑勺，劳伦盯着路边的岩石。

"怎么了？你碰头了？"

寂静笼罩着丛林，爱丽丝缓慢地眨了眨眼睛，按住脑袋。

"糟糕。"劳伦的怒火尚未熄灭，但已经减弱，后悔的浪潮渐渐取而代之。爱丽丝也许很过分，可是她也一样，疲倦和饥饿击垮了她们。"你还好吗？我瞧瞧——"

劳伦赶紧起立，用胳膊穿过爱丽丝的腋窝，搂着她恢复坐姿，让她倚着那块岩石，把背包放在旁边。爱丽丝慢吞吞地眨着眼睛，双手软绵绵地放在大腿上，视线迷茫。劳伦检查她的后脑勺，发现并无血迹。

"不要紧，你没流血，可能有点头晕，休息一会儿就好了。"

劳伦将掌心放在爱丽丝的胸口，寻觅着生命的迹象。在丽贝卡小的时候，她常常这样做，趁着黎明，站在婴儿床跟前，由于血缘关系的紧密而患得患失，因为肩负责任的重量而摇摇晃晃。你还在呼吸吗？你还陪着我吗？如今，劳伦屏住自己的呼吸，感受到爱丽丝的胸膛在浅浅地起伏，不禁如释重负地松了口气。

"天哪，爱丽丝，你真是吓死我了。"劳伦站起来，倒退了一步。现在该怎么办？她突然觉得非常孤独、害怕，而且筋疲力尽。她不愿再与人争斗了。

"听着，爱丽丝，无论你想做什么，都随便吧。我不会叫醒其他人，更不会说我见过你，希望你也别告诉她们——"她欲言又止，"刚才，我只是不小心失控了。"

爱丽丝沉默不语，她凝视着前方的地面，双眸半闭。她眨了眨眼睛，胸脯鼓起，接着慢慢落下。

"我要回小屋了，你也来吧，别走了。"

爱丽丝的嘴唇稍稍移动，喉咙里发出低沉的声音。劳伦好奇地凑近，声音再次浮现，几乎像是痛苦的呻吟。然而，寒风拂过树林，血液涌入大脑，劳伦十分确定，她知道爱丽丝打算说什么。

"没关系，"劳伦扭过头去，"我也觉得很抱歉。"

她恍恍惚惚地沿着原路折返。房间里，三个身体静静地躺着，轻柔地呼吸。劳伦找到自己的睡袋，悄悄地钻进去，后背抵着木板，浑身颤抖，仿佛天旋地转。胸中郁结着难以言喻的情绪，不仅仅是愤怒，也绝不是悲伤。

愧疚。

答案堵在喉咙里，犹如苦涩的胆汁，劳伦竭力地吞咽着。

眼皮颇为沉重，四肢疲惫不堪。她侧耳倾听，却捕捉不到爱丽丝进屋的动静。终于，她无精打采地放弃了。在即将坠入梦境之前，她忽然意识到两件事情。第一，她忘记拿回手机了。第二，右腕光秃裸露，女儿为她编织的友谊手链不见了。

第三十一章

福克翻越木桥的护栏，站到岩石上。脚底光滑如冰，他不由得向下张望，立即感到步履不稳，身体摇晃。他抓紧护栏，拼命转移注意力，盯着远处，等待可怕的晕眩消失。天地之间的界线十分模糊，浓密的枝叶融入黯淡的暮色。

"劳伦！"福克高喊，尽量在压过瀑布巨响的同时保持语气轻柔。

听到自己的名字，她畏缩了一下，但是并未抬头。她穿着薄薄的长袖上衣和刚才见过的裤子，没有外套，发丝被飞溅的水沫淋湿，紧紧地贴着脑袋。尽管光线幽暗，却还是能看出她面色铁青。福克暗暗思忖，不知她忍受着严寒与潮气，在这里坐了多久，恐怕不止一个小时。他担心她会由于精疲力竭而突然栽倒下去。

他回首望向小径，犹豫不决，路面仍旧空空荡荡。劳伦贴着悬崖边缘，令人忐忑不安。他深深地呼吸，开始在岩石上前进。云朵散去，初升的月亮洒下苍白的光芒。

"劳伦。"他再次高喊。

"别再靠近了。"

他停住脚步，冒险俯瞰，只能看到底部的浪花。他试图回忆蔡斯在第一天介绍的情况。瀑布的高度是十五米。蔡斯还说过什么？坠落本身并不可怕，但惊吓和寒冷却会危及性命。劳伦已经在瑟瑟发抖了。

"听着，"他说，"这里很冷，我把外套扔过去，好吗？"

她沉默不语，然后僵硬地点了点头，他觉得可以将其理解为态度缓和的迹象。

"给。"他解开拉链，脱下外套，仅剩一件毛衣。晶莹的水珠扑面而来，片刻之间，毛衣便湿了。他小心翼翼地投掷，外套落在劳伦附近。她勉强移开视线，却并未拿起外套。

"如果你不想用，就扔回来吧。"福克说着，牙齿轻轻地打战。劳伦稍作迟疑，接着披上外套，宽大的衣服包裹着瘦小的身躯。他悄悄地松了口气，愿意接受帮助同样是不错的征兆。

"爱丽丝确实死了吗？"隔着咆哮的水流，很难听清她的声音。

"是的，非常遗憾。"

"那天早晨，我回到小径上，发现她不见了，还以为——"劳伦依然在剧烈地颤抖，挣扎着吐出话语，"还以为只有她才能活下来。"

第四天：周日早晨

不知为何，布莉猛然惊醒。她睁开眼睛，迎接寒冷的灰色黎明。透过窗户照进屋里的光线十分黯淡，房间仍旧沉浸在朦胧的黑暗中。她听到周围回荡着轻柔的呼吸声，大家还没起床。很好。她悄悄地松了口气，试图继续睡觉，可是坚硬的木板抵着骨头，膀胱也在隐隐作痛。

她翻身转向侧面，看到附近的地上渗透着深色的液体。她记得，应该是劳伦的鲜血。她在睡袋里蜷起脚丫，感到恶心不已。昨晚争斗的画面如潮水般涌入脑海，她忍不住发出叹息，接着赶紧捂住嘴巴，静静地躺着。她还不想面对同伴。

布莉小心翼翼地褪去睡袋的茧壳，穿上靴子和外套。她溜出小屋，察觉木门嘎吱作响，不禁皱起眉头。她踏进清新的空气中，正准备关门，忽然听到背后的空地传来脚步声，吓得魂飞魄散，竭力抑制着尖叫的冲动。

"嘘，不要吵醒其他人。"贝丝低语道，"别怕，是我。"

"天哪，你吓死我了。我还以为你在屋里。"布莉确保木门关闭，然后赶紧迈开步子，走向空地，"这么早，你在外面干吗？"

"估计跟你一样。"贝丝朝厕所点头示意。

"噢。"

姐妹俩陷入尴尬的沉默，昨晚的意外笼罩着她们，犹如挥之不去的烟雾。

"昨天晚上——"贝丝小声说。

"我不想谈论——"

"我明白，但是咱们必须聊聊。"贝丝的语气很坚定，"听着，我知道自己给你惹了许多麻烦，但是我会弥补——"

"不，贝丝。拜托，算了吧。"

"不行，爱丽丝欺人太甚。她威胁了你，当然得付出代价。你勤勤恳恳，拼命工作，难道只许忍气吞声，不能奋起反抗吗？"

"贝丝——"

"相信我。从小到大，你总是帮助我，如今，轮到我报答你了。"

布莉以前也听到过类似的承诺。可惜为时已晚，她心想，紧接着又觉得自己非常刻薄。姐姐确实在努力，一直都很努力。布莉艰难地吞咽着唾沫

"好吧，谢谢。不过，千万别让情况变得更加糟糕。"

贝丝朝丛林挥了挥手，露出淡淡的苦笑，"还能变得更加糟糕吗？"

布莉并不清楚是谁先行动，但是片刻之后，她发现自己的双臂搂着姐姐。久违的拥抱似乎有点尴尬，曾经无比熟悉的身体已经显得截然不同。等到她们分开，贝丝面带微笑。

"我保证，"她说，"一切都会好起来的。"

布莉看着姐姐转身进屋，她依然能感受到贝丝的体温。

她不愿使用爬满蜘蛛的厕所，而是绕到小屋侧面。她瞧见埋葬大狗的坟墓，不由得呆呆地停住脚步。她几乎忘记了土坑的存在。布莉移开视线，径直走向小屋背面，穿过高高的野草，朝树林和小径前进，尽量远离坟墓。她刚要脱裤子，忽然听到某种奇特的动静。

究竟是什么？鸟鸣吗？噪声源于后方的小径，清脆刺耳，透着人工的痕迹，打破了清晨的寂静。布莉屏住呼吸，竖起耳朵。不，绝对不是鸟鸣。布莉恍然大悟，立即扭头，撒腿狂奔，险些被凹凸不平的路面绊倒。

爱丽丝席地而坐，双腿伸直，背靠岩石，几缕金发随着微风轻轻飘拂，眼睑紧闭。她稍稍仰着脑袋，仿佛在享受虚无缥缈的阳光，牛仔裤的口袋里传出单调的铃声。

布莉跪在泥土上。

"爱丽丝，手机。快！手机在响！"

她看到手机斜斜地贴着爱丽丝的大腿，屏幕破碎，却闪闪发亮。布莉连忙伸手抓住，十指剧烈颤抖，手机在掌心里尖叫。

在布满裂纹的屏幕上，来电者的姓名若隐若现。两个字母：A.F.[1]。

布莉不知道那是谁，而且根本不在乎。她笨拙地戳点接听键，慌慌张张地把手机贴在耳畔。

"喂？噢，天哪，拜托。你能听见我说话吗？"

听筒里非常安静，甚至连电流的波动都没有。

"求求你。"

她拿开手机检查，屏幕一片空白。名字不见了，电量耗尽了。

布莉掌心冒汗，拼命地摇晃手机，却无济于事。她按下电源键，反复尝试，残缺的屏幕还是毫无反应。

"不！"

美妙的期待骤然幻灭，心脏重重坠落，犹如脚下的地毯被人狠狠地抽走。她别过脸去，对着丛林呕吐，泪水刺痛着眼睛，绝望冲击着胸膛。爱丽丝为什么不早点儿接电话？也许剩下的电量还能向警方求救。愚蠢的贱人，她到底在想什么？居然白白地浪费了宝贵的机会。

布莉回过头来，打算质问爱丽丝，愤怒与酸液灼烧着咽喉。此刻，她才注意到，爱丽丝仍旧维持着刚才的姿势，倚在岩石上，一动也不动。

"爱丽丝？"

周围万籁俱寂。爱丽丝的四肢松松垮垮，就像软绵绵的布偶，背部

---

[1] A.F.：亚伦·福克（Aaron Falk）的名字缩写。

弯成诡异的角度，脑袋后仰。她显得十分茫然，而非安宁。

"见鬼！爱丽丝？"

布莉原本以为爱丽丝闭着眼睛，现在却发现她微微睁着双眸，透过白色的缝隙，瞪着灰蒙蒙的天空。

"你能听见我说话吗？"布莉感到血液涌入大脑，耳中嗡嗡作响。

没有动作，也没有回答。布莉觉得头晕目眩，她真想挨着爱丽丝坐下，抛弃烦恼，彻底告别世界。

爱丽丝半撑着眼睑，固执地凝望着，直到布莉无法忍受。她迈向路边，不敢再看。爱丽丝的后脑勺有点古怪，布莉壮着胆子凑近。虽然并无血迹，可是金发掩盖下的头皮斑斑驳驳，泛着恐怖的紫色。她连连后退，移开了视线。

她差点儿忽略了夹在爱丽丝和岩石之间的东西，它藏得严严实实，仅仅露出金属的末端。布莉愣愣地盯着它，过了许久。她不愿触碰它，不愿承认它，可是也不能留下它。

终于，布莉逼迫自己蹲下身子，用指尖摸索着，掏出沉甸甸的工业用手电筒。她早就知道，侧面刻着名字，但是亲眼见到的瞬间，她还是震惊得喘不上气来。贝丝。

不行，爱丽丝欺人太甚。她威胁了你，当然得付出代价。

布莉本能地挥舞胳膊，把手电筒扔进丛林。伴随着撞击的巨响，它消失得无影无踪。布莉感到手上火烧火燎，她用力地摩擦着牛仔裤，朝掌心吐了口唾沫，再次摩擦。然后，她看向爱丽丝，面前的女人依然静静地坐着，纹丝不动。

布莉的心中开启了两扇大门，她摇了摇头，关闭其中一扇。混乱的思绪渐渐散去，头脑变得异常清醒。她必须行动起来。

布莉回首望着小径，路上空空荡荡，起码暂时如此。她不清楚自己在这里待了多久。还有别人察觉到手机铃声吗？她侧耳倾听，毫无动静。即便其他成员还在睡觉，恐怕很快也会醒来。

她决定从简单的步骤开始，先处理背包。她重新检查手机，确定已彻底没电，接着将它塞进背包侧面的口袋里，攥紧肩带。她拎起背包，踏入丛林，走到看不见小径的地方，让背包靠着大树。她迅速站起来，觉得精神恍惚，竟然想不起小径的位置。

布莉僵立在原地，深深地吸气、呼气，竭力恢复镇定。"别慌。"她低声安慰自己。她肯定记得该往哪儿走。最后，她又吸了一口气，朝着刚才的方向笔直前进，穿过高高的野草和浓密的树林，速度越来越快，直到她瞧见爱丽丝倚着岩石。

她放缓脚步，盯着爱丽丝的后脑勺。金色的发丝随风飘扬，身体却岿然不动。布莉的脉搏急速跳动，她以为自己要当场昏厥了。她勉强跑完剩下的距离，趁着还没改变主意，用双手捞起爱丽丝的腋窝，使劲拖动。

她向后倒退，拽着爱丽丝躲进丛林深处。寒风呼啸，吹落树叶，覆盖了暴露的泥土，仿佛她从未经过这里。布莉拼命坚持，呼吸灼烧着肺部，双臂酸痛不已。突然，她绊倒了。

爱丽丝的躯体陡然滑落，仰躺在地上，面朝天空。布莉重重地撞向一截枯死的树桩，眼中充满了滚烫的泪水。片刻之间，布莉暗暗怀疑，她是否在为了爱丽丝哭泣，然而她知道不是。至少现在不是。此刻，她的眼泪只是为了自己，为了姐姐，为了她们悲惨的命运。

似乎心碎的程度还不够，布莉发觉胳膊上传来剧烈的刺痛。

第三十二章

福克的视线捕捉到一丝异动。

下方，在瀑布的底部，橙色的反光背心闪过，有人迈着熟悉的步伐，偷偷地溜出丛林。卡门。她站在池塘旁边，仰起脑袋，用目光寻找他们。天色太黑，看不清她的脸庞。然而，片刻之后，她举起胳膊。我瞧见你们了。在她周围，众位警官小心翼翼地移动，竭力避免引起注意。

劳伦似乎并未发现援军的到来，福克暗自庆幸，但愿她不要察觉。透过浪涛的咆哮，福克听到木桥上响起脚步声，劳伦肯定也听到了，因为她忽然扭头望去。金警长出现在视野中，左右带着两名警官。他停在远处，举起对讲机，悄悄地嘀咕了几句。

"我不愿意让他们再靠近了。"劳伦的面颊十分湿润，但是眼睛却干涩无神，脸上的表情令福克感到紧张不安。以前，他见过类似的表情。崩溃，绝望，万念俱灰。

"好，"福克说，"但是，他们不可能整晚都保持距离。他们想跟你谈谈，你应该相信他们。如果你离开悬崖边缘，我们可以试着解决问题。"

"爱丽丝曾经要把照片的事情告诉我，如果我听了，也许情况会截然不同。"

"劳伦——"

"干吗？"她厉声打断，死死地盯着他，"你觉得你能挽救一切吗？"

"我保证，我们会全力以赴。拜托，回到旅馆，跟我们聊聊吧。即便不是为了你自己——"他犹豫不决，无法确定心中的策略是否正确，"也得替你的女儿考虑。她需要你。"

话音刚落，他便立刻明白，刚才的抉择是个严重的失误。劳伦面色凝重，身体前倾，双手牢牢地抓紧凸出的岩石，指关节泛白。

"丽贝卡不需要我，我帮不了她。从她出生以来，我始终非常努力。我发誓，我知道自己做得不好，但是我已经尽力了。"她低下头，俯瞰着深渊，"我只会让事情变得更糟。我怎么能那样对待她？她不过是个小姑娘而已。爱丽丝说得对，"她探出脑袋，"都是我的错。"

第四天：周日早晨

劳伦睁开眼睛，屋外传来撕心裂肺的尖叫。

周围响起窸窸窣窣的动静，匆忙的脚步踩踏着地板。砰，木门敞开了。她裹着睡袋，缓缓地坐直身体，脑袋隐隐作痛，眼皮颇为沉重。爱丽丝。关于小径的记忆立即浮现出来，她环顾房间，发现大家都不见了。

劳伦惊慌失措，连忙爬起来，奔向门口。她探头张望，迷惑地眨了眨眼睛。空地上一片骚乱，她竭力分辨眼前的情况。不是爱丽丝，而是布莉。

布莉倒在篝火的余烬旁边，紧紧地抓住右臂，面色苍白。

"赶快抬高！"贝丝大喊，试图拽着妹妹的胳膊举过头顶。

吉尔疯狂地翻着薄薄的手册，没人关注劳伦。

"上面说，需要制作夹板，"吉尔照着念，"用某种东西来固定。"

"什么？什么样的东西？"

"我不知道！我怎么知道？大概是木棍之类的东西吧。"

"咱们必须离开，"贝丝捞起一堆断裂的树枝，"吉尔？咱们得立刻带她去看医生。见鬼，难道就没人参加过急救培训吗？"

"有，该死的爱丽丝！"吉尔终于转向小屋，看到劳伦，"她在哪儿？快把她叫醒，告诉她布莉被蛇咬了。"

恍惚间，劳伦以为吉尔让她去小径上叫醒爱丽丝，可是面前的女人却指着小屋。劳伦乖乖地后退，仿佛在梦境之中。房间里依然十分寂静，地上铺着四个睡袋。她一一检查，可是全部空空荡荡。爱丽丝不在，她并未回来。

吉尔出现在门口。

劳伦轻轻地摇头，"她走了。"

吉尔僵住了，接着抓起背包和睡袋，拼命地摇晃。

"我的外套呢？手机还在兜里。糟糕！那个贱人拿了手机。"

她扔掉自己的物品，扭头摔上木门。

"她带着手机走了。"吉尔的嗓音非常沉闷，劳伦听到双胞胎中的一个发出愤怒的吼叫。

劳伦穿上靴子，跌跌撞撞地跑了出去。她知道外套在何处，她亲眼瞧见爱丽丝把它塞在一根横木后面。劳伦希望她没有在夜里起来上厕所；希望她当时叫醒了大家，而不是独自在黑暗中追赶爱丽丝；希望她可以阻止爱丽丝离开。她希望许多事情都能变得截然不同。

彩色的防水布料跃入眼帘，劳伦弯腰捡起衣服。

"外套在这儿。"

吉尔粗鲁地抢了过去，摸索着口袋，"她绝对拿了手机。"

贝丝守着妹妹，布莉仍旧倒在地上，胳膊被固定在临时制作的夹板中。

"咱们该怎么办？"吉尔沉重地喘息着，"待在原地，或者分头行动，让布莉留下——"

"不！"姐妹俩齐声抗议。

"好吧，好吧。既然如此，咱们必须离开，大家都得帮助布莉，可是应该往哪个方向——"吉尔盲目地转圈。

"往北。"劳伦说。

"你确定吗？"

"确定。按照先前的计划，尽量笔直前进，越快越好，但愿能找到那条公路，这是最佳的方案。"

吉尔思索片刻，"行。不过，咱们需要找找爱丽丝，以防万一。"

"你在开玩笑吗？以防什么万一？"贝丝张大嘴巴。

"万一她去上厕所，结果扭了脚踝呢？我不知道！"

"不！咱们应该马上出发！"

"所以要抓紧时间。咱们三个去找，让布莉留下。"吉尔稍作犹豫，"别走太远。"

劳伦已经冲进高高的野草丛，朝小径跑去。

"如果别人找到她也就罢了，"她听见贝丝愤愤不平地抱怨，"如果让我先找到，我肯定会杀了她。"

劳伦气喘吁吁地狂奔，她依然能感受到爱丽丝压在身上的重量，依然能体会到空气被挤压出肺部的痛苦，依然能品尝到言语争执带来的苦涩。

劳伦渐渐放缓速度，白天的小径看起来跟夜里不太一样，她差点儿错过了那个地点。差点儿。她经过巨大的岩石，然后停下脚步，慢慢转身。岩石孤零零地立在路边，小径显得荒凉而寂寞。

爱丽丝真的走了。

劳伦感到晕头转向，血液涌入大脑。前方空空如也，后方茫茫一片。她四下察看，想知道爱丽丝走了多远，然而丛林却默然不语。

她用目光搜索着地面，没有手链的踪影。难道是不小心丢在了屋里吗？周围弥漫着一股刺鼻的味道，她觉得眼前的区域似乎遭到了外人的侵扰。从某种程度上来讲，恐怕确实如此。然而，她几乎看不出自己跟爱丽丝打斗的蛛丝马迹。寒风呼啸，双腿微微颤抖，她只好沿着原路折返。

在小屋附近，劳伦听见其他同伴在呼喊着爱丽丝。她暗暗思忖，不知是否该做同样的尝试。可是，当她开口时，爱丽丝的名字却卡在唇边，久久无法吐出。

第三十三章

劳伦俯瞰着雪白的浪花，透过咬紧的牙关，深深地吸气。福克抓住机会，迅速向前迈了一步。她沉浸在自己的思绪中，丝毫没有察觉身边的异动。

两人都在瑟瑟发抖，福克生怕劳伦会突然松开冻僵的手指。

"我从未想过要杀害她。"瀑布的巨响几乎淹没了劳伦的声音。

"我相信你。"福克说，他还记得他们的第一次交谈。如今回忆起来，像是很久以前的经历。在夜幕笼罩的小径上，劳伦孤独地徘徊，表情十分迷茫。不仅仅是一件事情出现差错，而是各种各样的麻烦堆积起来，结果覆水难收。

此刻，她显得颇为坚决，"可是，我确实想过要伤害她。"

"劳伦——"

"不是因为她对待我的态度，那是我自己的错误，而是因为玛格特欺负丽贝卡。也许玛格特非常聪明，可以巧妙地掩饰一切。也许爱丽丝交了许多钱，可以让学校视而不见。但是，我知道那个臭丫头干了什么，其实她们母女俩完全一样。"

话语回荡在寒冷的迷雾中，劳伦仍旧呆呆地凝视着下方。

"不过，主要还是我的问题，"她的语气很平静，"我太懦弱了，不能怪爱丽丝或者玛格特。丽贝卡早晚也会明白，到时候她肯定对我恨之入骨。"

"她依然需要你，并且深爱着你。"福克想起父亲的脸庞，想起地图上的笔迹。跟亚伦一起。"即便她有时意识不到。"

"但是，如果我无法弥补她呢？"

"家人总能原谅彼此。"

"有些错误不配得到宽恕。"劳伦再次低头，"爱丽丝说过，我很懦弱。"

"她说得不对。"

"我也认为她说得不对，"她的回答出人意料，"我已经变了。现在，我要完成自己该做的事情。"

周围弥漫着诡异的气氛，福克感到胳膊上的汗毛竖起，他们似乎跨越了一道无形的门槛。他并未瞧见她移动，可是她跟边缘的距离却大大缩短。卡门抬头仰望，站在原地纹丝不动。情况不妙，他下定决心，必须赶紧制止。

他不假思索地向前迈出两步，岩石的表面犹如光滑的玻璃。他伸出双臂，抓住她的外套——他自己的外套——手指冰凉，笨拙地攥着防水布料。

劳伦盯着他，目光镇定。她晃了晃肩膀，纵身一跃，像蟒蛇蜕皮一样抖落外套。她果断地挣脱了束缚，消失得无影无踪。

悬崖上空空荡荡，仿佛她不曾来过。

第四天：周日早晨

吉尔看到自己的恐惧映在眼前的三张脸庞上，她们面面相觑，呼吸急促，心脏怦怦直跳。头顶，树梢勾勒出阴沉的灰色天空，寒风晃动枝条，雨水纷纷洒落，却无人退缩。背后，小屋的腐烂木板剧烈颤抖，伴随着阵阵呻吟，逐渐平息下来。

"咱们必须离开这儿，"吉尔说，"立刻。"

左边，双胞胎赶紧点头，由于惊慌而变得团结一致。布莉捂住自己的胳膊，贝丝搀扶着她。姐妹俩的眼睛瞪得很大，瞳孔深邃而幽暗。右边，劳伦略显迟疑，经过短暂的犹豫，也跟着点了点头，接着深深地吸了一口气。

"可是——"

"可是什么？"

"……爱丽丝怎么办？"

恐怖的寂静笼罩着丛林，只有枝叶在窸窣作响。茂密的树木昂然挺立，俯瞰着四人围成的小圈子。

"爱丽丝自作自受。"

劳伦沉默片刻，抬手指向远处。

"那边是北。"

她们迈步前行，头也不回，任凭丛林吞没身后的一切。

第三十四章

福克高喊着劳伦的名字，然而为时已晚，面前空无一人，她已经消失了。

他手忙脚乱地爬到悬崖边缘，恰好望见她坠入池塘，犹如一具沉重的尸体。福克快速地默数到三，她却并未浮出来。他脱掉毛衣和靴子，向前迈步，竭力地深呼吸，可是感觉却十分憋闷。他毫不犹豫地跳下去，瀑布哗哗作响，气流嗖嗖划过，除此之外，耳中只能听见卡门的尖叫。

他的双脚先碰到浪花。

诡异的寂静笼罩着福克，他仿佛悬在可怕的虚无之中。紧接着，砭人肌骨的寒冷猛烈袭来。他拼命踢腿，抑制住喘息的渴望，直到突破水面。他呼吸着潮湿的空气，冰凉的水流压迫着肺部，胸腔内却如大火熊熊燃烧。

瀑布的飞沫模糊了视线，刺痛着脸颊和眼睛。他看不见劳伦，看不见任何东西。透过震耳欲聋的咆哮，他捕捉到一丝微弱的声音，于是扭过头去，擦了擦眼睛。卡门站在岸上，旁边有两名攥着绳子的警官。她正在努力地呼唤他，同时指着某个方向。

劳伦。

他本能地意识到，怒吼的瀑布会把她卷入水底。他已经能感受到，疯狂的逆流在周围纠缠，威胁着要将他拖到深处。他大口地呼吸，让空气充满收缩的肺部，然后挣扎着朝她游去。

福克从小在河边长大，水性极佳，可是湍急的波浪仍然令他寸步难行。浸透的衣服耷拉在身上，叛逆地向后拉扯，幸好他事先脱掉了靴子。

前方，瘦削的身影上下起伏，缓缓靠近危险区域。她几乎一动也不动，面容隐藏在幽暗的池水中。

"劳伦！"他大声嚷道，可是话语却被环境的噪声彻底淹没，"这边！"

在距离瀑布底部仅仅几米的位置，他终于拦住了她，手指冻得僵硬无比。

"放开我！"她发出尖叫，嘴唇泛着恐怖的紫青色。她开始乱踹乱蹬，试图摆脱他的束缚。他揽住她，让她的后背贴着自己的前胸，紧紧抓牢。他使劲地踢腿，逼迫笨重的身体动起来。他听见卡门在岸边呼喊，于是便循着声音游去，但是劳伦却更加用力地反抗，用指甲挠着他的胳膊。

"放开我！"她拼命地挣扎，拽着两人下沉。福克眨了眨眼睛，他还没来得及呼吸，脸庞便没入水中。劳伦向后挥舞手臂，击中了他的脑袋，令他被汹涌的波涛所淹没。

周围的一切都朦朦胧胧。他重新露头，嘴里含着冰凉的液体，匆忙地吸了半口气，就再次下沉。手指渐渐松开，劳伦依然在挣扎。他努力坚持，抵挡着想要放弃的冲动。忽然，他察觉奔涌的激流发生了变化，一条胳膊稳稳地伸过来，捞住他的腋窝，使劲拖拽。脸庞浮出水面，手臂被绳子套住，他轻松地漂在池塘上，贪婪地呼吸着空气。可是，他发现自己已不再抓着劳伦，不由得惊慌失措。

"放心吧，她没事了。"耳畔响起一个声音。卡门。他想要转身，却无能为力。"你已经完成了最艰巨的任务，咱们现在上岸。"

"谢谢。"他试图开口，却只能勉强喘息。

"不要分神，注意呼吸。"卡门说。绳子紧紧地勒着，胳膊十分疼痛，他被两名警官拉出池塘，后背刮擦着岩石。他躺在泥泞的岸边，扭头望见劳伦也被拉了出来。她瑟瑟发抖，暂时停止了挣扎。

福克感到肺部火烧火燎，脑袋嗡嗡作响，但是他并不在乎，反而觉得如释重负。他剧烈地哆嗦，肩膀不停地碰撞着地面，两条毛毯依次盖在身上，胸口传来隐隐约约的重量，他睁开眼睛。

"你救了她。"卡门冲他低下头，背光的脸庞呈现出模糊的轮廓。

"你也是。"他想回答，冻僵的面部肌肉却无法组织起语言。

他向后仰着脑袋，竭力恢复正常的呼吸。丛林在瀑布附近分开。此刻，眼中没有茂密的树木，只有卡门和夜空。她在打战，他掀起毛毯，裹住她。刹那间，她的嘴唇贴上了他的嘴唇，奇妙而冰凉的触感。他闭上眼睛，浑身麻木，胸中却涌起一股温热的暖流。

突如其来的亲吻犹如蜻蜓点水，转瞬便结束了，他呆呆地眨了眨眼睛。卡门注视着他，既不尴尬，也不懊悔。他们依然挨得很近，却并非近在咫尺。

"别误会，我还是要结婚的。至于你，完全是个大傻子，你不应该往下跳。"她微微一笑，"不过，我很高兴你平安无事。"

他们静静地躺着，默契地喘息，直到护林员拿着另一条毛毯走过来，她才翻身离开。

福克望向夜空，枝叶沙沙作响。他盯着微弱的点点星光，寻找南十字星，就像多年前跟父亲散步的时候一样。虽然看不见，但是没关系。他知道，指引方向的南十字星永远都在，不会消失。

卡门躺过的地方一片冰凉，可是心中的温暖却席卷全身。他平卧在岸边，看着闪烁的星星，听着丛林的低语，发现受伤的左手再也不痛了。

第三十五章

福克靠向椅背，高兴地端详着墙壁，欣赏自己的手工杰作。虽然不算完美，但是比以前好多了。午后的阳光透过窗户照进屋里，远处，墨尔本的天际线闪闪发亮。自从他和卡门最后一次离开吉若兰山脉，已经过去两周了。至少福克希望是最后一次。短期内，他可不想再回去冒险了。

三天前，他收到了寄往警察局的棕色匿名信封，里面只有一个优盘。他打开内容，呆呆地凝视着屏幕，感到血液的流速陡然加快。

拿到合同。拿到合同。

他盯着电脑看了整整一小时，然后才抓起电话，拨打号码。

"谢谢。"他说。

耳畔传来贝丝·麦肯齐的呼吸。

"你听说贝利坦尼特对布莉落井下石的情况了吗？"她说，"大家都在拼命地撇清关系，假装不认识她。"

"我听说了。"

"我准备辞职。"

"嗯，之后你会做什么？"

"不知道。"

"也许可以利用计算机专业的学位，找个合适的工作。"福克说，"对你而言，待在数据室里，未免大材小用。"

贝丝稍作犹豫，"你真的这么认为？"

"当然。"

确实如此，绝非虚言。谈话间，他浏览着收到的文件。爱丽丝曾经寻找的资料统统都在，有些是她提交过的，有些却不是，甚至包括最重要的合同。欣慰和激动涌上心头，他能够想象卡门得知消息的表情。福克向上翻页，回到文件的开端。

"你是怎么——"

"我从不信任爱丽丝，她一直都对我很粗鲁。而且，她和布莉的工作关系非常紧密，如果她犯了错误，肯定会轻而易举地嫁祸给布莉。所以，我把她要求的资料全部备份了，以防万一。"

"太感谢了。"

她叹了口气，"接下来呢？"

"你是指布莉？"

"还有劳伦。"

"我不知道。"福克诚恳地说。

尸检报告确认，爱丽丝死于颅内出血，很可能是由于头部撞击岩石而造成的。劳伦和布莉都将面临起诉，可是福克暗暗祈祷，但愿法庭的判决不要太严厉。无论从哪个角度看待这件案子，他总是忍不住为她们感到难过。

贝利家被卷入公开调查，丹尼尔的儿子乔尔涉嫌制作并传播色情图像。新闻媒体闻风而动，利用两个版面刊登了分析的文章，搭配的照片是乔尔就读的私立学校。报道声称，他已经被开除了。到目前为止，玛格特·拉塞尔的名字尚未出现。由于贝丝提供的资料，贝利家即将面临更大的麻烦。福克实在无法同情他们。这个家族的两代成员都在从别人的悲惨中榨取利益，就连吉尔也不例外。不管她觉得自己是否有选择的余地，在涉及家族生意的方面，她跟父亲和弟弟几乎一模一样。

离开吉若兰山脉以后，福克思考了许多事情。比如人与人之间的关系，比如关系破裂的原因，比如怨恨，比如宽恕。他和卡门尝试过去拜访玛格特和丽贝卡。玛格特拒绝见任何人，她的父亲担忧地告诉他们。拒绝说话，拒绝出门。起码，丽贝卡同意跟他们在咖啡厅里碰面。卡门自作主张地给大家都点了三明治，他们俩吃饭，她默默地旁观。

"在瀑布附近，究竟发生了什么？"最后，她开口询问。福克讲述了经过改编的版本，尽量忠于现实，但是强调爱意，忽略悔恨。

少女盯着面前原封未动的盘子，"妈妈说得不多。"

"她说了什么？"

"她爱我，还有她很抱歉。"

"知道那些就足够了。"福克说。

丽贝卡摆弄着餐巾，"这一切是我的错吗？因为我不肯吃饭吗？"

"不，真正的原因恐怕非常复杂。"

少女似乎并不相信，但是当她起身离开时，她带走了用餐巾裹住的三明治。福克和卡门隔着窗户目送她远去。在街道尽头的垃圾桶跟前，她停住脚步，举起三明治。片刻之后，她艰难地收回胳膊，把三明治放进背包，消失在拐角处。

"我想，这是个开始。"福克说。小小的麻烦不断堆积，结果会覆水难收。也许小小的努力互相叠加，最终能改变命运。

在家思考了几天以后，福克又花了几天的工夫，亲自去家具店进行采购。

此刻，他窝在刚买的扶手椅上，阳光照耀着地毯，感觉十分舒适。显然，这是个很棒的决定。尽管公寓显得更加拥挤，但是他非常喜欢。坐在角落里，他可以清清楚楚地看到崭新的变化。

他和父亲的两张合照悬挂在墙上，镶嵌着打磨光滑的相框。相片改善了房间的气氛，他感到心满意足。在悬崖上，他对劳伦说过的话都是真心的。家人总能原谅彼此。但是，光说不行，还得付诸行动。

福克抬起头，看了看表。这是个美丽的周五下午。明天，卡门就要在悉尼结婚了。他祝愿她幸福。他们再也没谈论过岸边的亲吻，他觉得对于她而言，那仅仅是个转瞬即逝的邂逅。他能够理解。干净笔挺的西装外套和包装精美的结婚礼物都在静静地等待，准备陪他一起飞往悉尼。

天色不早，应该出发了。不过，还来得及打一通电话。他听到拨号音沿着线路传输，想象着电话在故乡基瓦拉镇响起，熟悉的说话声传来。

"喂，我是格雷格·拉科。"

"我是亚伦，你忙吗？"

拉科笑了，"不忙。"

"依然在旷工？"福克说着，脑海中浮现出坐在家里的拉科警长，身上穿着便装。

"拜托，这叫作伤后康复，怎么也得花上一段时间吧。"

"我知道。"福克翻转烧伤的左手，端详着皮肤。他当然知道，他很幸运。他们闲聊了一会儿。干旱结束以后，镇上的情况有所好转。福克问到拉科的女儿，又问了问汉德勒家的现状。一切都好。其他人呢？

拉科哈哈大笑，"伙计，既然你如此好奇，不妨自己回来看看。"

也许他确实应该回去看看。最后，福克瞥向墙上的挂钟。他必须得走了，要赶飞机。

"我猜，你已经厌倦了无聊的康复期吧？"

"非常厌倦。"

"我正在考虑出门远足。找个周末，如果你愿意，咱们可以一起，都是比较简单的路线。"

"好啊，太好了！"拉科说，"去哪儿？"

福克望向咖啡桌，父亲的地图沐浴在温暖的光线里，墙上的相框映照出闪耀的太阳。

"你来选吧，我知道一些不错的地方。"

细心标记的铅笔痕迹指引着前进的方向，外面的世界充满奥妙，值得探索。

致　谢

非常幸运，我在方方面面都得到了许多朋友的帮助。

真诚感谢我的编辑，泛麦克米兰出版社的凯特·帕特森、福莱特阿荣出版社的克莉斯汀·克普拉什和艾米·埃因霍恩，感谢你们的信任与支持，感谢你们的宝贵建议，感谢你们为我创造写作的机会。

感谢泛麦克米兰出版社的萝丝·吉布、玛蒂尔达·依玛拉、夏洛特·雷以及布丽安妮·柯林斯，感谢优秀的封面设计师和市场营销团队，是你们让这本书获得了生命。

如果没有杰出的文学经纪人，我肯定会迷失方向。感谢柯提斯·布朗文稿代理澳大利亚分社的克莱尔·福斯特、柯提斯·布朗文稿代理英国分社的爱丽丝·勒琴斯和凯特·库珀、作家之家文稿代理社的丹尼尔·拉扎尔和知识产权组织的杰瑞·卡拉吉安。

感谢海利斯维尔动物保护区的爬虫饲养员麦克·泰勒、维多利亚州警察局的高级警长克林特·威尔逊、格兰扁山脉国家公园的游客和社区服务小组的组长塔米·斯霍，感谢你们分享有关野生动物、搜救程序以及露营远足的相关知识。任何错误或艺术发挥都是我的个人取舍问题，与上述各领域专家的意见无关。

感谢辛勤付出的图书销售者，是你们热情洋溢地推荐我的作品。当然，还要感谢愿意拥抱这些故事的读者。

感谢埃尔伍德的诸位妈妈和漂亮的宝宝，感谢你们给予的温暖与友谊，你们就像灿烂的阳光。

一如既往，我还要感谢自己的家人：哈珀家族的迈克、海伦、迈克尔、艾薇和艾莉，还有苏珊·德文波特以及安妮特·斯特罗恩。

最重要的是，我要深深地感谢我的丈夫彼得·斯特罗恩——感谢你多年以来的帮助——以及我的女儿夏洛特·斯特罗恩，你让我们变得无比幸福。

译后记

自然的力量

戚悦

　　《迷雾中的小径》是澳大利亚女作家珍·哈珀继《迷雾中的小镇》之后的第二部长篇小说。这部作品延续了"小镇"的风格，文笔极为细腻逼真，对故事的叙述客观真实，对自然的描写犹如绘画，同时笔端又饱蘸感情，蕴含着作者深厚的人文关怀。这部小说不仅同样充满了奇异的澳大利亚风情，同样利用极端环境来挖掘人性，而且其中人物也与"小镇"有着不少关联，可以说乃"小镇"的续作或姊妹篇。"小镇"以百年不遇的大旱为自然背景，描绘了金钱对人的作用和影响，并展示了极端环境下人类的心理和言行的巨大变化，从而充分地表现出人性的另一面；而"小径"则以神秘幽深的山林为自然环境，讲述了一个不同的故事，既描述了人与人之间的关系，尤其是家人、亲人之间的关系，也深入探讨了人与自然的关系，尤其是自然环境对人的深刻影响。

一

人类是大自然的产物，在成长、演化的过程中，无论生理还是心理，时刻受到自然环境的影响。为了充分展现人与环境的关系，哈珀作品的故事地点都经过了精心设计。"小镇"的地点设在荒芜干旱的基瓦拉小镇，"小径"的地点则设在阴雨连绵的吉若兰山脉。如果说读"小镇"的时候能够让人感受到炎炎烈日和尘土飞扬的恶劣环境，那么在读"小径"的时候读者则仿佛真的置身于茂密的丛林中，顶着呼啸的狂风与冰凉的冬雨，忍受着寒冷与饥饿，漫无目的地穿梭在密密层层的树木之间。

哈珀有意识地探讨自然对人类的影响、环境对人类的影响以及人类在极端的自然环境下生存状态和心理状态会产生怎样的变化等。应该说，这都是现代社会人类所面临的深刻问题。哈珀对这些问题的自觉关注和探索，使得她的作品富有思想力度，具有非常重要的现实意义。我们不知道作者接下来的写作是否还会延续这样的探索和思考，但"小镇"和"小径"的试验说明，如果自然环境的影响较小，人类的生存状态和心理状态会更加接近所谓的"现代文明社会"的状态，反之则会渐渐向野蛮靠拢。这在本书中有大量的描绘可以体现出来。当女子小组"找不到第二片营地"而"意识到走错的时候"，"一切都乱套了"，就像布莉所说："转眼间，大家便彻底崩溃，丧失理智，接连做出糟糕的决定。身在丛林的感觉实在难以描述，仿佛独自一人面对着无穷无尽的世界。"（第九章）正因如此，"营地上悄悄地滋生出某种恐怖的氛围……大家表现得卑微、低劣乃至原始，一块普普通通的干面包都能变成值得争夺的战利品。"（第十二章）比如，"布莉曾经亲眼见过，吉尔拒绝了一杯花草茶，就因为泡得太久。可是现在，她却把双手探进树桩，掬起雨水，贪婪地痛饮。"同样，"布莉艰难地吞咽着唾沫，舌头突然变得肿胀而干燥。她迈向树桩，舀取雨水，不慎碰到吉尔的胳膊，宝贵的液体飞溅。她再次伸手，更加匆忙地抬起掌心，凑近唇边。雨水冰凉，混杂着泥土的味道，但是她并未放弃，而是继续尝试，跟四位同伴互相争夺。有人推开她，布莉立即反击，对手指的疼痛完全不在乎。她竭力挣扎，抢掠属于自己的战利品，呻吟与喝水的声音响亮地回荡在耳畔。她低垂着脑袋，决定奋斗到底。然而，她还没反应过来，树桩便彻底干涸了，指甲刮擦着潮湿的青苔。"（第十三章）显然，对习惯了现代社会和文明生活的人而言，这些情景都是惊心动魄的，但又是不难理解、合情合理的。这说明，人类固然早已宣称进入了现代文明，固然有着改造自然的赫赫战功，但在很多情况下，仍然是无助而无奈的，大自然不时会提醒，人类仍然是自然的一部分，没什么了不起。

应当承认，现代社会对人类的塑造和改变是巨大的，或者说，人类在社会生活中的巨大成功，使得其精神生活和状态产生了种种巨大的变化。也正是这种改变，使得人类再回到大自然之时，经常会有种种的不适应，从而产生不少精神方面的问题。但在现代社会中，人们却很少意识到这些问题的根源所在，乃是与自然渐行渐远的结果。在上述种种极端环境下，一方面人类精神的问题得以凸显，另一方面更说明，这些精神问题其实与自然有着千丝万缕的联系。大自然对人类精神的影响看起来是无形的，但却是深刻的。如逃出丛林之后的劳伦，在福克的车上睡着了，"劳伦蜷缩着身体，就像一具脆弱的空壳，仿佛丛林吸走了她的灵魂"，醒了之后，"惊讶地瞪着眼睛，环顾周围，仿佛忘了自己身在何处。瞧见窗外穿梭的车辆，她似乎非常困惑。"（第十四章）一个原本生龙活虎的现代人，几天深山丛林的磨难之后，竟然有些呆傻的样子，可见极端环境对人的精神影响实在是巨大的。对此，"福克能够理解，他在山里仅仅待了两天，便觉得恍如隔世。"（第十四章）的确，身为警察，且并未迷路的福克，当他一个人走进山里的时候，其感觉是很有典型意义的："几滴雨水落向脸庞，福克戴上外套的兜帽。远方传来隆隆的低响，不知是雷鸣还是瀑布。也许应该回去了，他甚至不清楚自己在黑暗中做什么。明明是第二次走这条小径，周围的一切却非常陌生。恍惚间，丛林的模样仿佛在不断变幻。倘若再继续前进，恐怕会迷失方向。他掉过头去，准备原路返回旅馆。"然而，"才走了两步，他便呆呆地停住，竖起耳朵。什么都没有，唯有阵阵呼啸的狂风和飞快奔跑的动物。小径的前后都空空荡荡，距离最近的人在哪儿呢？他知道刚刚并未走出太远，但是总觉得方圆数里只剩下自己孑然一身。"（第十二章）这番真实的描绘，相信很多有独自旅游经历的人并不陌生。对忙忙碌碌的现代人来说，也许只有这个时候，才能真切而深刻地感受到大自然是多么强大，人类自己又是多么脆弱。也只有这个时候，人类才能真正反观大自然，乃至思考自己与自然的关系。如第十六章叙述女子小组迷路之后，有这样一段："'咱们接下来会怎么样？'布莉小声问。……'万一他们找不到呢？'布莉瞪大眼睛……大家沉默不语。头顶，繁星俯瞰着丛林，冰冷而遥远的光芒包裹着地球。"最后这几句看似冷静的描绘，实在是神来之笔。曾几何时，头顶的繁星是多么充满诗意，多么浪漫和迷人，然而此时则只是冷漠而严峻地俯瞰着丛林、审视着人类的无情之物，它们依然放射着光芒，但这"包裹着地球"的光芒是"冰冷而遥远的"，不仅是距离的遥远，更是人类心理上的遥远，是无助而无情的毫不相关，但实际上原本是密不可分的统一体。可以说，这几句看似冷静的随意涂抹，把人类与自然的关系毫不掩饰地凸显出来了。

我有时想，这是一部小说，但也可以看成一部旅行随笔或日记，完全可以成为当下驴友们的一本特别旅行手册。倒不是说这部书可以作为旅行指南，而是它可以引导人们对人与自然的关系，进而对人们生活中的多种关系作进一步的思考，就像书中最后所说："离开吉若兰山脉以后，福克思考了许多事情。比如人与人之间的关系，比如关系破裂的原因，比如怨恨，比如宽恕。"（第三十五章）人是自然的一部分，人又是社会的一分子，我们可能经常忽略或者忘记，这是两种不同的角色，人在自然中和在社会生活中是不一样的，这种不一样既由于所谓自然或社会环境的不同，更由于在一种环境中总带有另一种环境的影响和痕迹，有时候剪不断理还乱。而这，正是人和人类的特点。现代社会中，许多人喜欢旅行，喜欢到大自然中放松身心，暂时忘却社会生活中的烦恼或不快，但实际上，彻底的忘却是不可能的，有时候不仅不可能，而且恰恰相反，会把社会生活中的许多东西带到自然环境之中，从而变得事与愿违。这样一来，对于高度社会化的人类而言，纯粹客观的自然似乎是不存在的，或者是很难感受到的，颇有些"心外无物"的感觉了。然而，随着现代社会的高度发展，随着"自然的人化"越来越严重，人们已经越来越清晰地感受到，归根结底，大自然是不可违背的，违背自然的结果必然是受到自然的惩罚。什么是违背自然？一个重要的表现便是把社会生活的一切带到自然之中，乃至把人类的意志强加于自然。这部书的原名叫作"自然的力量"，其意大概就是如此吧。

从某种意义上说，笔者觉得哈珀的这两部作品都是人类关注生态、关注环境这一大背景下的产物，其以小说的形式生动呈现出的"自然的力量"，让我们切实感受到人类应当尊重自然、敬畏自然，不要动辄做自然的主人，不要动辄以为自己是万物的灵长，可以凌驾于自然之上，可以为所欲为。实际上，在很多时候，万能的人类是渺小脆弱的，是无助的，甚至是可以瞬间被毁灭的。百年不遇的大旱固然并不多见，但随着人类对自然环境破坏得越来越严重，极端自然现象的发生却并非绝无仅有。至于人类的足迹，无论深山老林，还是溪水峡谷，已经随处可见。从前所谓的人迹罕至之处，现在变得越来越少了。在灯红酒绿、车水马龙的现代社会环境下，人类表现得无所不能，似乎真的成了自然的主宰；但在青苔斑驳、蛇蝎出没的丛林幽谷之中，人类的渺小之感立马就会呈现出来，无助、无能的状态也变得格外突出。更重要的是，在这样的环境下，人类还是那个人类吗？如果不是或非常不同，那么人类到底是什么？哪一种状态下的人类才是真实可信的呢？这无疑是发人深思的。

二

　　人又是一切社会关系的总和，成功的小说根本上是要深入地描写人和人之间的各种关系。只有通过人的各种社会关系的成功描绘和叙写，才能充分展示人物的言行、心理，并以此推进故事情节的发展，从而完成人物的塑造，最终完成一部小说的创作。"小径"一书的人物并不算多，但哈珀还是设置了人物之间的种种关系，以此展开故事，并通过人物之间的相互关系，展现人物不同的性格特点，以及由此决定的不同命运。比如进入丛林的五个女人是同事关系，其中又有双胞胎姐妹、中学同学、面试官与应聘者、高管与助手等多种复杂的关系，这些关系在极端的环境下会逐渐发酵，暴露出平时隐藏的问题。面对冷酷无情的自然，人与人之间的关系变得非常脆弱，本来和睦的朋友可能会因为一句话就互相决裂，本来亲密无间的同事可能因为一些小事就变得隔膜，甚至亲人之间的关系也会变得与平时不同。

　　书中着重探讨了血缘纽带的强大，父母与子女以及兄弟姐妹之间的感情是永远无法磨灭的，不管是难以表达的爱意还是无法抑制的仇恨，背后都有血缘的微妙作用，它像一股神秘的自然力量，支配着人们的行动。在第十三章中，福克的父亲曾经说过一番关于星星的话，揭示了血缘关系的本质。"群星璀璨，父亲用胳膊牢牢地圈住他，教他认识各种各样的星座，告诉他那些神秘的图案一直都在远方。虽然不能始终看到，但是福克始终相信父亲。即便夜空漆黑如墨，星星也依然在乌云背后闪耀。"即是说，血缘关系就像星星一样，尽管有时候好像感觉不到，但其实永远都不会消失，到时候便会显露出来。比如福克，一直不愿意谈起父亲，他们的关系可以说是不怎么顺畅的，但最后，正如第三十五章所写，还是"可以清清楚楚地看到崭新的变化"："他和父亲的两张合照悬挂在墙上，镶嵌着打磨光滑的相框。相片改善了房间的气氛，他感到心满意足。在悬崖上，他对劳伦说过的话都是真心的。家人总能原谅彼此。但是，光说不行，还得付诸行动。"

当然，血缘关系并不神秘，它之所以经常对人们具有某种支配和决定作用，虽有一定的先天因素，但主要还是因为后天的社会关系。比如，父母的责任担当以及由此不断的付出，才使得这种血缘关系犹如星星，"依然在乌云背后闪耀"。在第二十七章中，金警长曾说过一句话："为了孩子，父母甘愿付出一切。"应该说，这差不多是人类社会的一个普遍真理。福克与他的父亲、劳伦与她的女儿、爱丽丝与她的女儿、丹尼尔·贝利与他的儿子，甚至马汀·科瓦克与他的儿子，书中通过剖析这几对具体角色的心理、情感和经历，来探讨父母与子女之间的普遍关系。福克的父亲不善言谈，不爱与人交际；劳伦性格懦弱，逆来顺受，而且颇为敏感；爱丽丝十分强势，比较自私，很少考虑他人的感受；丹尼尔·贝利是贝利坦尼特的首席执行官，处理事情冷静理性；马汀·科瓦克是残忍的杀人犯。但是作为父母，他们对待孩子的态度却出奇地一致。而且，他们的孩子跟自己都非常相像。福克同样性格孤僻，喜欢独处；丽贝卡跟母亲一样控制饮食，瘦得皮包骨头，受到欺负也不敢反抗；玛格特在学校里很受欢迎，漂亮自信，但是经常傲慢无礼；乔尔跟父亲丹尼尔年轻的时候一样，做事不顾后果，予取予求；塞姆·科瓦克从某种程度上更是步上父亲马汀·科瓦克的后尘。毫无疑问，父母对孩子的影响是巨大的，甚至可以决定或改变孩子的性格。比如福克，对父亲晚年热衷于旅游，本来是不怎么理解的，但最终他还是对拉科说："我正在考虑出门远足。找个周末，如果你愿意，咱们可以一起，都是比较简单的路线。"当拉科问他"去哪儿"的时候，小说这样描绘："福克望向咖啡桌，父亲的地图沐浴在温暖的光线里，墙上的相框映照出闪耀的太阳。"（第三十五章）这真是一个充满温情的画面，显示出无论看起来多么不同的两代人，其联系和影响都是割不断的。

关于兄弟姐妹，书中选取了极端的例子，即同卵双胞胎。卡门曾经说过，兄弟姐妹之间的关系是"爱恨交加"，而"双胞胎的情况可能更加严重"（第十一章）。布莉和贝丝这对双胞胎的关系就非常复杂。布莉痛恨贝丝，却又放不下贝丝；贝丝心疼布莉，可是没有能力保护布莉。她们从最初的形影不离到日后的分道扬镳，仿佛变成了截然不同的个体。贝丝曾经嘲笑星座决定命运的说法，把自己和布莉作为例子。"我和布莉不仅是同一个星座，而且出生的时间只相差三分钟。由此可见，星座跟命运毫无关系。"（第十六章）但实际上，她们走过的道路有许多惊人的相似之处。姐妹俩都曾在大学期间未婚先孕，都仗着美貌，享受被人追求的感觉，后来先后进入同一家公司工作，性格都非常要强。虽然布莉刚开始表现得唯唯诺诺，但是她有明确的目标，她跟贝丝一样坚强，只是为了达成目标才暂时妥协。丛林中的经历也慢慢地抹去了布莉的伪装，最终布莉和贝丝变得越来越像。

除了上述血缘关系的探讨，小说对其他种种人际关系都有不同程度的展示，如爱丽丝与劳伦的关系，便极有代表性。她们曾经是中学同学，后来在同一家公司上班，两人的女儿又是同学，并且都在她们的母校念书。学生时代，身材肥胖、性格懦弱的劳伦总是遭到排挤，而外表漂亮的爱丽丝则很受女生的欢迎，但她非常刻薄，甚至带头欺负劳伦。大家都喜欢爱丽丝，其实劳伦也不例外，她自然也渴望加入爱丽丝的圈子，成为她的朋友。在"信任挑战"中，尽管心存疑虑，她还是相信了爱丽丝，或者说她愿意相信爱丽丝。在荒郊野岭，在一周只能跟家人通信一次的情况下，蒙着眼睛的劳伦不仅在片刻之间相信了爱丽丝，甚至满怀感激。所以，当爱丽丝背叛她的时候，当所谓的"帮助"变成捉弄的时候，劳伦心中的仇恨会变得更加强烈，同时她也更加自卑和绝望。因为她终于明白，爱丽丝这样的人是不可能跟她做朋友的，她永远都无法像爱丽丝那样融入集体，获得朋友的关怀。劳伦的不良饮食习惯也源于她的自卑，她想改变肥胖的外表，可是却采用了绝食的极端手段，甚至在丛林中也不吃东西。她的女儿丽贝卡患上厌食症，虽然跟照片事件有关，但更重要的是丽贝卡见过母亲的生活方式，这对孩子的影响是可想而知的。其实劳伦未尝不明白，女儿身上的懦弱和自卑跟自己如出一辙，但是她始终在逃避这个现实，假装并不了解，直到爱丽丝亲口说破："省下钱，买面镜子吧。是你造就了她。你觉得我的女儿很像我吗？你的女儿才是跟你一模一样。"（第二十九章）话虽难听，但却是事实。

爱丽丝是尖酸刻薄的，但又是非常坚强的，她敢于面对现实，这也是她在人生道路上能够取得成功的重要原因。不过，她在与人交往方面存在问题，或者说她的情商太低。不单是劳伦，她身边的许多人都对她颇有微词。贝丝讨厌她，布莉害怕她。吉尔觉得她既聪明自信又傲慢自大，因而有时想跟她做朋友，有时又觉得绝不可能。在面对饥饿和寒冷的时候，她不断地挑战众人的底线，只为了完成自己想做的事情，最后甚至低估了言语对劳伦所造成的伤害。其实爱丽丝是想弥补劳伦、帮助劳伦的，只是她不知道该怎么做，难以真诚地道歉，更无法坦然相待。而不明内情的劳伦则越发觉得爱丽丝十分自私，结果激起了心里深埋的仇恨，终于彻底爆发。实际上，对于劳伦而言，撇开性格不谈，爱丽丝堪称人生的榜样。她羡慕爱丽丝的生活，羡慕爱丽丝的美貌，甚至羡慕爱丽丝的女儿。她始终都渴望得到爱丽丝的认可，那是学生时代就有的一个情结，可是丛林之中，爱丽丝却恶狠狠地粉碎了她的自尊心，斥责她不配做母亲，揭开了她内心最隐秘的伤疤，令她恼羞成怒。"残酷的话语回荡在夜色中，劳伦恶狠狠地扑向爱丽丝。突如其来的举动令她自己都大吃一惊，两个女人猛然相撞，她们脚步踉跄，拼命地挥舞胳膊，胡乱抓挠，劳伦感到尖锐的指甲从胳膊上划过，右腕隐隐作痛。"（第三十章）说起来，两人之间并没有什么了不起的事情，但在非常环境之下，三十年的恩怨最终酿成人生的悲剧，令人深感惋惜和痛心。这不禁让我们想起出发时的画面："她们站在明镜瀑布小径的起点，爱丽丝面带微笑，搂着劳伦的腰部，而劳伦的胳膊则环住爱丽丝的后背。福克凑近观察，才发现劳伦的掌心悬在爱丽丝的肩头，并未实际接触，在袖子的边缘，一条银红相间的手链缠绕着右腕。"（第二十九章）不到三天时间，却恍如隔世。哈珀冷静的叙述，不仅准确地交代了两人的关系，表面的和谐，背后的隔膜，而且也呈现了她们不同的人生境遇，一个是开心的微笑，一个是无奈的苦涩。所有这些，使人充分理解了最终悲剧的不可避免，但这一悲剧留给读者的思考，却远远不止于此。

三

应该说，"小径"是一个单纯而不复杂的故事，也并没有什么特别和迷人之处，野外露营而有人失踪，一般而言是一个甚为平常、不怎么吸引人的故事。然而，随着作品的展开和生发，情节稳步推进，步步深入，显得紧凑而紧张，加之线索清晰，描绘细腻，丝丝入扣，因而生动有趣，引人入胜，充分显示出作者的写作功力。

这部作品艺术上最大的特点是描绘细致入微，就像一幅超级写实主义绘画，令人有身临其境之感。尤其是珍·哈珀擅长用细腻的笔触描写人物心理，表现书中角色的心理变化，从而让情节的冲突和发展显得更加真实。如第三十三章有这样一段描述：

> 吉尔看到自己的恐惧映在眼前的三张脸庞上，她们面面相觑，呼吸急促，心脏怦怦直跳。头顶，树梢勾勒出阴沉的灰色天空，寒风晃动枝条，雨水纷纷洒落，却无人退缩。背后，小屋的腐烂木板剧烈颤抖，伴随着阵阵呻吟，逐渐平息下来。
>
> "咱们必须离开这儿，"吉尔说，"立刻。"
>
> 左边，双胞胎赶紧点头，由于惊慌而变得团结一致。布莉掐住自己的胳膊，贝丝挽扶着她。姐妹俩的眼睛瞪得很大，瞳

孔深邃而幽暗。右边，劳伦略显迟疑，经过短暂的犹豫，也跟
着点了点头，接着深深地吸了一口气。

　　作者的笔触犹如摄像机的镜头，以吉尔为中心，从"头顶"的景象
到"背后"的场面，从"左边"双胞胎的表情到"右边"劳伦的表现，
一一呈现出来，不仅真实地描绘出当时的场景，而且把环境以及人物的
种种心理都无一遗漏地做了全景展示，让读者犹如亲自旅行、亲历其境，
从而充分体会到身处险境之中的人类是一种怎样的情状。

　　"小径"一书正是通过许多这样的细节，或直接描绘或间接叙述，
把特定环境或情景下人性深处的幽暗和真实暴露在我们面前。如第十六
章写到劳伦的女儿丽贝卡通过制作手链来转移注意力，天长日久，她的
盒子里"装满了银红相间的手链，数不胜数"。然而，"劳伦瞥向桌上
敞开的盒子，福克可以肯定，她十分厌恶里面的东西。察觉玛格特来到
起居室，劳伦连忙抬头，几乎如释重负。"这一小小的细节看似漫不经心，
但却包含丰富的内容，显示出作者精细的体察能力和娴熟的语言驾驭能
力。作为母亲，劳伦不仅没有对女儿精致的手工作品予以真心欣赏和赞
美，而且竟然"十分厌恶"，连多看一眼都不想，当然不是因为她不爱
自己的女儿，相反，这恰恰说明，长期以来，她背负着怎样的精神压力，
为了女儿，她又忍受了多少心理的磨难。那抬头之间的"如释重负"之感，
令人心酸，也令人心惊。然而，她是母亲，她不仅不能表现得"十分厌恶"，
而且还必须装出真心喜欢的样子，她的手上一直戴着女儿赠送的手链。
正因如此，作品通过福克的眼睛呈现了劳伦的真实心理，可以说，如此
微妙的内心世界，也只有警察的眼睛才能观察出来。又如第三十五章写
丽贝卡的变化："少女似乎并不相信，但是当她起身离开时，她带走了
用餐巾裹住的三明治。福克和卡门隔着窗户目送她远去。在街道尽头的
垃圾桶跟前，她停住脚步，举起三明治。片刻之后，她艰难地收回胳膊，
把三明治放进背包，消失在拐角处。"这样的叙述自然是经过精心设计的，

却也是非常自然的，而且，作者通过福克之口说，这只是个开始，正如"小小的麻烦不断堆积，结果会覆水难收"一样，"小小的努力互相叠加，最终能改变命运"，应该说，这一细节描绘的成功，使得这里的"大道理"不仅没有变成说教，而且令人心悦诚服。

哈珀的语言驾驭能力，除了充分地体现在大量细节的描绘上，还表现在叙述故事的同时，笔端常常饱含感情，从而令小说充满诗意。"小镇"是这样，"小径"也是如此。如第十三章，描写住在旅馆里的福克，有这样一段：

> 明月高挂，笼罩着银色的光辉。福克知道，南十字星肯定蒙着云朵的面纱，隐匿了踪影。小时候，他在乡下经常看到南十字星。生命中最早的记忆之一便是父亲带他去外面，指着头顶的夜空。群星璀璨，父亲用胳膊牢牢地圈住他，教他认识各种各样的星座，告诉他那些神秘的图案一直都在远方。虽然不能始终看到，但是福克始终相信父亲。即便夜空漆黑如墨，星星也依然在乌云背后闪耀。

这样的描绘很难说是故事的情节所必需的，但又并非无关紧要。在许多极端的环境下，自然之于人不仅没有助益，而且常常显得那样冷漠无情，甚至对人类进行惩罚。但是，人又是永远离不开自然的，大自然是人类赖以生存的父亲和母亲。银色的月光，璀璨的群星，朦胧的面纱，神秘的图案，本来就是人类生命和生活的一部分。就像福克始终相信父亲一样，"即便夜空漆黑如墨，星星也依然在乌云背后闪耀"，这样的描绘和叙说完全是情景交融的，因而是动人心弦的。第三十四章也有这样的描绘："福克望向夜空，枝叶沙沙作响。他盯着微弱的点点星光，寻找南十字星，就像多年前跟父亲散步的时候一样。虽然看不见，但是没关系。他知道，指引方向的南十字星永远都在，不会消失。"正因如此，

"卡门躺过的地方一片冰凉，可是心中的温暖却席卷全身。他平卧在岸边，看着闪烁的星星，听着丛林的低语，发现受伤的左手再也不痛了。"可以说，人与自然完全融为一体了。笔者觉得，这可能既是哈珀作品的初衷，也是其小说创作的思想追求和归宿。显然，这对已进入后工业社会的现代人来说，实在是非常紧要和迫切的问题。我们期待哈珀沿着这个方向做进一步的努力，对人类的生存环境、人与自然的关系有更深入的探索，并有更多精品佳作问世。

2018 年 2 月

记于泉城济南